HEYNE BÜCHER

SCIENCE FICTION

Herausgegeben
von Wolfgang Jeschke

Ein Verzeichnis weiterer Bände dieser Serie
finden Sie am Schluß des Bandes.

STAR TREK
VOYAGER™

L. A. GRAF

DER BESCHÜTZER

Roman

Star Trek®
Voyager™
Band 1

Deutsche Erstausgabe

WILHELM HEYNE VERLAG
MÜNCHEN

HEYNE SCIENCE FICTION & FANTASY
Band 06/5401

Titel der Originalausgabe
CARETAKER
Übersetzung aus dem Amerikanischen von
ANDREAS BRANDHORST

Redaktion: Rainer Michael Rahn

Printed in Germany 1995
Umschlagfoto: Julie Dennis / Copyright © by Paramount Pictures
Umschlaggestaltung: Atelier Ingrid Schütz, München
Technische Betreuung: M. Spinola
Satz: Schaber Satz- und Datentechnik, Wels
Druck und Bindung: Ebner Ulm

ISBN 3-453-09431-X

DANKSAGUNG

Besonderer Dank gebührt Dennis Bailey und Arne Starr, die mehr als nur ihre Pflicht erfüllten. Ihr seid echt super!

Scharlachrotes Licht flakkerte durch den kleinen Kontrollraum, und Alarmsirenen schrillten wie überrascht, als ein direkter Treffer die Struktur des Schiffes erschütterte. Chakotay hakte die Füße hinter die Verankerungsstreben des Sessels, um nicht den Halt zu verlieren. Anschließend beugte er sich zur Konsole vor und betätigte mehrere Tasten, ohne den Kopf zu drehen und festzustellen, wie es den anderen erging. Wenn er jetzt zu ihnen sah, so mußte er vielleicht Hilfe leisten, und er durfte sich von nichts ablenken lassen. *Eine Zeit für den Kampf und eine andere für Kummer und Trauer,* dachte er. Chakotay wußte nicht, welche historische Persönlichkeit aus der Vergangenheit seines Volkes diese Weisheit in Worte gefaßt hatte. Er fragte sich, ob jener alte Indianer jemals mit einer solchen Situation konfrontiert worden war.

Das Triebwerk stotterte und gab jähen Schub. In einem spitzen Winkel zum bisherigen Kursvektor jagte das Schiff dahin.

Wieder gleißte es auf dem Wandschirm vor Chakotay, und diesmal mußte er sich am Pult festhalten, um nicht aus dem Sessel geschleudert zu werden. Unter ihm zitterte das Deck.

»Direkter Treffer.« Tuvok saß an seiner Station und wirkte völlig unerschütterlich in seiner Gelassenheit. Der dunkelhäutige Mann schien mit den Schatten auf der Brücke zu verschmelzen, und dadurch konnte Chakotay den Gesichtsausdruck nicht erkennen. Und wenn schon: Die Miene des Vulkaniers Tuvok blieb immer neutral, verriet nie etwas. Ständig strahlte er Ruhe aus und schuf damit einen seltsamen Kontrast zu den gegenwärtigen Ereignissen.

»Eine Treibstoffversorgungseinheit ist ausgefallen.« Torres' Stimme erklang irgendwo weiter hinten. »Versuche eine Kompensation...«

Einmal mehr erzitterte das Schiff, und Chakotay glaubte zu spüren, wie etwas riß – das Ergebnis eines Torpedotreffers, der sich zwar nicht im unmittelbaren Brückenbereich auswirkte, die Stabilität des Schiffes jedoch weiter reduzierte. Zwar wurde die Lage immer kritischer, aber trotzdem lächelte Chakotay, als er Torres' Heulen hörte. Er stellte sich vor, wie sie wütend nach ihrer Konsole trat.

»Verdammt!« Klingonischer Zorn vibrierte in Torres' Stimme – ein Erbe ihrer Mutter. »Wir können kaum Impulsgeschwindigkeit halten. Mehr ist einfach nicht drin...«

Chakotay erahnte die nächste Salve und änderte den Kurs – schnell genug, um den heranrasenden Blitzen aus destruktiver Energie zu entgehen, und gleichzeitig mit vorsichtiger Behutsamkeit, um den Antrieb nicht zu sehr zu belasten. »Lassen Sie sich etwas einfallen.«

Torres fluchte hingebungsvoll. »Wie soll man sich bei einem neununddreißig Jahre alten und mehrmals zusammengeflickten Triebwerk etwas einfallen lassen?«

»Maquis-Schiff!« Das graue, ledrige Gesicht eines Cardassianers in mittleren Jahren erschien auf dem großen Bildschirm und verdrängte die Sterne. »Hier spricht Gul Evek von der cardassianischen vierten Ordnung. Deaktivieren Sie das Triebwerk und kapitu...«

Chakotay wandte sich lange genug von den Navigationskontrollen ab, um den externen Kom-Kanal zu schließen.

»Beginne mit Ausweichmanöver Omega...« Es

krachte, und jähe Flammen züngelten. Chakotay duckte sich, als Funken über ihn hinwegstoben und sein kurzes Haar versengten. Rasch gab er die Koordinaten ein. »Und los!«

Das Schiff schüttelte sich und beschleunigte.

Chakotays Gedanken glitten in die Vergangenheit, und er entsann sich an die ersten Schritte einer Reise, die ins Mannesalter führte. Damals war er mit Vater und Onkel nach Westen aufgebrochen. Fast drei Tage lang wanderte er durch Wälder, die denen in der alten Heimat seiner Vorfahren ähnelten. Er sang, als seine beiden Begleiter ihm die ersten Muster ins noch kindliche Gesicht tätowierten. *Denk daran, was du bist,* sagte man ihm bei jener Gelegenheit. *Jeder Blick in einen Spiegel soll dich daran erinnern: Vor weniger als fünfhundert Jahren standen deine Großväter, die diese Zeichen für dich bewahrten, in viele Lichtjahre entfernten Wäldern, bewaffnet mit Messern und Pfeilen, mit Speeren und Schilden. Sie kämpften gegen unwissende Eindringlinge, damit Kinder wie du geboren werden konnten, um sie in den kommenden Jahrhunderten in den Traditionen unseres Volkes zu unterweisen und mit diesen Mustern zu tätowieren.* Chakotays Vater erwähnte damals nicht, daß jene Eindringlinge einen Sieg nach dem anderen errangen, das Land nahmen, die Ahnen verdrängten und alles versuchten, um deren Traditionen, Sprache und Symbole in Vergessenheit geraten zu lassen. Der Knabe hatte es bereits gewußt, aufgrund von Info-Bändern und Besuchen in Museen: Sein Volk und er genossen heute eine Toleranz und Freiheit, die nicht Teil der Vergangenheit gewesen war. Voller Dankbarkeit dachte er an die Menschen, die gekämpft und sich geopfert hatten, um ihm ein solches Leben zu ermöglichen.

Jetzt war Chakotay weit vom Planeten seiner Vorfahren entfernt und half einigen stolzen Kolonisten, die ebenso wie die damaligen Indianer kämpften, um

Heimat und Familien zu schützen, um ihre Lebensart zu verteidigen. Die Föderation hielt das Abkommen mit den Cardassianern für notwendig, und die Starfleet-Admiräle hatten mehrmals betont, daß sie es bedauerten, die Grenzwelten den Ungewißheiten der cardassianischen Herrschaft zu überlassen. Doch für Chakotay wiederholte sich hier etwas, das sich auf vielen anderen Welten zugetragen hatte: Eine dominante Kultur unterjochte kleinere Gemeinschaften, denen die Macht fehlte, ihre Eigenständigkeit zu bewahren.

Chakotay war entschlossen, den Kampf an der Seite der Unterdrückten fortzusetzen. Er schuldete es seinen Ahnen.

Das Schiff schlingerte, und Tuvok meldete ruhig: »Kapazität der Schilde bei fünfzig Prozent.«

Verdammt! Chakotay sah in Torres' Richtung, ohne daß sich seine Hände von den Navigationskontrollen lösten. »Ich brauche mehr Energie.«

»Na schön ...« Sie zwinkerte, und Falten entstanden zwischen den Knochenwülsten der hohen Stirn. Innerhalb von ein oder zwei Sekunden erwog B'Elanna Torres mehr technische Möglichkeiten, als Chakotay überhaupt kannte. »Na schön«, wiederholte sie mit fester klingender Stimme. »Wir leiten die Energie der Waffensysteme zum Triebwerk um.«

Tuvok wölbte eine Braue. »Angesichts der besonderen Umstände halte ich eine solche Maßnahme nicht für sehr klug.«

»Was spielt's für eine Rolle?« erwiderte Torres bissig. »Wir können die Schilde des Gegners ohnehin nicht durchdringen.« Sie hörte Chakotays kummervolles Seufzen und warf ihm einen Blick zu, der in der Lage gewesen wäre, metallenes Deuterium zu schmelzen. Zwar floß nicht nur klingonisches Blut in B'Elannas Adern, aber ihr Temperament ließ sich durchaus mit dem eines imperialen Kriegers vergleichen. »Ich sollte mir etwas einfallen lassen, oder?«

Ja, dachte Chakotay. *Aber ich habe mir eine* nützliche *Idee erhofft.*

Er wandte sich wieder den Kontrollen zu, als die Cardassianer einen weiteren Treffer erzielten, der das Schiff erbeben ließ. »Die Phaserbänke deaktivieren, Tuvok.« Hoffnungsvoll sah er zu Torres. »Wenn Sie mir für dreißig Sekunden volle Impulskraft geben, bringe ich uns in die Badlands.« Die beste der derzeitigen Möglichkeiten – und keine besonders gute.

»Phaser sind ohne Energie«, entgegnete Tuvok. Erklang so etwas wie Kummer in seiner Stimme?

»Wir setzen die letzten Photonentorpedos ein.« In Gedanken plante Chakotay bereits einen Kurs durchs Plasmasturmlabyrinth der Badlands. »Geben Sie mir anschließend auch die Energie der Torpedokatapulte.«

»Bestätigung.« Tasten klickten unter Tuvoks Fingern. »Photonentorpedos werden abgefeuert.«

Es donnerte dumpf, und jedes davonrasende Photonengeschoß sorgte für eine kurze Erschütterung. Die cardassianischen Schilde erwiesen sich auch in diesem Fall als undurchdringlich: Die Torpedos zerplatzten daran, ohne Schaden anzurichten.

»Befinden sich Plasmastürme vor uns?« fragte Chakotay.

»Einer«, erwiderte Tuvok. »Koordinaten eins sieben eins Komma vier drei.«

Der Pilot nickte kurz. »Dorthin fliegen wir jetzt ...«

Das Schiff reagierte mit der Schwerfälligkeit eines schläfrigen Mammuts. *Wir müssen weg von hier,* fuhr es Chakotay durch den Sinn. Seltsame Empfindungen erfaßten ihn – erst jetzt hatte er das Gefühl, daß die Zeit knapp wurde. Der kleine Raumer kippte nach Steuerbord, und Energie leckte wie beiläufig über den Rumpf. Die Alarmsirenen blieben stumm, was bedeutete, daß es sich nicht um einen cardassianischen Photonentorpedo handelte.

»Intensität des Plasmasturms nimmt um vierzehn Prozent zu.« Tuvoks Blick klebte an den Anzeigen der Sensoren. »Zwanzig Prozent ... fünfundzwanzig ...«

Auch ohne diese Hinweise spürte Chakotay das wachsende *Brodeln* der Raum-Zeit-Verzerrung. Genau so etwas hatte er sich erhofft. »Festhalten!«

Der Plasmasturm verschlang das Schiff, und es krachte noch lauter als vorher bei den Treffern der Cardassianer. Aber diese Art von Gewalt war willkommen und hob die Bürde der Sorge von Chakotays Schultern. Elektromagnetische Entladungen tasteten wie mit feurigen Tentakeln über den Wandschirm, bohrten sich in die Schilde des Maquis-Raumers und schüttelten ihn – sie warnten vor dem gnadenlosen Chaos, das im Zentrum des Sturms lauerte. Der Pilot kannte jene Energien und respektierte sie. Vorsichtig steuerte er das Schiff an den energetischen Ranken vorbei und zählte dabei die Sekunden, seit denen die Cardassianer nicht mehr schossen. Ein zufriedenes Lächeln umspielte seine Lippen.

Tuvok schien Chakotays Gedanken zu erraten. »Die Cardassianer geben ihre offensiven Absichten nicht auf und folgen uns.«

Das Schiff glitt durch eine schmale Lücke im Plasmavorhang des Sturms. »Offenbar ist Gul Evek heute besonders kühn.«

Der Vulkanier projizierte die Videodaten der Sensoren in einen kleinen Bereich am Rand des Wandschirms, so daß Chakotay den Gegner sehen konnte, ohne die Navigation zu vernachlässigen. Der Pilot freute sich über die Gelegenheit zu beobachten, wie das wesentlich größere Raumschiff zwischen den Plasmaentladungen trudelte. Das Flugmuster erkannte er auf den ersten Blick: Die Cardassianer versuchten, im ›Kielwasser‹ des Maquis-Raumers durch den energetischen Mahlstrom zu fliegen. *Bin gespannt, was passiert, wenn sie uns durch die kleine Lücke von vorhin folgen wollen,* dachte Chakotay.

Eveks Schiff neigte sich abrupt zur Seite – um dem feurigen Maul zu entgehen, das am Bauch des Kolosses nagte, vermutete Chakotay. Nur eine Sekunde später verschwand die nach ›oben‹ gerichtete Triebwerksgondel in einem hungrigen Wabern, das sie mit einer blendend hellen Entladung zerfetzte. Das Kriegsschiff drehte sich um die eigene Achse, und glühende Trümmer blieben hinter ihm zurück, als es aus dem Projektionsfeld verschwand.

»Die Cardassianer senden einen Notruf auf allen Frequenzen«, berichtete Tuvok.

Was bedeutete, daß noch einige von ihnen lebten. Schade.

Torres schnaufte und schlug mit der Faust auf die Konsole. »Wie dumm von Evek, ein so großes Schiff in die Badlands zu steuern!«

»*Jeder* ist ein Narr, der sich in diesen Raumbereich wagt«, erwiderte Chakotay. B'Elanna vollführte eine zustimmende Geste und belohnte die Bemerkung mit einem Lächeln, das spitze Zähne zeigte.

Der Blick des Piloten glitt zum Vulkanier. »Können Sie einen Kurs durch die Plasmafelder berechnen, Mr. Tuvok?« Es wäre sicher angenehm, endlich einmal aufs Improvisieren zu verzichten und den Flug des Schiffes statt dessen von konkreten Daten bestimmen zu lassen. In dem Fall konnte der Computer einen Teil der Arbeit erledigen.

»Die Aktivität des Plasmasturms beeinflußt eine ausgedehnte stellare Region.« Tuvok schwieg, als er mit den noch funktionierenden Sensoren eine Sondierung vornahm. »Eine Berechnung ist möglich«, antwortete er schließlich. »Ich fürchte jedoch, daß es ein indirekter Kurs sein wird.«

Chakotay zuckte mit den Schultern. »Wir haben es nicht eilig.«

Tuvok schien mit dem trockenen Humor in diesen Worten nichts anfangen zu können – ohne Warptriebwerk und wenig zuverlässiger Impulskraft *konnten* sie es gar nicht eilig haben. Wie dem auch sei: Chakotay hatte inzwischen die Gelegenheit zum Humor zu schätzen gelernt, die Tuvok mit seiner Tendenz lieferte, vieles wörtlich zu verstehen. Ein Lächeln dann und wann genügte ihm schon; für die Maquisards gab es in letzter Zeit nicht viel zu lachen.

Chakotay betrachtete die Anzeigen, bis sie darauf hinwiesen, daß der Computer die Kontrolle übernahm. Dann stand er steifbeinig auf. Die Rückenmuskeln bis hin zum Gesäß erinnerten ihn deutlich daran, wie viele Stunden er in dem relativ kleinen Pilotensessel verbracht hatte. Er schnitt eine Grimasse und streckte sich, bis er mit den Fingerkuppen die Decke berührte. Zwar ließen Plasmaentladungen das Schiff noch immer erzittern, aber es fühlte sich gut an, endlich wieder zu stehen. *Für diese Art von Katz-und-Maus-Spiel werde ich allmählich zu alt.*

Torres verharrte an ihrer Station, nahm Schadensberichte entgegen, wandte sich mit Anweisungen an die verschiedenen Sektionen und versuchte gleichzeitig, Ordnung in das Durcheinander aus Kabeln zu ihren Füßen zu bringen. Andere Besatzungsmitglieder erschienen wie aus dem Nichts und begannen mit Reparaturen. Die von ihnen verursachten Geräusche vermittelten Erleichterung nach dem angespannten Schweigen während des Kampfes. *Es ist nicht leicht für sie,* dachte Chakotay. Viele Kolonisten kamen mit dem Wunsch zum Maquis, sich und ihre Familien zu retten; niemand von ihnen wollte sterben. Sich an Bord eines so kleinen Schiffes wiederzufinden, das ein gerissener Ferengi-Händler in die Entmilitarisierte Zone geschmuggelt hatte, um es für viel Geld dem Widerstand zu verkaufen... Wenn man an Bord einer solchen Rattenfalle dem Tod ins Auge sah, so blieb das nicht ohne Konsequenzen. Chakotay rechnete damit, die Hälfte der Crew zu verlieren, sobald sie den Stützpunkt im Terikof-Gürtel erreichten – wie üblich.

Er klopfte Torres auf den Rücken, als er sich an ihr vorbeischob, und daraufhin drehte sie ruckartig den Kopf. Unsicher runzelte sie die Stirn. Chakotay zeigte ihr den nach oben weisenden Daumen – diese Geste war Lob genug. Während der letzten Stunden hatte sie ausgezeichnete Arbeit geleistet, aber er kannte B'Elanna gut genug, um nicht mit Worten darauf hinzuweisen. Sie brummte leise, und für einen Sekundenbruchteil deuteten ihre Lippen ein Lächeln an, das man bei einem Klingonen unter solchen Umständen eigentlich nicht erwartete. Chakotay nahm zufrieden zur Kenntnis, daß Torres sein Kompliment verstanden hatte. Er setzte den Weg fort und näherte sich dem rückwärtigen Bereich der Brücke, wo Rauch aufstieg.

»Ich habe gehört, daß Starfleet ein neues Schiff der Intrepid-Klasse in Dienst gestellt hat«, meinte B'Elanna plötzlich. Sie schien sich verpflichtet zu fühlen, auf Chakotays stumme Kommunikation zu reagieren – ohne zu wissen, was sie sagen sollte. »Es verfügt über bioneurale Systeme«, fügte sie hinzu. »Damit kann man innerhalb von Plasmastürmen manövrieren...«

Der Rauch kam aus einem Gitter unter den Ambientenkontrollen. Blinkendes Alarmlicht und kleine Flammen erweckten den Eindruck, daß der Qualm glühte. Chakotay zerrte das Gitter beiseite, bückte sich in der aufgewirbelten Rußwolke und tastete unter die beschädigte Konsole. »Wir finden ein neues Versteck«, entgegnete er.

B'Elanna schwieg, und Chakotay fand den gesuchten Schalter, betätigte ihn mit dem Daumen. Halon zischte aus Ventilen, und er wich zurück, damit das Gas in die Öffnung dringen, das Feuer löschen konnte.

»Denken Sie jemals daran, was mit uns geschieht, wenn wir den Cardassianern in die Hände fallen?« fragte Torres, als er das Gitter in die Einfassung zurückdrückte. Einige Displays verkündeten, daß die Funktionen des Ambientensystems nur teilweise wiederhergestellt waren – immer noch besser als gar nichts.

Chakotay fügte der mentalen Liste notwendiger (und fast unmöglicher) Reparaturen einen weiteren Punkt hinzu – die Maquis-Techniker des Stützpunkts würden sich nicht über Mangel an Arbeit beklagen können. »Mein Urgroßvater hatte ein *Poktoy*«, sagte er zu Torres, während er auch die anderen Konsolen überprüfte. Er sah, wie sich Verwirrungsfalten in ihrer Stirn formten. »Damit ist eine Art Sprichwort gemeint. Er gab es an meinen Vater weiter, und ich bekam es von ihm: *Coya anochty zab.*« Sein Blick fiel auf ein Schaltpult, das nur noch Schrottwert hatte. Die verschiedenen Anzeigenfelder waren geborsten und lieferten keine Daten mehr. »›Siehe niemals zurück.‹«

Wieder offenbarten Torres' Züge den Schatten eines Lächelns. Chakotay verzog andeutungsweise das Gesicht, als er daran dachte, wie angemessen ein solcher Rat in Hinsicht auf viele ihrer Kämpfe war. *Wenn wir zurücksähen, so müßten wir uns an Niederlagen erinnern, an den Tod von Freunden,* dachte er.

»Seltsam ...«

Die Stimme des Vulkaniers kam von der Waffenkonsole. Tuvok schien sich gar nicht bewußt zu sein, dieses eine Wort ausgesprochen zu haben. Er berührte mehrere Sensorfelder, und seine Aufmerksamkeit galt etwas, das Chakotay nicht erkennen konnte.

Wenige Sekunden später hob Tuvok eine Braue und deutete auf ein Display. »Wir sind gerade durch eine Art kohärenten Tetryonenstrahl geflogen.«

Von einem Augenblick zum anderen klopfte Chakotays Herz bis zum Hals empor. *Wenn die Cardassianer eine neue Waffe entwickelt haben ...* Er verdrängte diesen

Gedanken, der zuviel Schrecken brachte. »Ursprung?« fragte er und kehrte zum vorderen Bereich der Brücke zurück.

Tuvok sah auf einen Monitor. »Unbekannt.«

Chakotay näherte sich, und Torres folgte so dicht hinter ihm, wie es ihr möglich war, ohne ihn zu berühren. Der Vulkanier deutete auf ein Diagramm. »Eine starke Verschiebungswelle schließt zu uns auf.«

Chakotay sah zum Wandschirm, der nur gestaltloses Plasmawogen zeigte. Anschließend richtete er den Blick auf die rätselhafte Mischung aus Zahlenkolonnen, graphischen Mustern und einem formlosen Etwas, das sich immer mehr ausdehnte. »Ein weiterer Sturm?«

Tuvok schüttelte den Kopf. »Es ist kein Plasmaphänomen. Der Computer kann es nicht identifizieren.«

»Auf den Schirm.«

Das Wabern des Plasmas im Projektionsfeld veränderte sich, als der Darstellungsbereich wechselte: Chakotay sah jetzt nicht mehr das All vor dem Schiff, sondern die stellare Region, aus der sie kamen. Tief in seinem Innern versteifte sich etwas, als er funkelnde Zerstörung sah, die sich durch den Sturm hinter dem Maquis-Raumer fraß.

»Wenn die gegenwärtigen Geschwindigkeiten unverändert bleiben, erreicht uns die Welle in weniger als dreißig Sekunden«, sagte Tuvok ruhig.

Um uns zu verschlingen. Chakotay eilte zum Navigationspult. »Steckt noch Saft in den Impulsgeneratoren, B'Elanna?« rief er, als er wieder im Pilotensessel Platz nahm.

Torres rang mit beschädigten Kontrollen, die ihr nicht gehorchen wollten. Sie murmelte einige Flüche, bevor sie antwortete: »Das wird sich gleich herausstellen.«

»Die Verschiebungswelle ist noch immer schneller als wir«, warf Tuvok ein.

Chakotay hielt es nicht für nötig, die Meldung zu bestätigen. »Maximale Energie.«

»Mehr haben wir nicht«, erwiderte Torres.

Das kleine Schiff beschleunigte, aber trotzdem spürte Chakotay, wie die Entfernung zum *Etwas* schrumpfte. Er fühlte es wie den warnenden Hauch eines Feuers, wie den nahen Flügelschlag einer Eule, die sich anschickte, einem in der Nacht verborgenen Beutetier den Tod zu bringen. *Muß es auf diese Weise geschehen?* Dachte er. *Nach all dem, was wir durchgemacht haben, was wir uns erträumten? Müssen wir hier und jetzt sterben?*

»Die Welle wird ebenfalls schneller.« Ein in immer kürzeren Abständen erklingendes Signal untermalte die Worte des Vulkaniers. »Sie erreicht uns in acht Sekunden ... fünf ...«

Erneut hakte Chakotay die Füße hinter die Verankerungsstreben des Sessels. Die Hände ruhten wie erstarrt an den Navigationskontrollen – sie konnten nicht mehr Energie beschwören.

So zu sterben ... Es ist nicht fair!

Sirenen heulten. Schreie ertönten. Das Schiff knirschte und knackte. Chakotay biß die Zähne zusammen und wünschte sich, irgendwie die Ohren schließen zu können. Er verfluchte die Föderation für das mit den Cardassianern getroffene Abkommen. Er verfluchte die Cardassianer, die sie verfolgt und gezwungen hatten, in den Badlands Zuflucht zu suchen. Er verfluchte den bitteren Scherz einer entarteten Natur, der sie nun erreichte, den Raumer packte und ihn wie eine faulige Frucht platzen ließ, auf daß seine Eingeweide – Elektronik, Metall und Kunststoff, lebende Geschöpfe – ins All hinausgezerrt wurden, in die Ewigkeit, in die kalte Leere.

Es ist nicht fair nicht fair nicht fair ...

1

»Captain Kathryn Janeway, hier ist die Anflugkontrolle von Auckland. Sie erhalten die Erlaubnis, in der Strafsiedlung der Föderation zu landen. Feld drei ist für Sie reserviert.«

Janeways Aufmerksamkeit kehrte von einer Sekunde zur anderen in die Gegenwart zurück. Dahinter steckte keine bewußte Entscheidung, sondern vielmehr ein Reflex, bei dem Dinge wie Müdigkeit und Erschöpfung kaum eine Rolle spielten. »Janeway an Anflugkontrolle Auckland: Bestätigung. Landekurs eins drei eins Komma sieben.«

»In Ordnung«, antwortete die Stimme von Neuseeland. »Wir wünschen Ihnen einen angenehmen Aufenthalt.«

Janeway steuerte das kleine Shuttle an den zerklüfteten Bergen der Insel vorbei, ohne auf den Sarkasmus der letzten Worte einzugehen.

Das Grün von Neuseelands Nordinsel schien sich emporzuwölben, um ihr Herz mit Wärme zu füllen. Hier herrschte ein ähnlich gemäßigtes Klima wie im Bereich von San Francisco, aber dort wies die Küstenlinie auch schroffe, graue Konturen auf. Dieses Panorama hingegen bot viel Abwechselung mit Bergen, Bäumen und Schnee. Es erschien Janeway fast als Schande, solche Schönheit an Strafgefangene zu vergeuden. Zwar wußte sie, daß auch Kriminelle Menschen waren, die gewisse Rechte hatten und Würde verdienten, aber tief in ihr verharrte die Überzeugung, daß schwere Verbrechen mit ausgesprochen unangenehmer Haft bestraft werden sollten. Warum dafür eine Region bereitstellen, mit der die wundervollen Nationalparks von Neuseeland erweitert werden könnten – während Alcatraz in der Bucht von San Francisco nur als Touristenattraktion diente? Jene Straftäter, die nun am Strand in der Sonne lagen, sollten sich nach ihrer Entlassung vor einer Rückkehr ins Gefängnis fürchten und nicht etwa eine Art bezahlten Urlaub darin sehen.

Jetzt bist du ungerecht, tadelte sich Janeway. *Die Gefangenen arbeiten hier, und solche Rehabilitationszentren haben eine weitaus höhere Erfolgsquote als das frühere Strafvollzugssystem.* Trotzdem: In einem Winkel ihres Selbst vibrierte Ärger angesichts der Vorstellung, daß sich jemand auf die faule Haut legen konnte, während sie der Pflicht absolute Priorität einräumte.

Die Strafsiedlung akzeptierte ihre Codesignale, und während der letzten Phase des Anflugs überließ sie die Kontrolle dem Computer der Bodenstation. Wie angenehm, sich zurückzulehnen und die Gedanken einfach treiben zu lassen, ohne ständig neue Entscheidungen treffen zu müssen, so wie im Verlauf der vergangenen Tage. Mark hatte so viel Unterstützung gewährt, wie es für einen zivilen Lebenspartner möglich war. Nie kritisierte er den Umstand, daß sie viele Stunden lang getrennt blieben. Nie verlangte er, für wichtiger gehalten zu werden als die vielen Starfleet-Angelegenheiten, mit denen sich Kathryn befassen mußte. Selbst als Bear krank wurde, das arme Ding: Mark brachte sie zum Tierarzt und erlaubte es ihr sogar, während der ganzen Fahrt den Kopf auf seinen Schoß zu legen – obwohl die braunen Hundehaare für den Rest der Woche an seiner Hose haften würden. Was er *verabscheute.*

Warum muß alles gleichzeitig passieren? überlegte Janeway und seufzte leise. Ein Teil von ihr fühlte sich schuldig, weil sie Bear an diesem Morgen im Tierheim untergebracht hatte, ohne zu ahnen, warum die Hündin plötzlich um fast sieben Kilo zugenommen hatte und sehr träge wirkte. *Wenn ihr etwas zustößt, während ich fort bin ... Das würde ich mir nie verzeihen.*

Und wenn etwas mit ihrem eigensinnigen Sicherheitsoffizier geschah, weil sie nicht einen Tag früher mit der *Voyager* aufbrechen konnte ... Auch das würde sie sich nicht verzeihen können. Eine echte Zwickmühle.

Am Tor erwartete man Janeway bereits und ließ sie passieren. Sie wanderte über das große Landefeld – es erstreckte sich zwischen den beiden Flugzeugen der Strafsiedlung und dem Gebäudekomplex –, atmete die würzige Luft tief ein und bewunderte den herrlich blauen Himmel. *Ich brauche Urlaub,* dachte sie. Doch dies war kaum der geeignete Zeitpunkt dafür. An der ersten Sicherheitsschranke wurden Stimmuster und Netzhautstruktur überprüft. Bei der zweiten bekam sie folgenden Hinweis: »Der Häftling Thomas E. Paris ist in der Reparaturwerkstatt. Möchten Sie sich von einem Sicherheitsfahrzeug dorthinbringen lassen?«

»Nein«, erwiderte Janeway. »Ich gehe lieber zu Fuß.«

Sie wartete keine Antwort ab und setzte den Weg fort. Die zweite Barriere blieb hinter ihr zurück.

Zwar bekam die Strafsiedlung nicht sehr häufig Besuch, aber die Häftlinge schenkten der Frau kaum Beachtung. Ihre bevorstehende Ankunft war sicher nicht angekündigt worden, und deshalb vermutete Janeway: Für die hier untergebrachten Personen bedeutete die Präsenz eines Starfleet-Offiziers, daß sich Probleme anbahnten. Also ging man ihr aus dem Weg. Nun, um so besser. Derzeit stand ihr ohnehin nicht der Sinn danach, sich mit Leuten zu unterhalten, die ihren eigenen Problemen mehr oder weniger hilflos gegenüberstanden. Ihr ging es darum, einem sturen Freund zu helfen.

Sie fand Paris vor der Werkstatt. Er war der einzige Häftling weit und breit, lag halb unter einer Apparatur, deren Energiespule so groß wie ein Asteroid zu sein schien. Das Hemd hatte er achtlos auf die Konsole der Maschine gelegt, und gelegentlich ertönte das Zischen eines Plasmaschweißers. Janeway versuchte, die Situation einzuschätzen: Sie sah, mit welchen Werkzeugen Paris arbeiten durfte, schätzte auch die Mobilität des Apparats ein, den er gerade reparierte. Am rechten Fußknöchel trug er einen elektronischen Impulsgeber, der ihn jedoch nicht daran hinderte, die Insel zu verlassen – damit ließ sich nur sein Aufenthaltsort feststellen. Die Tatsache, daß er noch immer an diesem Ort weilte, mochte darauf hinweisen, wie ernst er es mit der eigenen Rehabilitation meinte. Oder es war ein Zeichen seiner Intelligenz. Janeway kannte den Mann noch nicht gut genug, um festzustellen, welche der beiden möglichen Erklärungen zutraf.

Sie holte tief Luft, um ihre Gedanken zu ordnen und die Mißbilligung aus dem eigenen Gesicht zu vertreiben. »Tom Paris?« fragte Janeway kühl. Sie sah keinen Grund, besonders freundlich zu sein. Gerade in diesem Fall konnte es nicht schaden, Distanz zu wahren. Immerhin wußte sie, was es mit Paris auf sich hatte.

Das Zischen des Schweißgeräts verstummte abrupt, und einige Sekunden lang herrschte völlige Stille. Dann glitt der Mann unter dem großen Apparat hervor, dank des Rollbretts unter seinem Rücken mit einer fließenden Bewegung. Wie lässig klappte er das Schutzvisier vor den Augen hoch, als handelte es sich dabei um eine besonders modische und teure Sonnenbrille. Schweiß glänzte mitten auf der Brust und auch am flachen Bauch. Die Haut an Hals und Armen wies einen rötlichen Ton auf: Paris war nicht an die Wintersonne von Neuseeland gewöhnt und zu stolz, um eins der Gebäude aufzusuchen, wenn im Freien einem Sonnenbrand drohte. Das deutete auf eine besondere, für junge Männer reservierte Dummheit hin, die aus irgendeinem Grund glaubten, etwas beweisen zu müssen. Es entsprach der Beschreibung, die man ihr vor dem Flug nach Neuseeland gegeben hatte. Hier schien der Sohn ganz anders zu sein als der Vater.

»Kathryn Janeway«, stellte sie sich vor. Sie streckte nicht die Hand aus, und er gab durch nichts zu erkennen, eine solche Geste zu erwarten. »Ich habe mit Ihrem Vater an Bord der *Al-Batani* zusammengearbeitet. Wir sollten miteinander reden.«

Bei der Erwähnung seines Vaters formten Paris' Lippen den Hauch eines Lächelns, das tiefer zu reichen schien, als es eigentlich der Fall sein sollte. Janeway fragte sich, was ihm jetzt durch den Kopf ging.

»Worüber?« fragte er und lag noch immer auf dem Rollbrett.

»Über einen Dienst, den Sie uns erweisen könnten.«

Paris lachte, und sein Lachen war so seltsam wie vorher das kurze Schmunzeln. »Ich bin bereits für die Föderation tätig«, sagte er mit gespieltem Ernst und deutete auf die Maschine.

Spott. Janeway erinnerte sich an die Warnung, doch dadurch wurde es nicht leichter. Sie besann sich auf ihre Erfahrungen als Starfleet-Offizier, um ruhig zu sprechen. »Soweit ich weiß, ist das Rehabilitationskomitee sehr zufrieden mit Ihnen. Es hat mir erlaubt, diese Angelegenheit mit Ihnen zu erörtern.«

Paris musterte sie, und in seinen Augen leuchtete mehr Intelligenz, als die Vergangenheit dieses Mannes vermuten ließ. Er zuckte kurz mit den Achseln und erhob sich mit einer Geschmeidigkeit, die deutlich auf seine Ausbildung und das bisher geführte Leben hinwies. Mit ausgebreiteten Armen stand er vor Janeway, und sein sonderbares Lächeln wirkte fast wie ein Schild zwischen ihnen. »Ich stehe Ihnen zur Verfügung.«

Nur wenn ich mich für Sie entscheide. Janeway bedachte den jungen Mann mit einem strengen, durchdringenden Blick. *Nur wenn ich Sie gebrauchen kann.* Andernfalls wollte sie keine Zeit mit ihm vergeuden.

Ein Park. Es gehörte sogar ein Park zur verdammten Strafsiedlung. Janeway wanderte mit Paris zwischen hohen, grünen Bäumen, und es brodelte in ihr, als sie die Schönheit dieses Ortes sah: Solche Pracht schien an Leute vergeudet, die damit überhaupt nichts anfangen konnten. Und doch... Paris entdeckte ein Stück Plastik auf dem Gehweg und hob es auf. Er machte einen Umweg, um zu vermeiden, einige Tauben zu stören. Damit zeigte er einen Anstand, der gar nicht zu dem rebellischen Wesen paßte, das man ihm nachsagte. Alles deutete darauf hin, daß er ein ziemlich komplizierter Mann war. Janeway wußte nicht, ob sich eine solche Person für die bevorstehende, sehr heikle Mission eignete.

»Ihr Vater hat mir viel beigebracht«, sagte sie, als das Schweigen zwischen ihnen sich in die Länge zog. »Während der Arias-Expedition fungierte ich als sein wissenschaftlicher Offizier.«

Paris nickte nachdenklich. »Dann müssen Sie gut sein. Mein Vater wählt immer nur die Besten und Klügsten.«

Es erstaunte Janeway, daß kein Groll in diesen Worten erklang. Offenbar schaffte er es, solche Empfindungen unter Kontrolle zu halten.

Sie beschloß, seine Rationalität mit Offenheit zu belohnen. »Ich bin mit einer speziellen Mission beauftragt. Bald breche ich auf, um das Maquis-Schiff zu suchen, das vor einer Woche in den Badlands verschwand.«

»Das halte ich für keine gute Idee.«

Paris sprach in einem beiläufigen Tonfall, so als kommentierte er die Ergebnisse des letzten Fußballturniers. Doch es ging um einen Flug durch ein außerordentlich gefährliches und weitgehend unerforschtes Raumgebiet.

»Tatsächlich nicht?« erwiderte Janeway trocken.

Der junge Mann wurde ernster und blickte kurz zur Seite, um sich zu vergewissern, daß seine Begleiterin zuhörte. »Ich kenne kein Föderationsschiff, das imstande wäre, durch das Chaos aus Plasmastürmen zu navigieren.«

»Sie haben die *Voyager* noch nicht gesehen«, entgegnete Janeway und beobachtete zufrieden, daß so etwas wie neidische Neugier in Paris' Pupillen aufleuchtete. »Ich möchte, daß Sie sich meiner Crew anschließen.«

Plötzliches Verstehen verdrängte das gerade erwachte Interesse. »Ich soll Sie zu meinen früheren Kameraden bringen.« Es war keine Frage, obwohl es so klingen sollte. Wieder deuteten seine Lippen jenes Lächeln an, das sowohl Verärgerung als auch Spott zum Ausdruck brachte. Es sorgte dafür, daß Janeways Respekt schwand. »Ich war erst seit einigen Wochen beim Maquis, als man mich faßte, Captain. Die meisten geheimen Stützpunkte kenne ich überhaupt nicht.«

»Wir haben niemanden, der mit den entsprechenden stellaren Regionen so vertraut ist wie Sie.« Das konnte er gewiß nicht leugnen.

Erneut zuckte Paris mit den Achseln und vermied es, auf Janeways Bemerkung einzugehen. »Was ist so wichtig an diesem besonderen Maquis-Schiff?«

Eine durchaus berechtigte Frage. Immerhin hatte Starfleet bei den anderen Aktionen der Maquisards nie die Bereitschaft gezeigt, sie so weit in ihr Territorium zu verfolgen. »Mein Sicherheitsoffizier befand sich an Bord, gewissermaßen als Agent. Während der letzten sechs Tage sollte er zweimal Bericht erstatten.« Voller Unbehagen dachte Janeway an die vielen von Anspannung geprägten Stunden des vergeblichen Wartens. »Er meldete sich nicht.«

Paris lachte wie über einen Witz, den nur er gehört hatte. »Vielleicht ist Ihr Sicherheitsoffizier schlicht und einfach verschwunden.«

Eine Möglichkeit, die seelischen Schmerz verursachte, aber … »Ja, vielleicht.«

Janeway gab dem jungen Mann einige Sekunden, um über ihre Antwort nachzudenken. Sie gab sich noch immer gelassen, obwohl Unruhe in ihr zu prickeln begann. Viel zu genau wußte sie: Ohne Paris' Hilfe durfte sie kaum auf einen Erfolg bei der Mission hoffen. Als sie den Blick vom fernen Gebirge abwandte und auf den Häftling richtete, stellte sie fest, daß er sie mit einer sonderbaren Intensität musterte. Ihre plötzliche Aufmerksamkeit schien ihn zu erschrecken: Er drehte den Kopf und errötete bis zum Haaransatz.

Janeway gab vor, nichts davon zu bemerken.

»Ein ehemaliger Starfleet-Offizier namens Chakotay kommandierte das Schiff«, sagte sie und gab Paris damit die Chance, sich wieder zu fassen. »Sie kennen ihn, soweit ich weiß.«

»Ja.« Ein schiefes Lächeln folgte. Erinnerte er sich nun an durchzechte Wochenenden während der Akademiezeit? Oder an den ersten Einsatz in der Gesellschaft von guten Freunden?

Janeway ließ Paris nicht aus den Augen. »Man hat mir gesagt, daß Sie nicht besonders gut miteinander zurechtkamen.«

Einmal mehr hob und senkte er die Schultern, lachte kurz und winkte ab – mit dieser Geste wollte er zeigen, wie wenig Bedeutung er Chakotays Behauptungen beimaß. »Chakotay würde darauf hinweisen, daß er Starfleet aus prinzipiellen Gründen verlassen hat: um seine Heimat gegen die Cardassianer zu verteidigen.« Paris verschränkte die Arme, gab sich völlig unschuldig. »Ich hingegen wurde gezwungen, meinen Abschied zu nehmen. Er sah einen Söldner in mir, der bereit ist, für jeden zu kämpfen – solange jemand seine Zeche bezahlt. Das Problem ist ...« Wieder ein kurzes Achselzucken. »Er hatte recht.«

Er wandte sich ab und schritt langsam über einen schattigen Weg, der nirgendwohin führte, genau wie sein Leben. »Ich bin bereit, Ihnen bei der Suche nach meinen ›Freunden‹ im Maquis zu helfen, Captain. Ich möchte nur eins wissen ...« Er warf einen kurzen Blick zurück. »Was springt für mich dabei heraus?«

Das fragen solche Leute immer, früher oder später, dachte Janeway. Andererseits: Es war keine uneigennützige Güte, die sie veranlaßte, Paris die Freiheit anzubieten. *Wir alle nehmen in erster Linie unsere eigenen Interessen wahr,* überlegte sie. *Leute wie Paris haben das zu einer Art Kunst entwickelt – das ist der einzige Unterschied.*

»Wenn Sie uns helfen, das Schiff zu finden ...« Janeway legte eine kurze Pause ein. »Dann ist vielleicht eine vorzeitige Entlassung für Sie drin.«

»O nein.« Paris hob wie mahnend den Zeigefinger, deutete dann auf den Impulsgeber am rechten Fußknöchel. »Zuerst verschwindet das Ding. Dann helfe ich Ihnen.«

Damit hatte Janeway gerechnet und bereits Vorkehrungen getroffen. Wenn das Rehabilitationskomitee nicht bereit gewesen wäre, diesen Mann freizulassen ... Dann hätte es kaum einen Sinn gehabt, hier und jetzt mit ihm zu sprechen. Und wenn Paris die Bedingungen akzeptierte ... Dann mußten die Komiteebürokraten davon überzeugt sein, daß der Impulsgeber seinen Sinn verlor, sobald Paris die Erde verließ.

Alle Hindernisse waren aus dem Weg geräumt, aber trotzdem sagte Janeway nur: »Ich kümmere mich darum.«

Paris rollte mit den Augen und blickte dann zu den Bergen, als sei er plötzlich von ihrem weißen Schimmern fasziniert.

»Offiziell sind Sie bei der Mission ein Starfleet-Beobachter.«

»Ein Beobachter?« Der junge Mann schien wirklich beleidigt zu sein. »Zum Teufel auch, ich bin der beste Pilot, den Sie bekommen können.«

Janeway ahmte Paris ganz bewußt nach, indem sie mit den Achseln zuckte. Ihre geheuchelte Gleichgültigkeit zerrte an dem Draufgängertum, das der junge Mann wie eine Maske trug.

»Sie kommen als Beobachter mit«, wiederholte die Kommandantin. »Und anschließend sind Sie frei.«

»Vorausgesetzt natürlich, wir kehren lebend aus den Badlands zurück.«

Janeway brauchte ihre ganze innere Kraft, um sich nicht umzudrehen und einfach fortzugehen. Alles in ihr drängte danach, Paris in diesem von der Regierung eingerichteten Paradies verfaulen zu lassen, das er seit mehr als einem Jahr mit anderen Verlierern teilte. Statt dessen trat sie so dicht an ihn heran, daß er unwillkürlich zusammenzuckte und zurückzuweichen versuchte. Sie schloß die eine Hand um sein Kinn, behandelte ihn damit wie einen ungehorsamen Zwölfjährigen. Die kindliche Furcht in den Augen ließ Paris noch jünger erscheinen; ein solcher Mann schien überhaupt kein Vertrauen zu verdienen.

»Wenn auch nur ein Mitglied meiner Crew zu Schaden kommt, weil Ihnen ein Fehler unterläuft...«, zischte Janeway. »In dem Fall brauchen Sie an Impulsgeber oder dergleichen keine Gedanken mehr zu verschwenden, Mister. Dann sorge ich dafür, daß Sie ein für allemal erledigt sind.«

Paris schwieg, als Janeway ihn mit einem Blick durchbohrte. Er blieb auch stumm, als sie ihn losließ, sich abwandte und fortging.

Wer weiß? dachte sie. *Vielleicht kann man doch etwas mit ihm anfangen.*

2

Das schlanke Rad der Raumstation *Deep Space Nine* drehte sich langsam vor dem Hintergrund der ewigen Nacht. Sie bot einen seltsamen, aber willkommenen Anblick. DS9 wies eine andere Struktur auf als die bei Starfleet üblichen Orbitalstationen und zeichnete sich durch exotische Ästhetik aus. Allerdings: Diese Basis befand sich nicht in der Umlaufbahn eines Planeten, und in der Leere des Alls wirkte sie irgendwie fehl am Platz, fand Paris.

Sie war nicht immer allein im Nichts gewesen. Einst hatte *Deep Space Nine* die mehrere astronomische Einheiten entfernte und von einem Krieg verwüstete Welt Bajor umkreist. Paris erinnerte sich daran, vor zwei Jahren Gerüchte über ein stabiles Wurmloch gehört zu haben, das man in diesem Sektor durch Zufall entdeckt hatte – angeblich war DS9 in die Nähe dieses Phänomens verlegt worden. Er hatte die Meldungen für Sensationsmache gehalten. *Nicht mein erster Irrtum,* dachte er jetzt.

Er zog die Beine an, stützte die Füße an der deaktivierten Konsole des Copiloten ab und blickte über die Knie hinweg zum Bildschirm.

Es fühlte sich seltsam an, ohne Wächter und ohne energetische Handschellen an Bord eines Starfleet-Shuttles unterwegs zu sein. Die Erinnerung an den letzten Flug – und an die letzten Stunden in einer Starfleet-Uniform – trieb ihm das Blut in die Wangen. Das Brennen in den Augen kündigte Tränen an, aber es gelang ihm, sie zurückzuhalten; darin hatte er Übung. Es war sinnlos, die Vergangenheit zu beklagen. Geschehenes ließ sich nicht rückgängig machen – das letzte Jahr lieferte den Beweis dafür. *Sei dankbar für jeden Strafaufschub*, dachte Paris. Für ihn bedeutete das: eine Uniform ohne Rangabzeichen; ein Platz in der Crew einer Kommandantin, die ihn nicht gerade sympathisch fand; die Chance, den Status eines verurteilten Starfleet-Verräters gegen den eines unwichtigen Zivilisten einzutauschen ... Das war mehr, als er sich unter normalen Umständen erhoffen durfte.

Einige Sekunden lang stellte er sich vor, der erste Pilot zu sein, der ein großes Raumschiff durchs Wurmloch steuerte ...

Er rückte die Reisetasche auf seinem Schoß zurecht und blickte zur Pilotin, die ihm nun schon seit sieben Stunden – seit dem Verlassen des großen Transporters – Gesellschaft leistete: eine kleine, fast zierliche und recht attraktive Frau. Paris hatte sie auf den ersten Blick als Betazoidin erkannt, vor allem aufgrund der großen, nußbraunen und sehr ausdrucksstarken Augen, die Männerherzen höher schlagen ließen. Unmittelbar nach dem Start des Shuttles versuchte er, ein Gespräch mit ihr zu beginnen – jene Art von netter, oberflächlicher Konversation, mit der er sich gut auskannte. Ernstere Dinge kamen nicht in Frage. Immerhin: Vielleicht wußte diese Frau durch Janeway von Dingen, die Paris lieber nicht zur Sprache bringen wollte, wenn es keine Fluchtmöglichkeit für ihn gab. Indem er die rhetorische Initiative übernahm, erwarb er auch das Recht, die Themen zu bestimmen, und er wählte Leichtes, Unverfängliches. Stadi – so hieß die Betazoidin – verschloß sich ihm nicht. Sie lächelte und lachte, reagierte mit gut gezielten Riposten auf seine Vorstöße. Paris ließ sie genug Punkte sammeln, um ihr Interesse an den Wortspielen – nicht an ihm selbst – wachzuhalten.

»Stadi ...«, sagte er nun, als das Schweigen andauerte und einen Stimmungswechsel signalisierte. »Sie ändern meine Meinung über Betazoiden.«

Sie hob eine Braue und nickte zufrieden. »Gut.«

Paris setzte sich auf. »Ich meine es nicht als Kompliment. Bis heute habe ich die Angehörigen Ihres Volkes für herzlich und sinnlich gehalten ...«

In Stadi erwachte wieder so etwas wie herablassender Humor.

»Ich kann warm und sinnlich sein.«

»Aber nicht mir gegenüber.«

Sie wandte sich ihm ganz zu, und ihre Züge brachten nun fast so etwas wie Ärger zum Ausdruck. »Gehen Sie immer mit Warpgeschwindigkeit auf Frauen los?«

Paris lächelte und nutzte die gute Gelegenheit zu einer schlagfertigen Antwort. »Nur wenn sie in Sichtweite sind.«

Damit erstarb das Gespräch erneut, diesmal jedoch an einer Stelle, die dem jungen Mann besser gefiel. Er lehnte sich zurück und spürte, wie das Impulstriebwerk aktiv wurde. Stadi steuerte das Shuttle der großen Raumstation entgegen, und Paris widerstand der Versuchung, sie auf alternative und bessere Anflugmethoden hinzuweisen. *Schließlich bin ich nur ein Beobachter,* erinnerte er sich. *Solche Leute mischen sich nicht ein.*

»Das ist unser Schiff«, sagte die Betazoidin plötzlich.

Ganz deutlich hörte Paris die Aufregung in ihrer Stimme, und sie erwies sich als ansteckend. Stadi deutete durch die transparente Bugkanzel, und ihr Begleiter blickte fast gegen seinen Willen in die entsprechende Richtung.

»Die *Voyager*.«

Zuerst fiel es ihm schwer, das richtige Schiff unter den vielen Raumern zu finden, die an den Andockmasten von *Deep Space Nine* schwebten. Dann bemerkte er das Starfleet-Emblem an der Außenhülle eines vergleichsweise kleinen und schnittigen Raumschiffs, dessen Bug den obersten Andockplatz küßte. Praktisch sofort wußte er, daß dieses Schiff in die Badlands vorstoßen sollte, auf der Suche nach den vermißten Maquisards. Janeway hatte ihm so wenig von der *Voyager* erzählt, daß Paris kaum wußte, was er erwarten sollte. Diese Eleganz unterschied sich von der Schönheit aller anderen Raumschiffe, die er kannte. Er glaubte, eine Art Raubtier zu sehen, so schnell und unermüdlich wie ein Gepard.

»Intrepid-Klasse«, sagte Stadi, als das Shuttle näher glitt. »Höchste Reisegeschwindigkeit Warpfaktor neun Komma neun sieben fünf. Fünfzehn Decks. Besatzung: hundertneunundvierzig Personen. Bioneurale Systeme ...«

Paris sah die Betazoidin an. »Bioneurale Systeme?«

Stadi nickte fast geistesabwesend. »Bei der *Voyager* sind einige traditionelle Schaltkreissysteme durch Gel-Massen ersetzt worden, die synthetische Nervenzellen enthalten. Sie organisieren Informationen besser, und dadurch wird die Reaktionszeit reduziert.« Sie lächelte fast verschmitzt. »Möchten Sie sich das Schiff aus der Nähe ansehen?«

Paris kam gar nicht dazu, eine bestätigende Antwort zu geben – die Finger der Betazoidin huschten bereits über die Tasten. Das Shuttle änderte den Kurs, flog nun in einem weiten Bogen über die Raumstation hinweg und am gewölbten Bug der *Voyager* vorbei, um anschließend die eine Flanke des prächtigen Schiffes zu passieren. Paris nahm alle Einzelheiten in sich auf und empfand dabei einen Neid, der ihn ärgerte. Die niedrig angebrachten Warpgondeln an den kurzen Stutzen deuteten auf ein Potential hin, das weit über die Kapazität der ihm vertrauten Raumer hinausging. Der glatte Übergang zwischen primärem und sekundärem Rumpf wirkte aerodynamisch im Vergleich mit den meisten anderen Starfleet-Einheiten. Plötzlich wünschte sich Paris nichts sehnlicher, als die *Voyager* zu fliegen und ihrer würdig zu sein. Um so bitterer war die Erkenntnis, auf Caldik Prime alles ruiniert zu haben. Wenn ihm damals jemand gesagt hätte, daß einige Stunden dummer Furcht genügten, um seinem Leben jene Dinge zu nehmen, die es lebenswert machten ... Er wäre bereit gewesen, laut zu lachen und eine Runde auszugeben.

Jetzt ...

Jetzt saß er stumm an Bord eines Shuttles, allein mit einer Sehnsucht, die für immer unerfüllt bleiben mußte. Er war ein Beobachter, jemand, der nur zusah, ohne direkt an den Dingen beteiligt zu sein. Was erwartete ihn? Was verhieß ihm die Zukunft?

Nichts. Nur Leere.

Er kam sich vor wie ein Kind, das nicht zum Zirkus durfte, während alle anderen aufbrachen, um die erste Vorstellung zu besuchen. Er mußte zurückbleiben, in einem stillen Haus, durfte nicht einmal die Parade beobachten.

Das Innere von *Deep Space Nine* wurde nicht der äußeren Ästhetik gerecht. Es wirkte unfertig: unverkleidete Streben an kahlen Decken; summende Schaltkreise und Kabel unter Stahlgitter-Laufstegen. Selbst die beiden Wächter, die geduldig am Schott des Andockplatzes warteten, erweckten einen farblosen, nicht endgültig definierten Eindruck. Trotzdem sah Paris sofort, daß sie zur Sicherheitsabteilung gehörten – für solche Typen hatte er während seiner Zeit in Auckland ein besonderes Gespür entwickelt. Plötzlich erleichterte es ihn, daß Stadi im Shuttle geblieben war.

»Mr. Thomas Paris?« Der schlankere der beiden Wächter blickte auf den elektronischen Datenblock in seiner Hand – er hatte nicht etwa eine Frage gestellt, sondern identifizierte den Neuankömmling. »Dem Scoutschiff *Voyager* zugewiesen?«

Paris rückte den über die Schulter geschlungenen Riemen der Reisetasche zurecht, machte jedoch keine Anstalten, sich den beiden Wächtern zu nähern. »Ja, das bin ich.«

Sein Lächeln prallte wirkungslos an dem dünnen Mann ab. »Mein Name ist Odo. Ich leite die hiesige Sicherheitsabteilung.« Er hatte ein gutes Gesicht für den Job: ausdruckslos und fremdartig. Die Haut spannte sich seltsam straff über den Knochen. Paris dachte an Brandwunden und eine Operation, bei der es die Chirurgen versäumten, alle Einzelheiten der Physiognomie zu gestalten. Unter anderen Umständen hätte er den Mann vielleicht bedauert, doch jetzt führte seine Präsenz nur dazu, daß Ärger in ihm entstand.

»Kann ich Ihnen irgendwie behilflich sein, Mr. Odo?« Paris wollte nicht sarkastisch klingen, aber ein solcher Tonfall schien inzwischen Teil seiner Stimme geworden zu sein.

Odo neigte kurz den Kopf. »Ich wollte mich nur vergewissern, daß Sie *Deep Space Nine* sicher erreicht haben«, erwiderte er ruhig. »Und ich möchte Ihnen folgendes mitteilen: Wenn Sie während Ihres Aufenthalts in der Station irgendwelche Schwierigkeiten haben, so darf ich Ihnen versichern, daß jemand von uns in der Nähe ist.«

Zum Teufel mit Janeway. Vertraute sie ihm so wenig, daß sie es für notwendig hielt, die hiesigen Sicherheitsorgane zu verständigen? Obwohl sein Aufenthalt in DS9 auf zwei Stunden beschränkt blieb?

Paris mußte sich sehr beherrschen, um nicht breit zu grinsen. »Oh, vielen Dank, Mr. Odo. Zweifellos fühlen sich die Leute hier sehr sicher, solange Sie im Dienst sind.«

»He ...«

Odo hob die Hand, woraufhin der junge Sicherheitswächter hinter ihm verstummte und sich damit begnügte, Paris einen finsteren Blick zuzuwerfen.

»Sie sollten Ihre Einstellung überdenken, Mr. Paris«, kommentierte Odo trocken. »Soweit ich weiß, hat Starfleet kaum Verwendung für sarkastische Junioroffiziere.« Der Datenblock summte, und Odo sah kurz aufs Display. »Wenn Sie mich jetzt bitte entschuldigen würden ... Im Andockring Zwei treffen einige Ihrer Schiffskameraden ein, und ich würde sie gern begrüßen.« Der Sicherheitsoffizier bedachte Paris mit einem undeutbaren Blick. »Willkommen an Bord.«

Einige Ihrer Schiffskameraden ... Paris beobachtete, wie Odo mit zielstrebigen Schritten durch den Korridor schritt. Der jüngere Wächter zeigte seine Verachtung ganz deutlich, bevor er sich umdrehte und dem Constable folgte.

Paris begriff plötzlich, daß Odo nicht nur ihn persönlich begrüßte, sondern auch alle anderen. Eine Geste der Höflichkeit und des Respekts. *Und ich habe ihn deswegen verspottet.*

Er spürte, wie ihm voller Scham das Blut ins Gesicht schoß.

Eins meiner Probleme besteht darin, daß ich mein Mundwerk nicht unter Kontrolle habe, dachte Paris, als er sich ebenfalls in Bewegung setzte und langsam durch den Korridor wanderte. Nun, es war nicht sein größtes Problem, aber es verschlimmerte alle anderen. Aus der Vergangenheit erklang die ruhige, kultivierte Stimme seines Vaters: »Ich schäme mich, Tom. Ich schäme mich, weil ich es irgendwie fertiggebracht habe, einen Sohn großzuziehen, dem es nicht nur an Moral mangelt, sondern auch an Vernunft.«

Ja, Vater – ich schäme mich ebenfalls.

Es fiel ihm nicht schwer, das Zentrum der Station zu finden – er verließ sich einfach darauf, daß ihn die Beine zur nächsten Bar trugen. Nach einer Weile erreichte er eine breite, protzig anmutende Promenade, in der ziemlich viele Leute unterwegs waren und die mit ihren vielen Läden und Kiosken auf eine fast peinliche Weise an ein Einkaufszentrum erinnerte. Paris glaubte sich nicht mehr an Bord einer Raumstation, sondern im Basar eines Low-Tech-Planeten. Wenigstens konnte er die meisten Hinweisschilder lesen.

Die Taverne unterschied sich von den anderen Etablissements. Paris erkannte die richtigen Lichter, spürte die richtige Atmosphäre. Hier fehlte jenes Drum und Dran, das Sensationelles verhieß und doch nur Banales bot. In diesem Fall schien alles zu stimmen: Paris hörte das Stimmengewirr von den Dabo-Tischen, sah private Nischen und Zugänge zu Holo-Zimmern, die Besonderes boten; sein Blick glitt über eine lange Theke mit traditionell anmutenden Barhockern, und er roch jene Mischung aus Synthehol und Schweiß, die auf viele Gäste mit großem Durst hindeutete. Blaugraues Licht schimmerte in der Bar. Jemand hatte Paris einmal darauf hingewiesen, daß eine derartige Beleuchtung an Zeiten erinnerte, als man in Kneipen mit nikotinhaltigen Pflanzenblättern gefüllte Papierzylinder verbrannt hatte: Menschen sogen den Rauch tief in die Lungen, um ihn nach einigen Sekunden wieder auszuatmen. Eine derartige Vorstellung genügte, um ihn voller Ekel schaudern zu lassen.

Paris trat ein – und geriet in eine Wolke, die nach Pfefferminz roch und seine Augen tränen ließ. Er rieb sich die Nase, um nicht zu niesen, schritt dann an zwei Narren vorbei, die sich über ein qualmendes Glas beugten, und wählte einen Platz am anderen Ende der Bar.

»... und wenn Sie mir diese Bemerkung gestatten: Ich freue mich immer sehr, hier neue Offiziere begrüßen zu dürfen.« Der Barkeeper – ein kriecherischer Ferengi, dessen auffallende Weste darauf hindeutete, daß er der Inhaber war – stützte die Ellenbogen auf eine glänzende Theke, lächelte und zeigte spitze Zähne. Sein Blick galt einem jungen Asiaten mit dem unschuldigen Gesicht eines jungen Buddhas. »Ihre Eltern sind bestimmt sehr stolz auf Sie, mein Junge. Sie wissen schon, bei einer solchen Gelegenheit …«

Der Fähnrich lächelte höflich und schüttelte den Kopf. »Ich bin nicht interessiert.«

Paris saß einige Meter entfernt und verzog andeutungsweise das Gesicht. Wenn ein Ferengi in der Nähe weilte, verzichtete man besser darauf, das Wort ›interessiert‹ auszusprechen.

»Interessiert?« wiederholte der Barkeeper, und in seinen kleinen Augen glitzerte es.

Der Fähnrich lächelte erneut. »Sie wollen mir doch etwas verkaufen, oder?«

Auch das noch, dachte Paris und seufzte lautlos. ›Interessiert‹ und ›verkaufen‹ innerhalb einer Minute – der Bursche hatte kaum mehr eine Chance.

Und der Barkeeper verstand sein Handwerk. Er wich ein wenig von der Theke zurück und richtete sich zu seiner vollen Größe auf, um von der Höhe moralischer Überlegenheit auf den Fähnrich hinabzublicken. »Ich dachte nur, daß sich Ihre Eltern vielleicht über ein Andenken an Ihre erste Mission freuen würden.«

»Und zufälligerweise haben Sie mehrere zur Auswahl.«

Der Ferengi zuckte wie beiläufig mit den Achseln. »Ich habe tatsächlich einige interessante Artefakte und Schmuckstücke, wie man sie nur in dieser stellaren Region findet …«

Paris bestellte romulanisches Bier bei einem Kellner, der so dumm war, ihm die Sicht zu versperren. Dann lehnte er sich zurück und beobachtete wieder den Ferengi sowie einen Fähnrich, der bald wesentlich weniger Geld haben würde, wenn kein Wunder geschah.

Nur zwei oder drei Sekunden lang hatte der Kellner vor ihm gestanden – Zeit genug für den Barkeeper, einen Haufen glitzernder Edelsteine auf der Theke materialisieren zu lassen. Paris fühlte sich ein wenig enttäuscht: Zu gern hätte er gesehen, mit welchem Trick der Ferengi-Betrüger die funkelnde Pracht erscheinen ließ.

Der Barkeeper drehte die Schatulle hin und her, um die Steine darin leuchten lassen. »Diese Lobi-Kristalle habe ich vor kurzer Zeit von einem sonderbaren Geschöpf bekommen, das sich Morn nannte ...«

An einem etwas weiter entfernten Thekensegment saßen mehrere Betrunkene, und einer von ihnen hob den Kopf. Fühlte er sich vielleicht von dem Ferengi angesprochen?

Der Fähnrich gab sich selbstbewußt und winkte ab. »An der Akademie hat man uns vor Ferengi gewarnt«, sagte er freundlich.

Vor dem inneren Auge sah Paris, wie sich die Taschen des Barkeepers mit Latinum füllten.

Die Gestalt hinter der Theke musterte den Fähnrich ungläubig. »Man hat Sie vor Ferengi gewarnt?« wiederholte er wie fassungslos.

Der Fähnrich schmunzelte und nickte. Er schien das nahende Unheil überhaupt nicht zu bemerken. »Ja.«

»Man bringt mein Volk in Verruf«, sagte der Barkeeper. »An der Akademie.«

Der Anblick des jähen Entsetzens im Gesicht des Fähnrichs war fast den Preis des romulanischen Biers wert, das Paris noch nicht angerührt hatte. »Ich wollte nur sagen ...«

»Ich versuche, ein zuvorkommender Gastgeber zu sein, der weiß, wie sehr sich die Eltern eines jungen Offiziers über ein Zeichen seiner Liebe freuen würden, gerade zu Beginn einer gefährlichen Mission – und wie behandelt man mich?« Der Ferengi gab sich empört. »Ich bekomme Verleumderisches zu hören.«

Ein Datenblock erschien in der Hand des Barkeepers, gewann auf ebenso geheimnisvolle Weise Substanz wie vorher die Kristalle. Sofort begann der Ferengi damit, kleine Tasten zu betätigen. »Nun, das lasse ich mir nicht bieten. Jemand wird dafür büßen müssen.« Er richtete einen bitterbösen Blick auf den Fähnrich. »Wie lautet Ihr Name?«

»Mein ... Name?«

Der Ferengi schnaufte. »Sie haben doch einen, oder?«

»Kim«, entfuhr es dem Fähnrich. »Harry Kim.«

»Und wer hat an der Akademie vor Ferengi gewarnt?«

»Äh ...« Kim gestikulierte nervös und zupfte am Ärmel des Barkeepers. »Ich glaube, das mit dem Andenken für meine Eltern ist gar keine schlechte Idee.«

»Oh, nein, nein, nein.« Der Ferengi wich noch etwas weiter zurück und spielte den Beleidigten.

»Im Ernst!« Kim griff nach der Schatulle und deutete auf die Kristalle. »Meine Mutter könnte einen solchen Edelstein als Anhänger tragen.«

»Wie wär's mit Manschettenknöpfen für Ihren Vater?«

»Manschettenknöpfe.« Kim nickte hastig. »Gute Idee.«

»Sie sind nicht zu verkaufen!« Der Ferengi riß dem jungen Mann so abrupt die Schatulle aus der Hand, daß Paris erstaunt die Brauen wölbte.

»Nun ...« Der Barkeeper konzentrierte sich wieder auf den Datenblock. »Teilen Sie Ihrem vorgesetzten Offizier mit, daß der Föderationsrat mit einer offiziellen Beschwerde rechnen kann ...«

Kim streckte beide Hände nach der Schatulle aus. »Wieviel für *alle* Kristalle?«

»Zahlen Sie bar oder per Überweisung?«

Das war zuviel. Paris hielt sich für einen abgehärteten Zyniker, aber selbst er konnte nicht ruhig zusehen, wie der unerfahrene Fähnrich einem gewieften Ferengi-Geschäftsmann zum Opfer fiel. Er ließ das (ohnehin verdünnte) romulanische Bier stehen und näherte sich.

»Die Dinger sehen toll aus, nicht wahr?« meinte er.

Der Ferengi warf ihm einen Blick zu, der fähig gewesen wäre, einen Warpkern zu schmelzen.

»Funkeln so hell wie koladanische Diamanten.« Paris nahm neben dem Fähnrich Platz.

»Sie funkeln noch heller und schöner.« Der Ferengi knurrte fast.

»Kaum zu glauben, daß man sie auf jedem Planeten in diesem System findet.«

Paris wollte nach einem der Kristalle greifen, doch der Barkeeper stieß seine Hand beiseite. »Das ist übertrieben.«

»In der Volnar-Kolonie gibt es einen Laden, in dem man sechs solche Steine in verschiedenen Formen und Größen für einen cardassianischen Lek kaufen kann.« Paris bedachte den Ferengi mit einem unschuldigen Blick. »Wieviel verlangen Sie?«

»Wir wollten gerade einen Preis vereinbaren...«

Kim blinzelte mehrmals und schien erst jetzt in die Wirklichkeit zurückzufinden. Er musterte erst den Mann an seiner Seite, dann den Barkeeper, blickte schließlich auf die Schatulle. Paris ahnte, wie sich der Fähnrich fühlte. Auch er war einmal dumm genug gewesen, mit Ferengi zu verhandeln; er trug noch immer die Narben. Kim schob die Schatulle beiseite, stand auf und floh regelrecht aus der Bar.

Paris warf einige Münzen auf die Theke – zuviel Geld für das schlechte romulanische Bier, aber nicht für die gerade zu Ende gegangene Show.

Draußen wartete Kim auf ihn. Hier wirkte der Fähnrich noch jünger als in der Bar: Rote Flecken zeigten sich auf seinen Wangen, und die Züge brachten deutliche Verlegenheit zum Ausdruck. Auch in diesem Fall erahnte Paris Kims Empfindungen: Vermutlich hatte er geglaubt, mit allem fertig werden zu können, doch die Umstände bewiesen das Gegenteil.

»Danke«, sagte der Fähnrich und senkte den Kopf.

Paris klopfte ihm auf die Schulter und wußte: Es kam fast einem Fluch gleich, so jung zu sein. »Hat man Sie an der Akademie nicht vor den Ferengi gewarnt?« fragte er.

Kim setzte zu einer Antwort an, überlegte es sich dann anders und lachte. Paris stellte überrascht fest, wie gern er dieses Geräusch hörte.

3

Es hätte schlimmer kommen können, fand Harry Kim. Zum Beispiel dann, wenn er nicht nur dumm, sondern obendrein auch noch stolz gewesen wäre. Stolz genug, um darauf zu bestehen, allein mit dem Ferengi zurechtzukommen, anstatt die Hilfe des ganz offensichtlich erfahreneren Schiffskameraden anzunehmen. Wie dem auch: Stolz war im Gegensatz zu Dummheit nie ein großes Problem für ihn gewesen. Der rationale Teil von ihm wußte, daß er jetzt dankbar sein sollte, doch das fiel ihm nicht leicht; er fühlte viel zu große Verlegenheit angesichts der eigenen Naivität.

Er musterte den hochgewachsenen, ruhigen Mann, der ihm zu Hilfe gekommen war. *Bestimmt schaffe ich es nie, so gelassen zu sein,* dachte er. *Und so groß wie er werde ich ebenfalls nicht.* Es erschien Kim schrecklich unfair, immer der junge, liebenswerte Typ zu sein, der in anderen Leuten den Beschützerinstinkt weckte. Bestimmt hatte noch nie eine Frau Tom Paris auf die Wange geküßt und geseufzt: »Du bist ja so süß!«

Der Weg zum Andockplatz der *Voyager* war nicht lang, aber er führte durch einen Bereich der Raumstation, in dem es laut und auch ziemlich hektisch zuging. Kim war am vergangenen Tag auf *Deep Space Nine* eingetroffen – Zeit genug für ihn, um zuviel Geld in den vielen Läden auszugeben, sich in einem klingonischen Restaurant den Magen zu verderben, ein überaus seltsames, von Tellariten inszeniertes Theaterstück zu sehen und sich auf eine Partie Squash mit einem freundlichen Medo-Lieutenant einzulassen. Wenn er nach den Ausflügen zum Schiff zurückkehrte, so erwartete ihn dort eine andere Art von Aufregung. *Dies ist jetzt mein Heim,* dachte er bei solchen Gelegenheiten.

Tom Paris stieß gegen ihn, und erst dadurch merkte er, daß er in der offenen Luke stehengeblieben war. Er spürte, wie seine Wangen glühten, wandte sich halb um und bedeutete Paris mit einem Wink, ihm zu folgen.

Der größere Mann trat durch den Zugang, balancierte die Reisetasche auf der Schulter und zeigte keine besonderen Emotionen. Er sah kurz nach rechts und links, mit der gleichen Höflichkeit, die ein Student zeigte, wenn er zum erstenmal das Zuhause eines Freundes sah. Für den Fähnrich kam jeder Schritt in dieser Umgebung einer Art Offenbarung gleich, und nun begriff er: Dabei handelte es sich nur um seine eigene, ganz persönliche Perspektive, um einen von hoffnungsloser Romantik geprägten Blickwinkel.

»Für Sie ist das sicher längst Routine«, sagte er und bemühte sich, in einem ruhigen, Reife verkündenden Tonfall zu sprechen. »An Bord eines neuen Schiffes zu kommen, meine ich ...«

Paris' Lippen formten ein seltsam schiefes Lächeln. »Nicht unbedingt.«

Die sonderbare Antwort beruhigte Kim ein wenig. »Ich schätze, das erste Schiff vergißt man nie. Als ich heute morgen eintraf, war ich ... sehr beeindruckt.«

»Ja.« Paris' Blick kehrte aus der Ferne zurück. Er lächelte erneut, diesmal offen und herzlich. »Ich weiß, was Sie meinen. So habe ich ebenfalls empfunden.«

Die Erleichterung dehnte sich in Kim aus und befreite ihn von der Unsicherheit. »Haben Sie sich schon für den Dienst bereit gemeldet?« Kim schmunzelte, als Paris den Kopf schüttelte. »Kommen Sie. Ich führe Sie zur Krankenstation.«

»Zur Krankenstation?« Paris zögerte gerade lange genug, um die Reisetasche auf die andere Schulter zu verlagern. Dann folgte er dem Fähnrich. »Warum melden wir uns nicht auf der Brücke?«

»Äh, ich weiß nicht...« Bisher hatte es Kim noch nicht über sich gebracht, jemanden danach zu fragen. »Ich habe noch keine Gelegenheit gefunden, die Brücke aufzusuchen«, fuhr er fort. »Dr. Fitzgerald befindet sich immer in der Krankenstation. In der hiesigen Rangordnung kommt er direkt nach Captain Janeway und dem Ersten Offizier Cavit.«

Paris nickte kurz. »Na schön. Gehen wir also zur Krankenstation.« Er streckte den Arm aus. »Nach Ihnen.«

Der Weg zur medizinischen Abteilung nahm etwa zwanzig Minuten in Anspruch, und fast die ganze Zeit über dachte Kim daran, auf welche Weise er ein Gespräch beginnen sollte. Er wollte nicht schweigen, und doch blieb er stumm. Aus irgendeinem Grund fiel ihm keine Bemerkung ein, die als Basis einer intelligenten Unterhaltung dienen konnte. Seiner Meinung nach wurde die Stille immer mehr zu einer Belastung, während Paris leise vor sich hin summte und in jedes offene Zimmer sah. Als sie schließlich die Krankenstation erreichten, sagte Kim nur: »So, da wären wir.«

Paris warf ihm nicht vor, auf Offensichtliches hinzuweisen. Er nickte nur und trat ein.

Die medizinische Sektion der *Voyager* war zwar recht klein, aber sehr gut ausgestattet. Die meisten Besatzungsmitglieder hatten gerade erst damit begonnen, sich in ihren Kabinen häuslich einzurichten, und deshalb herrschte hier kaum Betrieb. Dr. Fitzgerald stand vor den Computerschirmen an der gegenüberliegenden Wand. Während seines ersten Besuchs vor einigen Stunden hatte Kim im markanten Gesicht des Arztes einen Hauch von Unfreundlichkeit gesehen. Dieser Eindruck wurde nun bestätigt, als er beobachtete, wie Fitzgerald seiner vulkanischen Assistentin ungeduldig zuwinkte.

»Führen Sie eine Funktionskontrolle der Stufe drei durch«, sagte der Doktor, und es klang so gereizt, als hielte er Vulkanier für die dümmsten Geschöpfe in der ganzen Galaxis. »Nur um ganz sicherzugehen …«

Die Vulkanierin ging fort, und Dr. Fitzgerald drehte sich um, anscheinend mit der Absicht, ihr etwas nachzurufen. Doch dann sah er die beiden Neuankömmlinge. »Kann ich Ihnen helfen?« fragte er schroff.

Kim spürte die Wärme bereits vertrauter Verlegenheit. Außerdem fühlte er sich von einem Ärger erfaßt, der nicht nur ihm selbst galt, sondern auch dem Arzt – immerhin hatte er sich nichts zuschulden kommen lassen.

»Ich bin Tom Paris und melde mich an Bord.«

Harry Kim bewunderte das Selbstbewußtsein, mit dem sich Paris vorstellte – und das diesem einen mißbilligenden Blick des Doktors einbrachte.

»Oh, ja, der …« Zuckte so etwas wie Verachtung in den Mundwinkeln des Arztes? »… ›Beobachter‹.«

Paris nickte. Er lächelte nach wie vor, aber in seinen Augen zeigte sich auch eine gewisse Wachsamkeit. »Stimmt genau.« Er wartete, und schon nach wenigen Sekunden lastete das Schweigen so schwer auf Kim, daß er verzweifelt nach den richtigen Worten suchte, um es zu beenden.

Paris kam ihm zuvor. »Derzeit beobachte ich hier ein Problem, Doktor.«

Fitzgerald lächelte ebenfalls, aber gleichzeitig gelang es ihm, ernst zu bleiben. »Ich habe als Arzt im Hospital von Caldik Prime gearbeitet, als Sie dort stationiert waren.« In Paris' Zügen veränderte sich etwas, und daraufhin geriet auch Bewegung in das Gesicht des Arztes. Zufriedenheit erschien dort. Kim drehte den Kopf, um den größeren Mann an seiner

Seite zu mustern, sah jedoch nur ein Lächeln, das an den Lippen festzukleben schien.

»Wir sind uns nie begegnet«, sagte der Arzt.

Paris nickte stumm, hielt das offenbar für Antwort genug.

Fitzgerald wandte sich ab und griff nach einem Datenchip, der auf einer nahen Untersuchungsliege lag. »Ich habe Ihre Medo-Dateien bekommen, Mr. Paris – Sie wissen, von wo.« Er sah Paris über den Chip hinweg an. »Ich schätze, es ist soweit alles in Ordnung. Die Kommandantin hat nach Ihnen gefragt. Sie sollten sich bei ihr melden.«

»Auch ich bin noch nicht bei ihr gewesen. Ich schätze, das hole ich besser nach.« Kim zog behutsam an Paris' Ellenbogen – er wollte die Krankenstation so schnell wie möglich verlassen, bevor die Anspannung unerträglich wurde.

»Das halte ich für eine gute Idee, Mr. Kim«, sagte Dr. Fitzgerald nicht ohne eine gewisse Schärfe.

Der Fähnrich fluchte lautlos, trat rasch in den Korridor und wartete dort, bis sich die Tür hinter ihm geschlossen hatte. Erst dann wagte er es, nach Luft zu schnappen.

»Was hat das alles zu bedeuten?« fragte er Paris.

Der seufzte nur und klopfte ihm kurz auf den Rücken. »Es ist eine lange Geschichte, Harry, und ich habe sie satt.« Er versuchte zu lächeln, doch ein eigentümlicher Kummer haftete in den Augen fest. »Bestimmt dauert es nicht lange, bis jemand anders sie erzählt.«

Plötzlich war Kim gar nicht mehr sicher, ob er sie hören wollte.

4

Es gab eine Menge zu tun. So viele Dinge mußten erledigt werden, und bis zum Start blieb nicht einmal mehr eine Stunde Zeit. Janeway dachte an die noch nicht beantworteten Subraum-Mitteilungen, blinzelte und blickte auf zwei Tassen Kaffee hinab, die ihr das Ausgabefach des Replikators im Bereitschaftsraum präsentierte – sie erinnerte sich überhaupt nicht daran, eine bestellt zu haben. Einige Sekunden später begriff sie: Es lag an Marks Stimme, die vom Kom-Schirm hinter ihr erklang. Wenn er ihr bei langwierigen Vorbereitungen Gesellschaft leistete, wechselten sie sich immer damit ab, Kaffee zu holen. Aus reiner Angewohnheit hatte sie auch eine Tasse für ihn geordert. Allerdings: Diesmal konnte er nicht daraus trinken. Noch gab es keinen Transporter, mit dem es möglich war, Gegenstände über viele Lichtjahre hinweg zu transferieren.

Sie griff nach einer Tasse und klemmte sich gleichzeitig mehrere Datenblocks unter den Arm, um nicht zweimal gehen zu müssen. Kurze Zeit später rutschten die kleinen Geräte auf den Tisch, um dort einen unordentlichen Haufen zu bilden. Die Kaffeetasse stellte Janeway in sicherer Entfernung von ihren Ellenbogen ab.

»Der Tierarzt hat angerufen«, sagte Mark. Er nahm es einfach hin, daß Kathryn gedankenlos den vom visuellen Sensor erfaßten Bereich verlassen hatte. An diese Art von Chaos kurz vor einer neuen Mission war er gewöhnt.

Sie trank einen Schluck Kaffee und nahm den ersten Bericht von einem hohen Stapel. »Und?«

»Und ich hatte recht«, erwiderte Mark.

Janeway schluckte hastig, um sich nicht die Zunge zu verbrennen. »Sie ist trächtig?«

Der Mann auf dem Schirm lächelte selbstgefällig. Wenn er in Reichweite gewesen wäre, hätte ihn Kathryn jetzt ordentlich in die Wange gezwickt. »Sie wirft in sieben Wochen.«

In sieben Wochen? Das bedeutete: Bear war schon seit einer ganzen Weile trächtig. *Es hätte mir eigentlich klar sein müssen,* dachte Janeway. Sie hob die Hand zur Stirn und versuchte, dahinter etwas Platz für andere Gedanken zu schaffen. »Du mußt sie nach Hause bringen, Mark!«

»Wie bitte? Ich habe gerade erst den Teppich reinigen lassen!«

»Sie wird *Mutter*«, betonte Kathryn. Fast hätte sie laut gelacht, als Mark skeptisch die Stirn runzelte. »Ich kann sie nicht in einem Tierheim lassen, während ich ...«

»Fällt das in die Kategorie *Liebe meinen Hund wie mich selbst?*« warf Mark ein.

Janeway lächelte. »Ja.«

Er seufzte und rollte in der Art eines Märtyrers mit den Augen. »Du weißt, daß ich dir nichts ausschlagen kann.«

»Danke, Schatz.« Diese Worte bezogen sich nicht nur auf Bear, sondern auch auf viele andere Dinge.

»Wann brichst du auf?«

Die Frage erinnerte Janeway daran, wieviel Arbeit noch auf sie wartete. Ihr Blick glitt zum Tisch, und plötzlich war sie sich der Erschöpfung bewußt. »Sobald ich diese Statusberichte gelesen und bestätigt habe.« Sie griff nach einem und überflog ihn.

»Na schön«, sagte Mark. »Ich störe dich nicht länger.«

»He …« Kathryn streckte die Hand aus, berührte wie zärtlich den Kom-Schirm und bedauerte die lichtjahrweite Entfernung. »Du störst nie. Besser gesagt: Du störst auf eine sehr angenehme Weise. Verstanden?«

Mark beugte sich ebenfalls vor und schien einen – unmöglichen – physischen Kontakt herbeiführen zu wollen. »Aye, Captain.«

»In einigen Wochen sehen wir uns wieder.« In einigen Wochen, die bestimmt wie im Flug vergingen. Bisher hatte es für Janeway kaum eine Gelegenheit gegeben, nach Luft zu schnappen, und nichts deutete darauf hin, daß sich daran etwas änderte. »Oh, und noch etwas, Mark. Schau doch bitte bei mir zu Hause vorbei und hol den Korb für Bear. Dann hat sie's bequemer.«

»Das hab' ich bereits erledigt«, lautete die Antwort. »Vor einer Stunde.«

Janeway versuchte zu schmollen, aber es gelang ihr nicht. Sie hauchte einen Kuß auf ihre Fingerkuppen und berührte damit den Bildschirm. *Nur einige wenige Wochen.* Mark erwiderte die Geste, winkte zum Abschied und unterbrach die Verbindung.

Die Kommandantin der *Voyager* widmete sich wieder ganz der Arbeit. Sie ging die Berichte durch, las Dutzende von verschiedenen Meldungen und bestätigte sie immer wieder mit einem Daumenabdruck. Nach einer Weile merkte sie, daß die Tasse keinen Kaffee mehr enthielt – und daß sich ein neuer Stapel auf dem Tisch gebildet hatte, der diesmal auf geleistete Arbeit hinwies. Ein kleiner Triumph, der sie ein wenig beruhigte.

Sie stand auf, trug die leere Tasse zum Replikator und fragte sich, ob sie die zweite dem Recycler überlassen sollte, als der Türmelder summte.

»Herein.«

Zwei Männer betraten den Bereitschaftsraum. Janeway erkannte Paris, mit dem sie in Auckland gesprochen hatte, und bei seinem Begleiter handelte es sich um Harry Kim – sie entsann sich an sein Holo-Foto in den Crew-Unterlagen. Mit geschnittenem Haar und in der Starfleet-Kleidung sah Paris wesentlich besser aus. Was Kim betraf... Er schien jung genug zu sein, um aus allen Kneipen in diesem Raumsektor geworfen zu werden. Außerdem wirkte er irgendwie erschrocken.

»Meine Herren... Willkommen an Bord der *Voyager*.«

Paris nickte knapp und würdevoll. Kim versuchte, noch mehr Haltung anzunehmen. »Danke, Sir«, brachte der Fähnrich atemlos hervor.

»Mr. Kim...« Janeway drückte eine Taste des Replikators, woraufhin die beiden Tassen verschwanden. »Entspannen Sie sich. Ich möchte nicht, daß Sie sich etwas verstauchen.«

Der junge Mann versuchte, einen Teil der Anspannung abzustreifen, aber seine Bemühungen blieben ohne Erfolg.

Janeway wandte sich vom Replikator ab und verschränkte die Arme. »Übrigens, Mr. Kim: Das ›Sir‹ mag bei Starfleet üblich sein, aber mir gefällt es nicht, damit angesprochen zu werden.«

Der Fähnrich errötete und nickte steif. »Bitte entschuldigen Sie... Ma'am?«

»An *Ma'am* gibt es nichts auszusetzen, wenn's hart auf hart geht, aber *Captain* ist mir lieber.« Sie wartete ein zweites Nicken ab und deutete dann zur Tür auf der gegenüberliegenden Seite. »Wir starten bald. Ich zeige Ihnen die Brücke.«

Die beiden Männer folgten der Kommandantin. Paris blieb ein wenig zurück und schulterte seine Reisetasche, die nur zum Teil gefüllt zu sein schien. Janeway fragte sich, was er von Auckland mitgebracht hatte. Irgendwelche persönlichen Gegenstände? Oder wollte er nur nicht den Eindruck erwecken, fehl am Platz zu sein?

»Hatten Sie irgendwelche Schwierigkeiten, *Deep Space Nine* zu erreichen, Mr. Paris?« Eigentlich diente diese Frage nur dem Zweck höflicher Konversation – weder Paris noch Kim sollte merken, daß Janeways Aufmerksamkeit ihnen keineswegs zu gleichen Teilen galt.

Doch Paris schien hinter den Worten mehr zu vermuten und entgegnete: »Ganz und gar nicht – *Captain.*«

Nun, wenigstens konnte Janeway sicher sein, daß ihr das Rehabilitationskomitee den richtigen Mann geschickt hatte.

Die Tür glitt beiseite, und das leise, beständige Summen der Bordsysteme erklang. Etwas in Janeway reagierte ebenso auf dieses besondere Geräusch wie der Körper einer Tänzerin auf Musik. Cavit leistete Stadi an den Navigationskontrollen Gesellschaft, sah auf und nickte kurz. Janeway lächelte. Sie liebte dieses Schiff bereits, obwohl der erste Flug noch bevorstand. Sie liebte die Eleganz der Brücke, die Anmut und Kraft zum Ausdruck bringende Struktur. Einmal mehr fragte sie sich, wie es sein mochte, mit der *Voyager* auf fast Warp zehn zu beschleunigen …

Sie trat zum Kommandodeck herunter, näherte sich dem Befehlsstand und legte dort die Hand auf die Rückenlehne des Sessels, der für den Captain reserviert blieb.

»Mein Erster Offizier, Lieutenant Commander Cavit.« Janeway deutete auf die beiden Männer, als Cavit die Hand ausstreckte. »Fähnrich Kim, Mr. Paris.«

Cavit zögerte kurz, bevor er Paris' Hand ergriff. Sein Lächeln wirkte gezwungen. »Willkommen an Bord.«

Janeway nahm sich vor, später mit Cavit zu reden –

sie hatte mehr Takt von ihm erwartet. Im Gegensatz zu Paris, der nicht überrascht zu sein schien. In seinem Gesicht zeigte sich eine Mischung aus Erheiterung und Bitterkeit.

Janeway lenkte Kim ab, indem sie zur Funktionsstation deutete. »Das ist Ihr Platz. Möchten Sie gleich mit dem Dienst beginnen?«

Der Fähnrich lächelte erfreut. »Ja, Ma'am.«

Janeway widerstand der Versuchung, ihm den Kopf zu tätscheln. »Noch geht es nicht hart auf hart, Mr. Kim.« Sie bedeutete ihm, an der Konsole Platz zu nehmen. »Ich gebe Ihnen Bescheid, wenn es soweit ist.«

Sie legte die Hände auf den Rücken und schritt durch den Kontrollraum. Angeblich ging es ihr darum, den einzelnen Offizieren noch einmal über die Schulter zu blicken und einen Eindruck von der allgemeinen Situation zu gewinnen. Aber in Wirklichkeit genoß Janeway das berauschende Gefühl von Freiheit und Verantwortung, das jedes neue Kommando begleitete. Die Brücke war recht klein, und ihre Crew schien sich schon jetzt in eine Gemeinschaft verwandelt zu haben. *Bestimmt bilden wir ein gutes Team,* dachte Janeway zufrieden und war stolz darauf, Captain dieses Schiffes zu sein.

Paris ließ einen stummen Blick durch den Kontrollraum wandern, beobachtete Männer und Frauen, die einen vielversprechenden Weg in die Zukunft beschritten – einen Weg, der ihm für immer verwehrt blieb. Janeway verglich ihn mit einem Mißklang innerhalb von Harmonie. Es regte sich kein Mitleid in ihr. Sich mit den Konsequenzen des eigenen Handelns abzufinden ... Darin bestand eine der schwierigsten Lektionen des Lebens. Manchmal wurden Leute, von denen man eigentlich viel erwarten durfte, nicht mit den Folgen der eigenen Fehler fertig. Manchmal scheiterten sie schon ganz zu Anfang. Wenn so etwas geschah ... Dann konnte nicht einmal ein Vater in der

Admiralität helfen. Wenn sich Paris nicht an seine Rolle als Beobachter und *Fremder* an Bord der *Voyager* gewöhnte, so stellten die nächsten Wochen vor allem für ihn selbst ein Problem dar. Er durfte kaum damit rechnen, daß die Crew Verständnis für ihn zeigte.

Janeway trat aufs Kommandodeck hinunter und stellte einen Blickkontakt mit Cavit her. *Es wird Zeit,* dachte sie. Der Erste Offizier schien ihre Gedanken zu erraten und nickte.

»Lieutenant Stadi...« Cavits Stimme weckte die Aufmerksamkeit aller Anwesenden. »Programmieren Sie den Kurs, und bitten Sie um Starterlaubnis.«

Stadi nickte und berührte mehrere Schaltflächen. »Kurs programmiert. *Deep Space Nine* hat uns Starterlaubnis erteilt.«

»Manövriertriebwerk bereit.«

»Bereitschaft«, meldete Kim etwas zu eifrig. Janeway lächelte, als sie die Aufregung in seiner Stimme hörte.

Ich weiß, wie Sie sich jetzt fühlen.

Sie nahm im Kommandosessel Platz und gab sich ruhig, obgleich alles in ihr zitterte. Wie dem auch sei: Ein Captain durfte nicht nervös hin und her rutschen, wenn eine Mission begann.

Janeway holte tief Luft und schob das Kinn vor. *Es ist soweit,* dachte sie.

»Also los«, sagte sie nur.

5

Der Tag fängt nicht besonders gut an, dachte Tom Paris, als er die Messe betrat, gähnte und sich den Nacken rieb. Erst seit knapp vierundzwanzig Stunden befand er sich an Bord der *Voyager* – Zeit genug für ihn, um vor der Brückencrew wie ein Idiot dazustehen und anschließend eine schlaflose Nacht zu verbringen. Zuerst hatte er geglaubt, daß es am zu weichen Bett lag (derartiger Komfort fehlte in der Strafsiedlung), außerdem an der unnatürlichen Stille nach den lauten Nächten in Neuseeland. Er wies den Computer an, genug Hintergrundgeräusche zu liefern, versuchte dann, auf dem Boden der Kabine die ersehnte Ruhe zu finden. Aber auch damit gelang es ihm nicht, die Unruhe aus sich zu vertreiben. Irgendwann stellte er sich folgender Erkenntnis: Er konnte deshalb nicht schlafen, weil er den fast verzweifelten Wunsch verspürte, bei dieser Mission *irgend jemanden* zu beeindrucken.

Und jetzt dies.

Nur Kim hob den Kopf, und sein Gesicht verriet Verlegenheit. Cavit und Fitzgerald ignorierten Paris selbst dann, als er direkt den Blick auf sie richtete. Sie schienen das Recht zu haben, hier über ihn zu reden – während es bei ihm an eine Anmaßung grenzte, die gleiche Luft zu atmen wie sie. *Vielleicht haben sie sogar recht,* dachte er und ging zu den Synthetisierern, obwohl er gar keinen Appetit mehr verspürte.

»Tomatensuppe.«

Der Apparat summte, doch das Ausgabefach blieb

leer. »Dieser Replikator bietet vierzehn verschiedene Sorten Tomatensuppe an«, teilte eine freundliche Sprachprozessorstimme mit. »Mit Reis. Mit Gemüse. Nach bolianischer Art ...«

»Ohne Zusätze«, sagte Paris. Er war Purist.

»Heiß oder kalt?«

Er hätte am liebsten die Faust geballt und damit an die Wand geschlagen. Einige Sekunden lang erwog er die Möglichkeit, daß sich selbst die Computer an Bord gegen ihn verschworen hatten. »Heiß«, sagte er scharf. »Ich möchte schlichte, heiße Tomatensuppe.« In seinem Leben schien nichts mehr einfach zu sein.

Als der Replikator schließlich das Gewünschte lieferte, hatten Cavit und Fitzgerald bereits den Raum verlassen. Paris griff nach dem zu heißen Teller und sah zu Kim, der seinen Blick mied.

Früher oder später mußte es so kommen, dachte Paris und versuchte, dem jungen Fähnrich nicht böse zu sein. Eine Zeitlang hatte er tatsächlich gehofft, an Bord der *Voyager* eine zweite Chance zu bekommen, ohne von der Vergangenheit eingeholt zu werden. *Ich könnte ihr nicht einmal mit Warp neun Komma neun entkommen.*

Er nahm Kim gegenüber Platz und beugte sich ein wenig vor. »Na bitte«, sagte er und lächelte besonders freundlich, um das Unbehagen zu vertreiben. »Ich wußte, daß es nicht lange dauern würde, bis Sie davon erfahren.«

Kim starrte auch weiterhin auf sein Tablett. Erst nach einigen Sekunden fand er die Kraft, aufzusehen und dem Blick des anderen Mannes zu begegnen. »Ist es wahr?«

Ich weiß gar nicht mehr, was ›wahr‹ bedeutet, dachte Paris. Laut sagte er: »Ob ich für den Unfall verantwortlich bin? Ja. Fehler des Piloten. Ich brauchte eine Weile, um es zuzugeben.« Plötzlich verließ ihn der Mut, und er senkte den Kopf, betrachtete den Inhalt des Tellers. Die Flüssigkeit war nicht rot, eher orangefarben, und sie roch ein wenig nach Ingwer.

»Vierzehn verschiedene Sorten«, murmelte er. »Aber das Ding kriegt nicht einmal ganz normale Tomatensuppe richtig hin.«

»Es heißt, Sie haben falsche Berichte abgeliefert.«

Paris griff nach dem Löffel. »Ja.«

Kim musterte ihn. *»Warum?«* Er schien sich keine Situation vorstellen zu können, die ein derartiges Verhalten rechtfertigte.

»Was spielt's für eine Rolle?« Paris kam sich wie ein Narr vor. Von einem Naivling wie Kim durfte er kein Verständnis erwarten. »Ich habe gelogen.«

»Aber dann traten Sie vor und gestanden Ihre Schuld«, beharrte der Fähnrich.

Paris zuckte mit den Achseln – eine ehrliche Antwort, die nicht viel bedeutete. »Um ganz offen zu sein, Harry ...« Er schob den Teller mit der angeblichen Tomatensuppe beiseite. »Ich hätte nur den Mund halten müssen – dann wäre alles in Ordnung gewesen. Aber ich konnte es nicht. Die Geister der drei toten Offiziere kamen mitten in der Nacht zu mir und lehrten mich die wahre Bedeutung von Weihnachten ...« Er unterbrach sich, erfüllt von jäher Verlegenheit. »Deshalb habe ich ein Geständnis abgelegt«, fuhr er fort. »Was sich als schlimmster Fehler meines Lebens erwies. Aber nicht als letzter. Ich mußte Starfleet verlassen, suchte nach einer Möglichkeit zum Kampf und fand den Maquis.« Paris schüttelte den Kopf. »Man faßte mich bei meinem *ersten* Einsatz.«

Kim stocherte nachdenklich in seinem Essen. »Es muß sehr schwer für Sie gewesen sein«, sagte er schließlich. »Als Sohn eines Admirals ...«

Ein unwillkommenes Erinnerungsbild zeichnete sich vor Paris' innerem Auge ab: Es zeigte ihm seinen Vater am Ende der Verhandlung. Seltsamerweise verband er keine glücklicheren Reminiszenzen mit ihm.

»Ich schätze, für meinen Vater war's noch schwerer als für mich.«

Er stand auf und trug den Teller zum Recycler. Mit dieser Art von Tomatensuppe konnte er nichts anfangen.

»Bestimmt hat man Ihnen geraten, sich von mir fernzuhalten«, sagte Paris zu Kim, als er den Teller ins Fach stellte. Über die Schulter hinweg sah er zum Tisch. »Und wissen Sie was? Sie sollten den Rat beherzigen. Ich bringe nicht unbedingt Glück.«

Kim runzelte die Stirn. »Ich suche mir meine Freunde selbst aus«, erwiderte er und lächelte, als sei er stolz, eine solche Entscheidung getroffen zu haben.

Ich könnte Hilfe gebrauchen, dachte Paris und rieb sich die Augen. *Und du ebenfalls, mein Junge. Jemand sollte dir beibringen, deine Freunde besser auszusuchen.*

Bevor er Gelegenheit bekam, eine Antwort zu geben, piepte sein Insignienkommunikator. Er zuckte unwillkürlich zusammen und begriff, wie sehr er dieses Geräusch vermißt hatte.

»Janeway an Paris.«

Er klopfte auf das kleine Gerät und freute sich darüber, wieder Teil eines Kom-Netzes zu sein. »Ich höre.«

»Kommen Sie zur Brücke«, sagt Janeway. »Wir nähern uns dem Suchgebiet.«

Paris erkannte die Badlands in dem Augenblick, als er den Kontrollraum betrat. Es lag nicht etwa an den Mustern der Sterne und Nebel, sondern an den hin und her zuckenden Tentakeln aus feurigem Plasma. Deutlich erinnerte er sich an das flaue Gefühl in der Magengrube, als er zum erstenmal mit Chakotay durch dieses Chaos geflogen war: Bei jener Gelegenheit hatte der große Indianer darauf hingewiesen, es sei noch kein Maquis-Schiff von den energetischen Stürmen zerfetzt worden – zumindest nicht in letzter

Zeit. Damals tröstete er sich mit der Vorstellung, daß es keinen Starfleet-Raumer gab, der den Maquisards in die Badlands folgen konnte. Jetzt aber stand er auf der Brücke eines Schiffes, das zu dem Zweck gebaut worden war, in derartige stellare Regionen vorzustoßen. Er hatte sich schon einmal getäuscht – vielleicht täuschte er sich auch hier und jetzt.

Als sich die Tür öffnete, sah Janeway von der taktischen Station auf, und ihr Gesicht präsentierte den gleichen neutralen Ausdruck wie auch bei ihrer ersten Begegnung in Auckland. Das mußte er ihr lassen: Sie mochte ihn nicht, aber sie vermied es, die übrigen Offiziere auf ihre Antipathie dem ›Beobachter‹ gegenüber hinzuweisen. Cavit hingegen machte daraus kaum einen Hehl. Nur widerwillig wich er beiseite, als Janeway Paris heranwinkte.

Ich wünsche Ihnen einen guten Morgen, Mr. Cavit, dachte Paris und bedachte den Ersten Offizier mit einem besonders freundlichen Lächeln – das ihn bestimmt ärgerte.

»Die Cardassianer haben uns die letzten bekannten Koordinaten des Maquis-Schiffes übermittelt.« Janeway deutete auf eins der taktischen Displays. Bemerkte sie den bösen Blick, den Cavit Paris zuwarf? Wenn das tatsächlich der Fall war, so beschloß sie offenbar, ihm keine Beachtung zu schenken. »Außerdem sind uns die Plasmasturm-Aktivitäten des betreffenden Tages bekannt. Mit etwas Glück sollten wir imstande sein, den Kurs des Schiffes zu berechnen.«

Paris kehrte Cavit den Rücken zu und beugte sich zu den Anzeigen vor. Die Diagramme und graphischen Darstellungen zeigten energetische Entladungen, die allein vom Zufall bestimmte Muster bildeten. Eine Zickzacklinie wies auf den Flug des Maquis-Raumers hin, und ein schwarzes Symbol markierte jene Stelle, an der die Cardassianer die Verfolgung aufgegeben hatten. Eine punktierte Linie schließlich verdeutlichte die von den cardassianischen Sensoren ermittelten Kursdaten.

»Vermutlich haben die Maquisards versucht, einen Planetoiden der Klasse M im Terikof-Gürtel zu erreichen«, spekulierte Paris.

»Wenn das stimmt, flogen sie dorthin.« Cavits Worte galten dem an der Konsole sitzenden Sicherheitsoffizier. Er beugte sich an Paris vorbei und zeigte auf eine bestimmte Stelle des Bildschirms.

Der Sicherheitslieutenant nickte und betätigte einige Tasten, woraufhin das Bild im Projektionsfeld wechselte. »Die Plasmastürme zwangen sie in diese Richtung.«

»In Ordnung«, sagte Janeway. Und zu Cavit: »Passen Sie unseren Kurs entsprechend an.«

»Aye, Captain.«

Der Erste Offizier schien froh zu sein, das Gedränge an der taktischen Station verlassen zu können. Mit langen Schritten ging er übers Oberdeck und verließ es dann, um mit Stadi an den Navigationskontrollen zu sprechen.

Stadi, dachte Paris. Während des Flugs mit dem Shuttle war sie recht freundlich gewesen, doch jetzt würdigte sie ihn keines Blickes mehr. Er verbannte die Gedanken an sie aus dem Zentrum seines Selbst und folgte Janeway zum Befehlsstand.

»Die Cardassianer behaupten, das Maquis-Schiff in einen Plasmasturm getrieben zu haben, wo es angeblich zerstört wurde.« Janeway ließ sich in den Kommandosessel sinken und runzelte die Stirn. »Allerdings haben unsere Sonden keine Trümmer entdeckt.«

»Vielleicht hat der Plasmasturm nichts von dem Schiff übriggelassen«, meinte Paris.

Janeway schüttelte den Kopf und sah zu ihm auf. »Wir müßten zumindest Resonanzspuren des Warpkerns orten können.«

Das stimmte, und deshalb schwieg Paris.

»Captain...« Kim drehte sich halb im Sessel um, ohne die Hände von den Kontrollen zu lösen. »Wir werden von einem kohärenten Tetryonenstrahl gescannt.«

Janeway beugte sich vor. »Ursprung, Mr. Kim?«

Der Fähnrich wandte sich wieder den Instrumenten zu. »Ich weiß es nicht.« Er blinzelte und zögerte, bevor er Tasten drückte und Justierungen veränderte. »Außerdem nähert sich uns eine Verschiebungswelle...«

Die Kommandantin erhob sich. »Auf den Schirm.«

Kim schaltete um, und weiße Energie flutete über den großen Bildschirm. Zwar betrug die Entfernung mehrere hunderttausend Kilometer, aber die kochende Verzerrungsflut wirkte so erschreckend nahe, daß sich Paris am Kommandosessel festhielt, um nicht zurückzuweichen.

Janeway trat sogar noch einige Schritte näher an den Schirm heran, wie in der Hoffnung, dadurch zusätzliche Details zu erkennen. »Analyse.«

»Es lassen sich polarisierte magnetische Variationen feststellen«, meldete Kim.

Cavit beugte sich neben der taktischen Station übers Geländer des Oberdecks. »Vielleicht können wir die Welle mit einem Graviton-Partikelfeld auflösen.«

Janeway nickte, ohne sich umzudrehen. »Versuchen Sie's.«

Cavit winkte den Sicherheitsoffizier fort von der Konsole, als die Kommandantin sagte: »Alarmstufe Rot.« Sie berührte Stadi an der Schulter. »Bringen Sie uns fort von der Welle, Lieutenant.«

»Neuer Kurs«, bestätigte die Pilotin. »Vier eins Komma eins acht null.«

»Gravitonfeld wird initialisiert«, berichtete Cavit. Janeway spürte, wie das Schiff erbebte, als der Erste Offizier die Entladung auslöste.

Im Gegensatz zur Verschiebungsanomalie blieb das

Gravitonfeld unsichtbar, als es sich im All ausdehnte. Paris glaubte, in der energetischen Integrität der Verzerrungswelle ein kurzes Flackern zu erkennen, als die beiden verschiedenen Energieformen aufeinandertrafen, aber vielleicht spielte ihm die Phantasie einen Streich.

Eine Sekunde später verkündete Kim nervös: »Das Gravitonfeld bleibt ohne Auswirkungen.«

Paris spürte, wie ihm das Herz bis zum Hals empor klopfte.

»Volle Impulskraft!« befahl Janeway.

Stadi führte die Anweisung ohne Bestätigung aus, und Paris spürte, wie die *Voyager* durch den Weltraum sprang. Er sehnte sich danach, irgendwo Platz nehmen und helfen zu können.

Kims Blick klebte an den Anzeigen fest. »Die Welle erreicht uns in zwanzig Sekunden.«

»Können wir einen Warptransfer einleiten?«

Stadi schüttelte den Kopf und bediente auch weiterhin die Kontrollen. »Das ist nur außerhalb der Plasmazone möglich.«

»Noch acht Sekunden ...«

Mit zwei langen Schritten war Janeway beim Kommandosessel und aktivierte das Interkom in der Armlehne. »Achtung, an alle: Bereiten Sie sich auf heftige Erschütterungen vor.«

»Noch drei Sekunden ...«

Janeways Stimme hallte noch immer durch die Korridore des Schiffes, als Gottes Hand die *Voyager* packte und sie durchs Nichts schleuderte.

Die Struktur von Stadis Realität splitterte, und hundert Schreie erklangen, berichteten von Verzweiflung und Schmerz. Zusammengekrümmt saß sie am Navigationspult. Eine Kontrolle des Schiffes war nicht mehr möglich, und sie lief Gefahr, auch die über sich selbst zu verlieren. *Persönliche Disziplin steht an erster*

Stelle, erklang eine Stimme aus ihrer Vergangenheit. *Alles andere kommt von allein*.

Aber wie sollte man Frieden finden, wenn man der eigenen Empathie zum Opfer zu fallen drohte? Als Betazoidin unterhielt Stadi mentale Verbindungen zur Crew, und daraus erwuchsen ihr nun schier unerträgliche Belastungen. Menschliche Selbstsphären zeichneten sich durch starke psychische Emanationen aus, und Stadi schien plötzlich nicht mehr imstande zu sein, sie zu filtern, ihr eigenes Ich abzuschirmen.

»Wie hältst du es aus?« hatte sie ihre Tante gefragt, damals, als sie ein Mädchen gewesen war und noch nicht die Hintergründe der geistigen Kontrolle kannte, die der Tante so leicht zu fallen schien. »So viele Gedanken und Gefühle, die *ganze Zeit über!*«

Damals lebte Tante Shenzi schon seit vielen Jahren bei den Menschen. Sie arbeitete für die Regierung, und manchmal dauerten ihre Aufenthalte auf dem Planeten Erde Dutzende von Monaten. »Nicht die ganze Zeit über«, erwiderte sie. »Nur dann, wenn sie in Hinsicht auf irgendeine Sache besonders stark empfinden.«

Doch genau das schien recht häufig zu passieren. »Nehmen sie dir nicht das *Ich* weg?« fragte Stadi. »Crisa meint, die Menschen überschütten einen mit ihren Emotionen – bis man nur noch fühlt, was *sie* fühlen, bis man nicht mehr weiß, wer man ist.« Crisa war siebzehn und hatte vor einem Jahr einen Föderationsball besucht, bei dem alle jungen Starfleet-Fähnriche mit ihr tanzen wollten.

»Crisa bietet nicht gerade ein Musterbeispiel für gute Abschirmung«, entgegnete Tante Shenzi. Das stimmte: Häufig regte sich Crisa über Gefühle auf, die von anderen Betazoiden stammten. »Manchmal können sich menschliche Emotionen als störend erweisen, aber sie sind nicht annähernd so gräßlich, wie Crisa behauptet. Du wirst sehen.«

Und jetzt, viele Jahre später, *sah* es Stadi tatsächlich. Ein Admiral mit grauweißem Haar blickte auf sie herab, und die väterliche Mißbilligung in seinem Gesicht galt einer Frau mit warmen, lächelnden und klugen Augen, die fremdartige Reife zum Ausdruck brachten. Sie sah einen Mann und einen Hund, die durch hohes Gras tollten; eine liebevolle Stimme forderte sie beide auf, vorsichtig zu sein und sich nicht schmutzig zu machen. Die Erinnerung anderer Personen, das Leben anderer Individuen. Stadi schwamm in einem Meer aus fremdem Sein, das sich dort erstreckte, wo Raum und Zeit ihre Bedeutung verloren. Die emotionale Flut begann mit dem Verschwinden der *Voyager* aus den Badlands, und sie reichte bis zu... einem anderen Ort. Handelte es sich vielleicht um den Tod? War dies der berühmte letzte Augenblick, der das ganze Leben Revue passieren ließ? *Aber ich sehe nicht mein eigenes,* fuhr es ihr mit erstaunlicher Klarheit durch den Sinn. *Ich empfange die Bilder fremder Existenzen.* Genau davor hatte Crisa gewarnt – was dazu führte, daß in Stadi eine lange Zeit unterdrückte Angst erwachte.

Fürchte dich nicht. Tante Shenzis Stimme erklang mit solcher Deutlichkeit, als stünde sie direkt neben Standi. *Alles verschmilzt miteinander. Dadurch verlierst du nichts. Ganz im Gegenteil: Du gewinnst etwas hinzu.* Tante Shenzi war vor sieben Jahren gestorben. Sie und ihre menschliche Partnerin hatten sich an Bord eines Passagierschiffes befunden, das von den Borg vernichtet wurde. *Komm und erzähl mir davon.*

Stadi stellte es sich als eine Art Heimkehr vor, und Erleichterung durchströmte sie bei der Vorstellung, den Lärm der menschlichen Panik zu verlassen. Seit dem Beginn ihres Studiums an der Starfleet-Akademie hatte sie nicht mehr jene emotionale Ruhe genossen, die es für sie nur auf Betazed gab. Bestimmt vermißte sie die Emanationen der Menschen, aber die

Freude über den in Aussicht gestellten Seelenfrieden war größer.

Ja, Tante Shenzi, ich komme. Sie spürte, wie das Schiff aus der Dunkelheit in ein so helles Licht fiel, daß es ihr durch Hände, Gesicht und Brust brannte. Dafür gab es nur eine Erklärung: Es ging mit der *Voyager* zu Ende. Das Gleißen stammte von der Explosion, die das Schiff in Stücke riß. Das Licht schien Stadis Selbst vom Körper zu lösen und nach oben zu tragen, fort von Lärm und Entsetzen, von Furcht und Schmerz. Sie lächelte, umarmte Tante Shenzi und begab sich mit ihr in einen Bereich herrlicher Stille.

Seltsame Lichtbahnen glühten auf dem großen Bildschirm, und der Erste Offizier Cavit verglich sie mit den Plasmatentakeln der Badlands. Oder war es vielleicht die Ionenspur eines sterbenden Schiffes, das die *Voyager* zu einem Ort locken wollte, von dem nicht einmal die Maquisards entkommen konnten? Sterne existierten nicht mehr. Die Zeit stand fast still. Selbst das gewaltige Bewegungsmoment eines im Warptransit fliegenden Raumschiffs verlor sich für Cavits Sinne wie ein vom Doppler-Effekt heimgesuchter, rasch verklingender Schrei. Alles war wie in Bernstein gefangen beziehungsweise an den erstarrten Samt einer Raum-Zeit-Anomalie geheftet.

Und dann, mit einem jähen Krachen, geriet die Realität wieder in Bewegung. Der transzendentale Augenblick von Zeitlosigkeit fand ein abruptes Ende.

Jähe Hitze wogte heran, als das Navigationspult weiter vorn mit einem ohrenbetäubenden Donnern explodierte. Aus einem Reflex heraus wandte sich Cavit in die entsprechende Richtung. Eine Million Ängste rangen in ihm um Vorherrschaft – Angst vor einem Feuer, das kostbaren Sauerstoff raubte, vor einem Gasleck oder gar einem Riß in der Außenhülle. Er bekam keine Gelegenheit herauszufinden, welche dieser Möglichkeiten zutraf: Eine heftige Druckwelle erfaßte Cavit, schleuderte ihn übers Geländer hinweg zum Oberdeck. Die Pranke eines unsichtbaren Titanen schien ihm die Luft aus den Lungen zu pressen, und mit der Schulter voran prallte er auf den Boden. Welche Kraft auch immer das Schiff erfaßte hatte: Sie existierte nach wie vor, hielt die *Voyager* noch immer fest und schüttelte sie mit der gleichen Unbarmherzigkeit wie ein Hund den Hasen zwischen seinen Zähnen. Der Erste Offizier versuchte, sich irgendwo festzuhalten, als das Deck kippte und er zur technischen Konsole rutschte. Dort stieß er gegen jemanden, der daraufhin den Halt verlor und fiel. Cavit schmeckte Blut – er wußte nicht, ob es sein eigenes war oder das des anderen Mannes –, als ihn eine weitere Erschütterung ans Pult schmetterte. Einige Sekunden lang blieb er benommen liegen.

Cavits Starfleet-Dienst hatte an Bord eines kolonialen Versorgungsschiffes vor etwa fünfzehn Jahren begonnen. Damals war er ein junger Fähnrich gewesen, der die Akademie-Ausbildung erst noch beenden mußte. Ein neuer Lehrplan gab den Studenten Gelegenheit, die Realität im All direkt kennenzulernen, sich gewissermaßen ›nasse Füße‹ zu holen.

Damals hatte Cavit jene Einsätze für unerhört aufregend gehalten. Die *USS Kingston* brachte Wissenschaftler, Medizin, Tiere und Ausrüstungen zu allen Kolonien zwischen Mirakel und Cimota VI. Es schien keine romantischeren und wichtigeren Aufgaben zu geben, als den fernen Bastionen der Menschheit jene Dinge zu liefern, die man dort zum Überleben brauchte. Cavit kam sich vor wie ein junger Gott, der mehreren Welten den Segen der Sterne zuteil werden ließ. Russ Tepper, Oberbootsmann der *Kingston,* hatte gelacht, als Cavit ihm seine Empfindungen schilderte, doch auch dadurch änderte sich nichts an der Einstellung des jungen Fähnrichs.

Als das Schiff Keimzellen von den genetischen Entwicklungslaboratorien auf Vulkan nach Rukbat III brachte, griffen orionische Piraten an und rissen die Außenhülle auf.

Die Orioner glaubten, daß die *Kingston* Latinum transportierte, das in den Verarbeitungsanlagen im Ganges-Sektor geschmolzen und in ein wertvolles Endprodukt verwandelt werden sollte. Sie kamen an Bord und töteten alle, die sich ihnen in den Weg stellten – bis sie schließlich ihren Irrtum einsahen. Doch zu jenem Zeitpunkt war es zu spät, einfach den Rückzug anzutreten. Wenn sie das Schiff verließen, ohne alle Besatzungsmitglieder der *Kingston* zu töten ... Dann gab es Zeugen, die sie gesehen hatten, ihren Raumer und das individuelle Emissionsmuster seines Triebwerks identifizieren konnten. Dann war es möglich, daß man sie verfolgte und schließlich faßte, um sie vor ein Föderationsgericht zu stellen und zu verurteilen. Schlimmer noch: Vielleicht überließ man sie dem orionischen Justizsystem, das auf ziemlich unangenehme Weise mit Piraten verfuhr, die dumm genug waren, sich schnappen zu lassen. Nach den Maßstäben ihrer eigenen beschränkten Moral blieb den Orionern gar keine Wahl: Sie mußten alle Personen an Bord umbringen, um zu vermeiden, daß jemand den Finger der Anklage auf sie richtete. Daß der größte Teil der Crew aus unbewaffneten Arbeitern und unerfahrenen Fähnrichen bestand, spielte für sie keine Rolle.

Cavit war damals so jung gewesen, daß er jede Möglichkeit nutzen wollte, um Vorgesetzten zu gefallen. Als Russ Tepper ihn und die anderen entsetzten Kadetten packte, zögerte er nicht, alle seine Anweisungen zu befolgen. Aus irgendeinem Grund glaubte er, daß sich alle Probleme lösen ließen, wenn man nur den Befehlen eines vorgesetzten Offiziers gehorchte.

Tepper brachte sechzehn junge Männer und Frauen in den achtern gelegenen Frachtkammern unter, in den für die Keimzellen bestimmten Transportkapseln. Als die Orioner jene Räume erreichten, wußten sie bereits, daß es kein Latinum an Bord gab. Deshalb hielten sie sich nicht damit auf, die für sie wertlose Fracht zu untersuchen. Sie verließen den Frachtbereich, ohne einen Blick in die Kapseln zu werfen. Cavit lag in einer von ihnen, still und reglos, so wie es Tepper befohlen hatte. Zwei Tage lang rührte er sich nicht – bis schließlich die *Enterprise* eintraf.

In den nächsten Jahren wiesen ihn Dutzende von Offizieren und Admirälen darauf hin, daß er sich richtig verhalten hatte. Ja, es sei richtig und auch sehr tapfer gewesen, den Anweisungen des Oberbootsmanns zu folgen und sich zu verstecken, während der Captain und alle anderen starben. Dadurch wurde es möglich, die Hintergründe der Tragödie aufzudecken und die Schuldigen zu entlarven. Es gelang, die Orioner zu fassen, und sie wurden so für ihr schreckliches Verbrechen bestraft, wie es das Föderationsgesetz verlangte. Cavit besuchte die Verhandlungen nicht. Er wußte nur eins: Trotz der vielen lobenden Worte, die er von hochrangigen Starfleet-Repräsentanten gehört hatte, brannte Schmerz in seinem Herzen. Er kam sich wie ein Verräter vor, weil er tatenlos zugelassen hatte, wie man sein Schiff zerstörte und die Kameraden tötete. Jeden Abend betete er, bevor er zu Bett ging, bat die Götter um Vergebung. Und er versprach ihnen: Wenn er jemals in eine ähnliche Situation geriet, so wollte er kämpfen und die Crew auf keinen Fall im Stich lassen.

Es darf sich nicht wiederholen!

Cavit schob den reglosen Körper eines Brückenoffiziers beiseite, kroch unter der Konsole hervor und richtete sich auf. Er wußte nicht, ob die Notbeleuchtung ausgefallen war oder ob ihm die Explosion das Augenlicht geraubt hatte: Um ihn herum blieb alles dunkel, und mit beiden Händen tastete er nach dem

Geländer. *Es darf nicht noch einmal geschehen,* dachte er. *Mein Schiff, der Captain, die Crew ... Eher sterbe ich, als sie noch einmal im Stich zu lassen!*

Als Cavit weiter oben lautes Knirschen und Knacken hörte, begriff ein rationaler Teil seines Selbst, daß die Brückendecke nachgab. Er hob den Kopf und starrte nach oben, ohne irgend etwas zu erkennen. Die Finsternis blieb undurchdringlich; er konnte nicht feststellen, wohin er sich wenden mußte, um der Gefahr zu entgehen. Er schloß die Hände fester ums Geländer und haßte sich für die Schwäche, als herabstürzende Trümmer ihn zu Boden rissen und unter sich begruben.

»Statusbericht!«

Paris kehrte in die Wirklichkeit zurück, als er Janeways scharfe Stimme hörte. Er blinzelte, streckte die Hände aus, um etwas Vertrautes zu berühren, suchte nach geeigneten Worten für eine Antwort. Plötzlich merkte er, daß er mit dem Gesicht nach unten auf dem Hauptdeck lag. Rauchschwaden umwogten ihn. Mühsam setzte er sich auf und trachtete danach, die Orientierung wiederzufinden.

»Leck im Bereich von Deck vierzehn!« Kim bediente schon wieder die Kontrollen seiner Station und nahm Informationen von den verschiedenen Displays entgegen. Dem faustgroßen blauen Fleck am einen Backenknochen und der Brandwunde am Arm schenkte er überhaupt keine Beachtung. »Der Kom-Kontakt zum Maschinenraum ist unterbrochen. Ich versuche, neue Verbindungen zu schaffen ...«

Paris taumelte zu Stadi, die neben der geborstenen Navigationskonsole lag. Er hörte, wie Janeway hinter ihm Trümmerstücke beiseite trat. Sein Blick glitt hin und her, fiel auf etwas Schwarzes und Rotes in dem Durcheinander – eine Leiche.

»Reparaturmannschaften!« rief Janeway. Sie bemühte sich, das Heulen der Sirenen zu übertönen. »Das Leck auf Deck vierzehn abdichten ...«

»Erste Berichte treffen ein«, erklang eine Stimme von der taktischen Konsole. »Die Krankenstation meldet sich nicht.«

Paris zog behutsam an Stadis Schulter, und dadurch geriet ihr schlaffer Leib in Bewegung, rollte auf den Rücken – und zeigte ihm verbrannte Augen. Eigentlich kein Wunder: Sie hatte die volle Wucht der Explosion zu spüren bekommen, die das Navigationspult zerstört hatte. Kummer regte sich in Paris. Und auch Zorn, der jedoch sinnlos blieb – er trug keine Verantwortung für den Tod der Betazoidin; sie war etwas zum Opfer gefallen, das sich seiner Kontrolle entzog.

»Brücke an Krankenstation.« Die Kommandantin stand jetzt direkt hinter ihm. »Hören Sie mich, Doktor?«

Cavit. Plötzlich verstand Paris. Seit der Verschiebungswelle hatte er Cavit nicht mehr gehört, und Janeway hielt es offenbar nicht für nötig, sich nach ihrem Ersten Offizier zu erkundigen. Was bedeutete: Sie wußte bereits Bescheid.

Die Kommandantin trat näher. Paris nahm sich ein Beispiel an ihrer Fassung und stand langsam auf. »Stadi ist tot«, sagte er ernst. Seine Stimme schwankte ein wenig, und er hoffte, daß Janeway keinen Anstoß daran nahm.

»Captain ...?« warf Kim ein.

Paris hieß die Ablenkung willkommen. Er sah so etwas wie Mitgefühl in Janeways Augen und wußte nicht, wie lange er noch die Maske von Kraft und Stärke aufrechterhalten konnte.

»Da draußen ist etwas, Captain!«

Janeway drehte sich um und ging bis zum Geländer, sah von dort zur Funktionsstation auf. »Bitte geben Sie mir eine bessere Beschreibung, Mr. Kim.«

»Ich weiß nicht, um was es sich handelt.« Verlegenheitsröte zeigte sich in Kims Gesicht, als der Fähnrich auf die Monitore blickte und sich bemühte, mehr herauszufinden. »Mit den Daten läßt sich kaum etwas anfangen.«

»Können Sie ein Bild auf den Schirm projizieren?«

»Ich versuche es ...«

Lautes statisches Rauschen drang aus den Lautsprechern. Paris drehte sich um und rechnete fast mit einem weiteren Angriff. Bunte Streifen zuckten durchs Projektionsfeld und formten immer wieder neue Muster, während das Bild dahinter nur ganz langsam deutlichere Konturen gewann. Zuerst glaubte Paris, eine Stadt zu erkennen, und er fragte sich, ob Kim vielleicht TV-Signale eines nahen Planeten empfing. Doch kurze Zeit später erschienen Sterne, und Paris begriff: Was er bisher für Gebäude gehalten hatte, waren nur winzige Komponenten einer ebenso gewaltigen wie sonderbaren Anlage aus Streben, Stützen, Bögen, Säulen und Masten, die aus einer langen, flachen Orbitalstruktur wuchsen. Energie pulsierte und flackerte zwischen den stachelartigen Gebilden. In regelmäßigen Abständen kam es zu einer Entladung, die fortraste und sich irgendwo in der Unendlichkeit verlor.

Wie ein Leuchtturm, dachte Paris. Er beobachtete, wie ein glühender Energieball durch die Schwärze raste. *Oder eine Art Peilsignal?*

An der unteren Seite der riesigen Raumstation spiegelte ein kleines Objekt das Licht des energetischen Flackerns wider. Am einen Rand des Bildschirms wurde der Registrierungscode eingeblendet, und daher wußte Paris: Er sah das Maquis-Schiff.

»Captain ...«, brachte Kim leise und fassungslos hervor. »Wenn die Sensoren richtig funktionieren, sind wir über siebzigtausend Lichtjahre von den Badlands entfernt.« Er hob den Kopf und sah zu Janeway, war viel zu verblüfft, um Furcht zu empfinden. »Wir befinden uns auf der anderen Seite der Galaxis!«

6

Die andere Seite der Galaxis. Janeway wandte sich langsam von Paris ab, griff nach dem rußbedeckten Geländer und hielt sich daran fast, als ihre Knie nachzugeben drohten.

Die andere Seite der Galaxis!

An der Akademie wurde man nicht darauf vorbereitet, so etwas zu hören. Verhandlungen, Kampf, die manchmal recht komplizierten Angelegenheiten des Dienstes an Bord, schiffsinterne Verwaltung und Politik, jene Aspekte des Lebens zwischen den Sternen, auf die sich ein Captain freuen konnte – so etwas hatte die Tage und Nächte von Janeways beruflicher Laufbahn gefüllt. Aber daß der Einsatzoffizier berichtete, es hätte ein Transfer über siebzigtausend Lichtjahre hinweg stattgefunden... Nie zuvor hatte Kathryn Janeway Gelegenheit bekommen, über ihre Reaktionen auf derartige Meldungen zu spekulieren.

Sie besann sich aufs Konkrete. »Was ist mit dem Maquis-Schiff?«

Kim blinzelte – der immer noch durch den Kontrollraum treibende Rauch schien ihm in den Augen zu brennen. »Die Lebensindikatoren registrieren keine Bio-Aktivität an Bord.«

»Und die... Raumstation?« Janeway deutete zu dem verwirrenden Gebilde auf dem großen Bildschirm.

»Die Ortungssignale der Sensoren können sie nicht durchdringen.«

Energie pulsierte, stob dann davon.

»Haben Sie eine Ahnung, was es mit diesen Entladungen auf sich hat, Mr. Kim?«

»Hochenergetische Impulse...« Der Fähnrich nahm eine Analyse vor, und Janeway wartete so geduldig, wie es das Chaos um sie herum zuließ. Paris hatte unterdessen Stadis Leiche zur Seite gezogen und begann nun damit, das Feuer im Bereich der Navigationskonsole zu löschen.

»Offenbar gelten sie einem Sonnensystem in der Nähe«, sagte Kim schließlich. »Das Zentralgestirn gehört zum G-Typ.«

»Versuchen Sie, einen Kom-Kontakt mit der Station herzustellen«, wies Janeway ihn an.

Der Fähnrich nickte, und Paris sah erwartungsvoll auf, als Janeway mit einer Tour durch die Brücke begann.

Sie sind kein Offizier, dachte sie. *Unter den derzeitigen Umständen gebe ich Ihnen nicht die geringste Verantwortung.* Janeway verzichtete darauf, diese Gedanken laut auszusprechen. Dies war kaum der geeignete Zeitpunkt für eine Konfrontation mit dem ›Beobachter‹.

Der Insignienkommunikator piepte, was der Kommandantin Gelegenheit gab, sich von Paris abzuwenden, ohne ein Wort an ihn zu richten.

Sie klopfte kurz auf das kleine Kom-Gerät.

»Maschinenraum an Brücke...« Es rauschte und knackte, doch die statischen Störungen täuschten nicht über die Panik in der Stimme von Junioringenieur Carey hinweg. »Hier bei uns kam es zu schweren Schäden. Der Chefingenieur ist tot, und es besteht die Möglichkeit eines Warpkern-Kollapses.«

»Sichern Sie alle technischen Systeme«, erwiderte Janeway. »Ich bin unterwegs zu Ihnen.«

Kim sah auf, als sie zum Turbolift eilte. »Keine Antwort von der Station.«

Eigentlich hatte Janeway auch nicht mit einer gerechnet – es wäre zu einfach gewesen. »Fähnrich...«

Sie winkte Kim fort von der Konsole. »Sehen Sie in der Krankenstation nach dem Rechten. Mr. Rollins, Sie haben das Kommando.«

Sie betrat den Lift, noch bevor sich die Tür ganz geöffnet hatte. Einen Sekundenbruchteil später fühlte sie sich von jäher Besorgnis erfaßt. Vielleicht funktionierten die Turbolifte gar nicht mehr; vielleicht mußten sie die Wartungsschächte und Leitern benutzen, um andere Sektionen des Schiffes zu erreichen. Aber zum Glück leuchteten die Kontrollen sofort auf, als Janeway sie berührte, und die Elektronik der Transportkapsel summte mit beruhigender Gleichmäßigkeit. Bevor sich das Schott schloß, warf sie noch einen letzten Blick zur Brücke, der ihr Tod und Zerstörung zeigte – außerdem einen Paris, der ihr mit unverhohlener Enttäuschung nachsah. Auf sehr schmerzliche Weise war er sich der Tatsache bewußt, daß ihn die Kommandantin ohne Auftrag zurückließ, obgleich es überall an Bord mehr als genug zu tun gab.

Als sich die *Voyager* zum erstenmal schüttelte, ließ Dr. Fitzgerald nicht zu, daß seine Assistentin T'Prena einen Kontakt mit der Brücke herstellte und sich nach der gegenwärtigen Situation erkundigte. Er sah keinen Sinn daran, die Kommando-Offiziere während einer angespannten Lage zu stören, irgendwelche Erklärungen von ihnen zu verlangen oder ihnen Rat anzubieten. »Kommandanten wissen, was für ihre Schiffe am besten ist«, lautete eine seiner Weisheiten. »Und *wir* wissen, was für die Crew am besten ist.« Manchmal war es am besten, wenn sich alle auf ihre Pflicht besannen und keine Gedanken an jene Dinge verschwendeten, um die sich andere Leute kümmerten.

Allerdings... Derzeit wünschte sich Fitzgerald, mehr über die Ereignisse auf der Brücke und außerhalb des Schiffes zu wissen.

Er hielt T'Prena beschäftigt, indem er ihr vulkanisches Gedächtnis anstatt eines Datenblocks benutzte, als es darum ging, ein Gerät für die Analyse von Zellstrukturen zu kalibrieren. Es war alles andere als einfach, einen Vulkanier abzulenken – und zu beurteilen, ob man mit entsprechenden Bemühungen einen Erfolg erzielte. Vulkanier wurden nicht unruhig und nervös, wenn sie sich unglücklich fühlten. Sie verhielten sich immer auf die gleiche Weise und behaupteten sogar, überhaupt nicht unglücklich sein zu können. Aber Fitzgerald hatte genug Zeit an der vulkanischen Akademie der Wissenschaften verbracht, um hinter die Fassade angeblich unerschütterlicher Rationalität zu blicken und mehr zu erkennen als nur ein vom Hormonschub verursachtes *Pon farr*. Er wußte, daß Vulkanier oft ebenso wie Menschen empfanden; sie ließen nur nicht zu, daß ihre Gefühle Gebaren und Handeln bestimmten. Selbst wenn sie sich auf eine Weise verhielten, die als emotional bezeichnet werden konnte: Sie achteten immer darauf, daß eine logische Basis existierte. Fitzgerald hatte nie herausgefunden, ob sie dadurch ›emotionsfrei‹ wurden oder einfach nur zugeknöpft und verklemmt. Eins stand fest: Der Umstand, daß er die außerordentlich subtilen Hinweise auf Gefühle bei Vulkaniern zu erkennen und zu deuten vermochte, gab ihm als Arzt einen wichtigen Vorteil. Dadurch wußte er, was die betreffende Person in geistiger Hinsicht brauchte – noch bevor sich das Individuum selbst darüber klar wurde. Diese besondere Fähigkeit erfüllte ihn mit Stolz. Nicht jeder Arzt konnte von sich behaupten zu wissen, was für einen Vulkanier am besten war. Fitzgerald nutzte praktisch jede Gelegenheit, um darauf hinzuweisen.

Aber natürlich nicht in der Gegenwart von Vulkaniern.

Er wollte immer nur das Beste. Seine Pflichten als Hüter von Gesundheit und Wohlergehen der Crew nahm er sehr ernst. Nie hätte er zugelassen, daß irgendeinem Besatzungsmitglied ein Leid geschah. Das galt selbst für Paris, den Fitzgerald am vergangenen Tag nicht besonders freundlich behandelt hatte. Es ging ihm nur darum, die jungen Männer und Frauen an Bord der *Voyager* zu schützen – sie sollten nicht das gleiche Schicksal erleiden wie die drei armen Teufel auf Caldik Prime. Es genügte ein vertrauensvoller und leicht zu beeindruckender junger Mann wie Harry Kim, der Paris glaubte, wenn es hieß, er sei verantwortungsbewußt genug, um ein Shuttle zu fliegen, die Waffenkontrollen zu bedienen, das Triebwerk zu reparieren und so weiter. Dann mochte sich eine Katastrophe anbahnen. Eine solche Möglichkeit fand Fitzgerald viel schrecklicher als die Vorstellung, daß Paris vielleicht böse auf ihn war. Er hatte versucht, es Kim zu erklären. »Es ist besser so«, sagte er leise, als sie in der Messe frühstückten. »Derartige Männer taugen nichts.« Er versuchte nur, jemanden vor Unheil zu bewahren.

Als das Schiff immer wieder erbebte, als es in der Krankenstation plötzlich dunkel wurde… Daraufhin dachte er zuerst daran, T'Prena zu schützen. Seine erste Frau hätte ihn als Chauvinisten bezeichnet und ihm vorgeworfen, daß er Frauen – sogar vulkanische Frauen – nicht für fähig hielt, selbst auf sich achtzugeben. Aber Fitzgerald kümmerte sich nicht darum, was andere Leute von ihm hielten. Sonst wäre er vermutlich noch immer mit einer seiner Verflossenen verheiratet gewesen. Er schlang die Arme um T'Prena und drückte sich mit ihr gegen das große Analysegerät. Daran konnten sie sich festhalten, um von den heftigen Erschütterungen nicht durchs Zimmer geschleudert zu werden.

Der Arzt war stolz auf seine rasche, intelligente Reaktion. »Wir sollten versuchen, in den Korridor zu gelangen«, sagte er.

Dann explodierte der Analyseapparat.

Flammen und eine heiße Druckwelle schälten ihm die Haut vom Kopf und ließen die Trommelfelle platzen. Stechender Schmerz gesellte sich einem Schock hinzu, der ihn daran hinderte, nach Luft zu schnappen. Diesen Umstand nahm er mit Dankbarkeit zur Kenntnis – der erste Atemzug hätte ihm die Lungen verbrannt. Dann wäre er hilflos und stumm gewesen, um innerhalb von fünf bis sieben Minuten zu ersticken. Was natürlich nicht bedeutete, daß er solange bei Bewußtsein blieb.

Fitzgerald fiel zu Boden und spürte dabei eine seltsame, kühle Taubheit. Er schloß daraus auf umfassende Verletzungen des Nervensystems und eine Reduzierung des Blutdrucks unter siebzig. *Natürlich: Verbrennungen dritten Grades.* Die eigentümliche Mischung aus Schmerz und Unempfindlichkeit ließ vermuten, daß die Explosion mindestens vierzig Prozent der gesamten Haut verdampft hatte. Kein sehr ermutigender Wert.

Meine Güte, du formulierst die Diagnose wie ein Vulkanier!

T'Prena.

Fitzgerald zuckte zusammen und kam sich wie ein Chirurg vor, der bei einer wichtigen Operation feststellte, sich nicht an die letzten Sekunden erinnern zu können. T'Prena war nicht nur seine Assistentin – wenn sie bei der Explosion des Analysegeräts Verletzungen erlitten hatte, so kam ihr auch der Status eines Patienten zu. Wenn sie ums Leben gekommen war, durch seine Schuld … Er hatte nie jemanden getötet, weder mit Absicht noch durch Unaufmerksamkeit oder einen Fehler.

Der Arzt zog sich über den Boden, während Qualm vom weiter oben brennenden Feuer herabwallte.

»T'Prena …?«

Die Vulkanierin hätte zweifellos geantwortet, wenn

sie dazu imstande gewesen wäre. Dieser Gedanke ließ eine andere Art von Schmerz in Fitzgerald entstehen. Er setzte die Suche fort, in einer Dunkelheit, die sich immer mehr verdichtete und nicht nur auf den Rauch zurückging. »Schwester? Ich bin's ...«

Er hustete – und hatte das Gefühl, von Pein innerlich zerfetzt zu werden.

Schließlich fand er T'Prena, und zwar mit den Händen; seine Augen tränten so sehr, daß er überhaupt nichts mehr sah. Der vordere Teil ihrer Uniform war aufgerissen und fühlte sich dort hart an, wo die Hitze den Stoff verkohlt hatte. Fitzgerald versuchte, keine offenen Wunden zu berühren – bestimmt hafteten Myriaden von Bakterien und Schmutzpartikeln an den Fingern. Nach einer Weile schloß sich seine Hand um eine runde Schulter, tastete über den Arm zum Handgelenk. Ein unregelmäßiger Puls pochte dort – T'Prena war dem Tode näher als dem Leben.

Ich werde es nicht zulassen! Noch nie habe ich einen Patienten verloren!

»Computer ...« Fitzgerald hörte das Bestätigungssignal vom Pult auf der anderen Seite des Raums. »Beginne mit ...« T'Prenas Puls flatterte noch immer unter seinen zitternden Fingern. Er hielt die Hand fester, so als könnte er T'Prena auf diese Weise Kraft geben.

»... mit Notbe ...«

Das kaum merkliche Pochen am Handgelenk wiederholte sich noch ein- oder zweimal, und dann ...

Fitzgerald hielt den Atem an. T'Prenas Körper schien sofort kalt zu werden, als das Herz nicht mehr schlug. *Ich habe keinen Patienten mehr,* dachte er. Plötzlich verlor alles seinen Sinn. *Ich bin Arzt, und durch meine Schuld ist jemand gestorben.* Er ließ den Kopf aufs Deck neben der Vulkanierin sinken, schloß die Augen und gab sich bereitwillig der Dunkelheit hin.

Höllenfeuer glühten im Maschinenraum.

Janeway holte tief Luft, bevor sie aus dem Turbolift trat und sich umsah. Direkt vor ihr lagen drei Leichen unter einer fleckigen, an mehreren Stellen zerrissenen Plane. Eine andere Besorgnis erfaßte sie: Was sollte mit den vielen Toten geschehen? Auch über solche Dinge sprach man nicht an der Akademie.

Einige Techniker halfen den Verletzten, die aus eigener Kraft gehen konnten. Andere knieten neben Besatzungsmitgliedern, die so schwer verletzt waren, daß Janeway an ihren Überlebenschancen zweifelte. Vermutlich konnte man ihnen selbst dann nicht mehr helfen, wenn in der Krankenstation alle wichtigen Behandlungsgeräte funktionierten. Irgendwo in den Rauschwaden drang die Sprachprozessorstimme des Computers aus den Lautsprechern: »Warnung. Warpkern-Mikrofraktur. Kollaps steht unmittelbar bevor. Warnung. Warpkern-Mikrofraktur ...«

Janeway schob sich zwischen zwei Technikern vorbei, die Schutzanzüge trugen. »Wie hoch ist der Druck im Warpkern?« fragte sie Carey.

Er drehte sich um, als er ihre Stimme hörte, und sein Gesicht zeigte Schrecken. »Zweitausendeinhundert Kilopascal. Und er sinkt weiter.«

»Arretieren Sie die magnetischen Konstriktoren.«

»Captain ...« Carey folgte Janeway durch den Maschinenraum und winkte den beiden Technikern eine Anweisung zu. »Wenn wir sie beim gegenwärtigen Druck arretieren, sind wir später vielleicht nicht mehr in der Lage, die Dilithiumreaktion zu reinitialisieren.«

»Warnung. Warpkern-Mikrofraktur ...«

»Uns bleibt keine Wahl«, sagte Janeway. *Das gilt für uns alle,* dachte sie. *Niemand von uns wollte in eine solche Situation geraten.* »Wir müssen die Reaktionsintensität senken, bevor eine Abdichtung möglich ist.«

Wenn das nicht gelang, verloren alle anderen Dinge ihre Bedeutung. Ein Warpkern-Kollaps bedeutete, daß sich die ganze *Voyager* in einen Feuerball verwandelte.

Verdammt! fluchte Paris. *Zum Teufel mit ihr!* Sie hatte ihm direkt in die Augen gesehen, seine Präsenz neben der toten Stadi zur Kenntnis genommen – um ihn dann auszuschließen, als sei er eine Art Feind auf der Brücke. Glaubte Janeway etwa, daß er in diesem Chaos noch mehr Schaden anrichten konnte?

Ist das jetzt dein Maßstab geworden, Tom? fragte er sich selbst. *Beurteilt man dich danach, wie sehr du eine Situation* verschlimmern *kannst?*

War es falsch, ihn aus einem solchen Blickwinkel zu sehen?

»Da drin brennt es.«

Kims Stimme brachte Paris in den dunklen Korridor vor der Krankenstation zurück, aus der ihnen ein übelkeiterweckender Geruch von verbranntem Fleisch entgegenwehte. Er war Kim hierher gefolgt, weil es für ihn nichts anderes zu tun gab. Hier unten konnte er sich wenigstens nützlich machen und anderen Besatzungsmitgliedern helfen – auch wenn Janeway glaubte, daß er dazu überhaupt nicht fähig war.

»Wir müssen sehr vorsichtig sein, wenn wir die Tür öffnen«, sagte Kim.

Falls sie sich überhaupt öffnen ließ. Paris wandte sich vom Fähnrich ab, der auf die Anzeigen seines Tricorders starrte, und schlug mehrmals auf den für Notfälle bestimmten Kasten neben dem Schott. Schließlich öffnete sich der Behälter, und ein Teil des Inhalts fiel klappernd heraus. Kim zuckte heftig zusammen und schnappte erschrocken nach Luft. Paris winkte ihn heran und löste den Feuerlöscher aus dem Haltegestell. »Nehmen Sie das hier«, sagte er, reichte dem Fähnrich das Löschgerät und nahm dafür den Tricorder. »Ich gehe zuerst hinein – weil ich entbehrlich bin.«

Kim bedachte ihn mit einem verblüfften Blick, nickte stumm und hielt den Löscher wie einen Phaser, als sich Paris der Tür näherte.

Das Schott glitt beiseite, und sofort quoll ihnen stinkender Qualm entgegen. Paris hob den Arm vors Gesicht und versuchte, durch den Stoff des Ärmels zu atmen, als er in die Dunkelheit stolperte und dabei das Display des Tricorders im Auge behielt. Große Funken tropften wie flüssiges Gold aus einer Schalttafel in der gegenüberliegenden Wand. Kim lief los, um das Feuer mit Chemikalien zu ersticken, und Paris wandte sich zwei Gestalten zu, die nebeneinander vor einer Konsole lagen. Er wußte, daß für Fitzgerald und die Krankenschwester keine Hoffnung mehr bestand, noch bevor der Tricorder ihren Tod bestätigte.

»Sie müssen sich in unmittelbarer Nähe des Geräts befunden haben, als es explodierte«, sagte er leise.

Ein Summen wies darauf hin, daß Ventilatoren damit begannen, den Qualm abzusaugen. Leuchtflächen in der Decke glühten, als zumindest ein Teil der Energieversorgung wiederhergestellt wurde. Beschädigte Konsolen erwachten wie träge zu neuer Aktivität. Paris nahm ein Laken von einer der Untersuchungsliegen und deckte die beiden Leichen damit zu. Im Korridor erklangen Stimmen – die ersten Verletzten trafen ein, und sicher dauerte es nicht lange, bis ihnen weitere folgten. *Es dürfte sie kaum ermutigen zu erfahren, daß der Bordarzt tot ist,* dachte Paris.

»Computer!« Kim eilte der ersten Gruppe entgegen, die hauptsächlich aus Leuten in den goldgelben Uniformen der technischen Sektion bestand. »Starte medizinisches Notprogramm!«

Es flimmerte im Raum, und Paris glaube zunächst, daß es sich um den Fokus eines Transporterstrahls handelte. Ein Mann erschien neben einer Diagnoseliege; er trug das Blau der medizinischen Abteilung von Starfleet.

Paris musterte den Neuankömmling überrascht und erkannte ihn erst nach einigen Sekunden als holographische Projektion.

»Bitte beschreiben Sie den medizinischen Notfall«, sagte der Mann und sah den vom Korridor hereinströmenden Patienten entgegen.

»An Bord kam es zu starken Erschütterungen und Explosionen«, erwiderte Kim.

Daraufhin geriet das Hologramm in Bewegung. Paris wischte sich den Schweiß von der Stirn, und als er den Arm wieder sinken ließ, befand sich der Pseudo-Doktor in einem ganz anderen Bereich der Krankenstation, beugte sich dort über eine Beinwunde und zog behutsam verbrannten Stoff beiseite.

Der Gesichtsausdruck des Holo-Mannes veränderte sich nicht, als er fragte: »Wie ist der Status des Bordarztes?« Er wartete keine Antwort ab und setzte die Untersuchung des Patienten fort.

Paris zuckte nur mit den Schultern, als Kim ihn ansah. Wie sollte er einem Computerprogramm die gegenwärtige Situation erklären?

»Er ist tot«, entgegnete Kim.

»Null Komma vier Kubikzentimeter Trianolin«, sagte das Hologramm sofort.

Der Fähnrich trat einige unsichere Schritte vor. »Trianolin?«

Der holographische Arzt hob den Kopf und maß Kim mit einem Blick, der kühle Ungeduld zum Ausdruck brachte. Paris vermutete einen ganz bewußt programmierten Effekt, eine Eigenschaft, die das Original – der echte Doktor – auf dieses Beispiel für KI übertragen hatte. Damit erzielte das Hologramm die gleiche Wirkung auf Paris wie ein Arzt aus Fleisch und Blut: Er spürte einen Anflug von Unsicherheit und kam sich dumm vor, als er sagte: »Wir haben auch die Krankenschwester verloren.«

Diese Antwort genügte offenbar, obwohl sie den

Schatten von Gereiztheit nicht aus den Zügen des Hologramms verbannte.

Von einem Augenblick zum anderen stand der Arzt an einem Arzneischrank, griff nach einem Injektor und wählte eine Ladekapsel. »Wann trifft neues medizinisches Personal ein?«

»Das könnte zu einem Problem werden.« Kim drehte sich um, als der Doktor mit langen Schritten zu seinem Patienten zurückkehrte. »Derzeit sind wir ziemlich weit von allen Orten entfernt, die uns neue Leute schicken könnten.«

Der Arzt säuberte und versiegelte die Beinwunde. Seine schnelle Gründlichkeit mochte durchaus lobenswert sein, soweit es dabei allein um die Erfordernisse der Behandlung ging, aber der Rest... Vermutlich war es ganz gut so, daß der betreffende Techniker schon vorher das Bewußtsein verloren hatte. Doktor Holodeck mochte in medizinischer Hinsicht kompetent sein, doch Paris bezweifelte, ob er auch psychologisch gut mit Kranken umgehen konnte.

»Tricorder.« Der Arzt stand schon wieder an einem anderen Bett und streckte die eine Hand aus, während er mit der anderen die Platzwunde an der Stirn einer jungen Frau betastete. Ihrem Protest schenkte er nicht die geringste Beachtung.

Paris warf seinen Tricorder Kim zu, der das Gerät dem Doktor reichte. Der kurze physische Kontakt schien dem jungen Mann unangenehm zu sein, denn er zuckte zurück – vielleicht fühlte sich die Hand des Holo-Arztes anders an als die eines lebenden Wesens. Paris beschloß, sich bei dieser Mission nicht zu verletzen, wenn er es irgendwie vermeiden konnte.

Das Hologramm warf einen Blick auf den Tricorder und gab ihn zurück. »Ich benötige einen *medizinischen* Tricorder.«

Der Fähnrich nickte, errötete und eilte an einigen Patienten vorbei, um einen entsprechenden Apparat zu holen. Der Arzt nahm ihn entgegen, ohne dafür zu danken.

»Sie sollten so schnell wie möglich zusätzliches medizinisches Personal anfordern. Ich bin nur als eine für den Notfall vorgesehene Erweiterung des Medo-Teams programmiert.«

Aber dies ist ein Notfall ganz besonderer Art, dachte Paris. *Er betrifft uns alle und dürfte eine ganze Weile andauern.* »Ich schätze, wir müssen Ihre Dienste länger als geplant in Anspruch nehmen, Doc.«

Der holographische Arzt sah auf, und Paris glaubte, in seinem Gesicht nicht nur Überraschung zu sehen, sondern auch einen Hauch Empörung. Doch dabei handelte es sich wahrscheinlich um eine Projektion seiner eigenen Empfindungen: Die Konfrontation mit einem Hologramm, das mehr Verantwortung trug als er selbst, weckte ein Gefühl der Unzulänglichkeit in ihm. Eine klassische Was-wird-nur-aus-der-Welt-Situation.

Der Doktor wandte sich ab und sprühte ein schmerzstillendes Mittel auf die dunkler werdende Platzwunde. »Seien Sie unbesorgt«, sagte er zu Paris. »Ich bin in der Lage, jede Art von Verletzung oder Krankheit zu behandeln.« Er begegnete dem Blick der verunsicherten Frau, blieb jedoch kühl und distanziert. »Keine Gehirnerschütterung. Sie erholen sich bald.« Und zu Kim: »Reinigen Sie den Rest.«

O ja, Doc, Sie können tatsächlich jede Art von Verletzung oder Krankheit behandeln, dachte Paris, als er sah, wie der Arzt neben einigen anderen Patienten erschien und schroffe Anweisungen gab. *Allerdings hapert's bei Ihnen mit der Behandlung von* Personen.

Janeway beschränkte sich zunächst auf die Rolle des Beobachters, als Carey und einer seiner Assistenten das Kernsiegel aktivierten. Es zischte laut, und Licht gleißte. Plötzlich roch es intensiv nach Ozon. Ein oder zwei schreckliche Sekunden lang befürchtete Janeway, daß aus der Mikrofraktur ein großes Leck geworden war, daß der Warpkern nun kollabierte, das Schiff und alle Personen an Bord mit nuklearem Feuer verschlang. Dann metamorphierten die flackernden Entladungen zu einem beständigen Glühen, und der vage Stickstoffdunst neben dem Kern verflüchtigte sich.

Seltsame Stille herrschte, und die Kommandantin sah Carey an.

»Lösen Sie die magnetischen Konstriktoren«, sagte sie.

Carey nickte, wandte sich der Konsole zu und betätigte eine Schaltfläche. »Konstriktoren sind gelöst.«

Der energetische Puls des Schiffes schlug stärker und schneller. Er allein entschied jetzt über Leben und Tod der Crew. Janeway ballte eine Faust hinterm Rücken – das Gebet des Captains.

»Druck?« fragte sie.

»Zweitausendfünfhundert Kilopascal.« Der Techniker sah lächelnd von den Instrumenten auf. »Er bleibt konstant.«

Dem Himmel sei Dank. Tiefe Erleichterung erfaßte Janeway. Sie sah zu Carey, deutete mit dem Daumen nach oben und reagierte dann auf das Piepen ihres Insignienkommunikators.

»Brücke an Janeway.« Rollins' Stimme drang aus dem Lautsprecher des kleinen Kommunikators, rauh vor Panik. »Die fremde Raumstation sondiert uns, Captain. Die Ortungssignale durchdringen unsere Schilde und ...«

Janeway kehrte der hektischen Aktivität im Maschinenraum den Rücken zu und konzentrierte sich ganz auf die leiser werdende Stimme. »Um was für eine Art von Sondierung handelt es sich?«

Sie wartete zehn Sekunden lang, bevor sie begriff, daß Rollins nicht nur eine Pause eingelegt hatte.

»Brücke? Janeway an Brücke! Melden Sie sich!«

Gespenstische Stille folgte.

Aus den Augenwinkeln bemerkte die Kommandantin das Funkeln eines Transporterstrahls. Dahinter glänzte Entsetzen in Careys Augen, als er beobachtete, wie ein Techniker entmaterialisierte. Das Gesicht des betreffenden Mannes zeigte nur Überraschung, als sich seine Gestalt auflöste.

»Computer, Notfa ...«

Weiter kam Janeway nicht. Der fremde Transporterstrahl erfaßte sie, nahm ihr Atem und Worte. Stummer Zorn erfüllte sie, als die Konturen des Maschinenraums um sie herum verblaßten und verschwanden.

Die von den Sensoren ermittelten Daten deuteten auf Quetschungen, ein Ödem und ein lokal begrenztes subkutanes Hämatom hin. Die Behandlung erforderte schmerzlindernde Mittel sowie Arzneien, die Entzündungen vorbeugten. Hinzu kamen Kältepackungen, sobald an Bord wieder normaler Status herrschte.

»Sie sind nur leicht verletzt«, sagte der holographische Arzt, als Entscheidungskomponente dreißig aktiv wurde. »Sie können zu Ihrer Station zurückkehren.«

Unmittelbar im Anschluß an diese Worte funkelte ein Transporterfokus und entmaterialisierte den Patienten.

Kurz darauf bestätigten die Sensoren, daß in der Krankenstation keine höheren Lebensformen mehr existierten. Entscheidungskomponente tausendsiebenundvierzig löste Nummer dreißig ab und initialisierte eine Veränderung des holographischen Interfaces: Das Gesicht erfuhr eine subtile Restrukturierung und brachte angemessene Verärgerung zum Ausdruck. Außerdem wurde eine verbale Subroutine aktiviert. »Hier spricht der holographische Notarzt.

Ich habe nicht erlaubt, Patienten aus der Krankenstation zu transferieren.« Vierhunderttausend Nanosekunden verstrichen ohne irgendeine Art von Interkom-Aktivität. »Hallo? Krankenstation an Brücke.«

Eine Million siebentausendfünfhundertzwanzig Nanosekunden später ging die Kontrolle ans Subprogramm für vergessene Deaktivierung.

»Ich glaube, jemand hat versäumt, das medizinische Notfallprogramm zu beenden«, wandte sich die verbale Subroutine ans leere Schiff. »Bitte antworten Sie ...«

7

Sonnenlicht glänzte von einem wolkenlosen Himmel herab, filterte durch die Zweige großer Trauerweiden und glitzerte über einen kleinen Teich hinweg. Ein großes Holzhaus stand auf der Lichtung. Fensterläden und Geländer der Veranda waren irgendwann einmal weiß gestrichen worden, doch im Lauf der Jahre hatten Sonne, Wind und Regen dafür gesorgt, daß sich der Farbton veränderte – Paris verglich ihn mit dem von Rotkehlcheneiern. Ein Gebäude aus dem Mittleren Westen der USA, daheim auf der Erde, siebzigtausend Lichtjahre entfernt …

»Kommen Sie … kommen Sie …«

Paris drehte sich ruckartig um, als er die unbekannte Stimme hörte. Er stieß fast gegen Harry Kim, der gerade versuchte, ein Blumenbeet zu verlassen, ohne auf die wuchernden Pflanzen zu treten. Paris stützte ihn und bemerkte, daß überall um sie herum Besatzungsmitglieder der *Voyager* standen. Einige von ihnen waren bei der Scheune und den Bäumen rematerialisiert.

Direkt vor der Veranda bildeten Janeway und mehrere verwirrte Techniker eine kleine Gruppe. Eine lächelnde grauhaarige Frau – sie trug ein schlichtes Schürzenkleid – winkte ihnen von der Treppe her zu.

»Ich habe eine Karaffe mit Limonade und Zuckerplätzchen für Sie«, verkündete sie fröhlich.

Paris bedeutete Kim, ihm zu folgen, als er sich Janeway näherte.

»Captain ...?« begann er – und sprach nicht weiter. Was sollte er fragen? Etwa: »Wer ist diese Frau?« Oder: »Wie kommen wir hierher?« *Sie ist nicht allwissend, sondern der Captain,* dachte er.

Obwohl ... Manchmal gelang es guten Raumschiffkommandanten, sowohl das eine als auch das andere zu sein.

»Der Schein trügt, Mr. Paris.« Janeway betrachtete die Anzeigen ihres Tricorders, während die grauhaarige Frau geduldig auf der Treppe wartete. »Wir sind nur mehrere hundert Kilometer weit transferiert worden.« Sie sah zur älteren Frau, neigte dann den Kopf und blickte gen Himmel. »Wir befinden uns im Innern der fremden Raumstation.«

Kim verharrte neben ihr, richtete seinen eigenen Tricorder erst auf die Verandatreppe und dann auf den makellosen Rasen. »Es gibt keine Anzeichen von stabiler Materie. Dies alles ist eine holographische Projektion.«

Janeway nickte und hakte ihr Ortungsgerät wieder an den Gürtel.

Paris hob den Blick, als er von der Veranda her leises Klicken und Klacken hörte – es stammte von Eiswürfeln, die in hohe Gläser fielen. Die ältere Frau hielt nun eine Karaffe in der Hand und schenkte goldgelbe Flüssigkeit ein. »Ihr Armen! Sicher sind Sie sehr erschöpft. Nehmen Sie Platz und ruhen Sie sich ein wenig aus. Hier, erfrischen Sie sich mit einem kühlen Getränk ...« Sie griff nach einem Glas und steckte eine Fruchtscheibe an den Rand.

Janeway hob beide Hände und winkte höflich ab. »Nein, danke. Ich bin Kathryn Janeway, Captain des Föderationsschiffes *Voyager* ...«

»Fühlen Sie sich wie zu Hause.« Die Frau lächelte noch immer, reichte das Glas einem Techniker und wischte sich die Hände an der Schürze ab. »Die Nachbarn müßten gleich hier sein.« Etwas hinter Janeway und den anderen weckte ihre Aufmerksamkeit. »Ah, da sind sie ja.«

Stimmen erklangen, und Dutzende von Personen kamen den Besatzungsmitgliedern der *Voyager* entgegen, reichten ihnen die Hand oder küßten sie auf die Wange. Auf Paris wirkte alles wie eins jener absurden Familientreffen, bei dem sich die Leute kaum kannten. Er fühlte sich plötzlich zwischen Kim und einer jungen Frau eingezwängt, die ein blauweißes Kattunkleid trug und pechschwarzes Haar hatte.

»Wir freuen uns sehr über Ihren Besuch«, sagte sie mit einem scheuen Lächeln. Der verschmitzte Glanz in ihren Augen wies darauf hin, daß sie alles andere als scheu und schüchtern war. Kim errötete und gab keinen Ton von sich. Paris erwiderte das Lächeln und spürte gleichzeitig, wie seine Verwirrung wuchs.

»Jetzt können wir beginnen!« rief die ältere Frau und klatschte. »Alle sind zum Fest eingeladen!«

Ein Alter mit wirrem weißen Haar und krummem Rücken griff nach einem Banjo. »Vergnügen wir uns mit Musik!«

Mit dem einen Fuß klopfte er den Takt auf die Veranda und spielte eine flotte Melodie. Paris stand neben Janeway und Kim, beobachtete stumm, wie die Leute tanzten. Er spürte nicht den Wunsch, sich ihnen hinzuzugesellen. *Offenbar sind wir nicht mehr in Kansas,* dachte er mit jenem zynischen Humor, der ihn seit einem Jahr begleitete.

Janeway ging bis zur Ecke der Veranda, kehrte dann in die Richtung zurück, aus der sie kam. Einige Sekunden später dachte sie daran, daß man sie vermutlich beobachtete, und sie wollte nicht nervös wirken. Deshalb setzte sie sich auf eine Treppenstufe und widerstand der Versuchung, die Fäuste zu ballen. Auf dem geradezu unmöglich perfekten Rasen hatten die ›Gastgeber‹ bunte Decken ausgebreitet. Mit Schüsseln und Tabletts schritten sie nun umher, boten den Besatzungsmitgliedern der *Voyager* Speisen an und behandelten sie so, als seien sie alte Freunde. Janeway hatte ihrer Crew die Anweisung erteilt, nichts zu essen oder zu trinken – obwohl Kim mehrmals darauf hinwies, daß keine Gefahr drohte, da es sich um holographische Projektionen handelte. Wie dem auch sei: Die Kommandantin wollte kein Risiko eingehen.

Paris kam im Laufschritt hinter der großen, rotgrünen Scheune hervor und wich den anderen Leuten geschickt aus. Janeway beobachtete ihn und vergaß dabei fast, daß er kein gewöhnliches Besatzungsmitglied war. Vermutlich lag es daran, daß seine Lippen jetzt kein selbstgefälliges Lächeln mehr formten. Plötzlich verhielt er sich wie ein verantwortungsbewußter Erwachsener – so wie man es eigentlich von ihm erwarten durfte. Allein dieser Umstand bewirkte einen Wandel, den Janeway bis vor kurzer Zeit für unmöglich gehalten hätte.

Wissen Sie, worin Ihr Problem besteht, Mr. Paris? dachte sie, als er etwas langsamer ging, damit Kim zu ihm aufschließen konnte. *Sie zweifeln an Ihrer Fähigkeit, die richtigen Entscheidungen zu treffen. Deshalb giften Sie jeden an, der von Ihnen verlangt, ohne Sicherheitsnetz zu arbeiten.* Das galt für Starfleet, seinen Vater und auch Janeway.

Unmittelbar nach dem Zwischenfall hatte er sich auf der Brücke einwandfrei verhalten. Bei jener Gelegenheit waren die Erfordernisse der Situation klar genug gewesen. Paris reagierte richtig, indem er sich um Stadi kümmerte, ihren Tod meldete, die Fassung bewahrte und es vermied, im Wege zu sein. Derzeit schien es ihn zu beruhigen, Janeways klaren Anweisungen nachzukommen. Vielleicht glaubte er daran, allen in ihn gesetzten Erwartungen gerecht zu werden. Und möglicherweise kam es ihm darauf an, das nicht nur der Kommandantin zu beweisen, sondern auch – und vor allem – sich selbst.

Janeway lächelte schief, als sie begriff: Der Personalabteilung von Starfleet war ein großer Fehler unterlaufen, als sie dem Psycho-Profil von Thomas Paris den Hinweis ›rebellisch‹ hinzufügte. *Er ist nicht etwa rebellisch, sondern unsicher. Man hat ihn zu früh zum Offizier befördert. Wenn er zwei Jahre länger Unteroffizier geblieben wäre, hätte er heute wesentlich weniger Probleme.*

Und vielleicht befänden wir uns dann nicht hier. Janeway schüttelte den Kopf, um den letzten Gedanken aus sich zu verbannen. Es hatte keinen Sinn, sich Was-wäre-wenn-Spekulationen hinzugeben. In gewisser Weise erging es ihr wie Paris: Sie mußte sich mit der aktuellen Situation abfinden, ihre Aufmerksamkeit auf Gegenwart und Zukunft konzentrieren. Das Vergangene spielte nur eine untergeordnete Rolle.

Paris und Kim blieben am unteren Ende der Verandatreppe stehen. »Die Crew ist über das ganze Farmgelände verstreut, Captain«, berichtete Paris. »Es fehlt niemand.«

Das war wenigstens etwas. Janeway nickte und sah zu den Besatzungsmitgliedern in der Nähe. »Halten Sie Ausschau«, sagte sie zu Paris. »Sondieren Sie den ganzen Bereich. Suchen Sie nach einem Holo-Projektor.«

»Hier sind frische Maiskolben.«

Janeway zuckte unwillkürlich zusammen und blickte über die Schulter, als in unmittelbarer Nähe eine Stimme erklang. Sie spürte eine seltsame Art von Verwundbarkeit: Holographische Projektionen konnten jederzeit und überall erscheinen, verrieten sich nicht durch näher kommende Schritte. Einmal mehr fragte sie sich, was hinter dieser ganzen Sache steckte.

Sie winkte Kim und Paris fort, trat dann vor die ältere Frau – als könnte sie die Unbekannte auf diese Weise daran hindern, den beiden Männern zu folgen.

»Können Sie mir sagen, warum wir hier sind?« fragte sie und schenkte dem Tablett keine Beachtung.

Die Frau ihr gegenüber neigte den Kopf ein wenig zur Seite und lächelte auch weiterhin. »Wir wollen Ihnen kein Leid zufügen und bedauern es sehr, wenn Sie irgendwelche Unannehmlichkeiten hatten. Legen Sie einfach die Füße hoch, und machen Sie es sich gemütlich, während Sie warten.«

Erneut bot sie die dampfenden Maiskolben an, und einmal mehr lehnte Janeway ab. Sie versuchte, ihren Ärger nicht zu deutlich zu zeigen, als sie fragte: »Während wir worauf warten?«

»Hat denn niemand Hunger?« wandte sich die ältere Frau an die übrigen Anwesenden. Sie trat an Janeway vorbei und hob das Tablett. »Greifen Sie zu. Fühlen Sie sich wie zu Hause. Wir bedauern es sehr, wenn wir Ihnen Unannehmlichkeiten bereitet haben...«

Das Programm – oder was auch immer – schien nicht bereit oder imstande zu sein, direkte Fragen zu beantworten. Janeway nahm den Tricorder vom Gürtel und richtete ihn auf die fortgehende Frau. Das Display präsentierte keine neuen Daten.

Sie seufzte und klappte das Gerät zu.

Ein großer Hund lief über den Hof, und bei jedem Satz wallte sein langes, graubraunes Fell wie eine seidene Wolke. Vor Janeway sank er auf die Hinterläufe, ließ einen feuchten, flauschigen Ball fallen und sah hoffnungsvoll auf. Jähes Heimweh erfaßte sie. Die Vorstellung, Bear, Mark und die Erde nie wiederzusehen, lag wie ein Haufen aus gesplittertem Glas in ihrem Herzen. Mit schmerzhafter Deutlichkeit erinnerte sie sich daran, daß dieser Hund, der angeblich spielen wollte, ebensowenig existierte wie die fremden Leute und die ganze Umgebung. Siebzigtausend Lichtjahre trennten sie von ihren realen Äquivalenten.

Janeway griff nach dem Ball, warf ihn weit über

den Rasen und achtete nicht einmal darauf, wo er hinfiel. Der Hund bellte aufgeregt und lief sofort los. Sie kehrte ihm den Rücken zu, streifte die Melancholie ab und setzte die gedankliche Analyse der gegenwärtigen Lage fort.

Der Hund sauste an den beiden Männern vorbei, ein Durcheinander aus wogendem Fell, Schwanz und Beinen. Paris beobachtete, wie das Tier einige Meter vor ihm verharrte und einen Ball fallenließ, der so feucht war, daß er nicht einmal mehr vom Boden abprallte. Er glaubte fast, den Atem des hechelnden Hunds zu riechen.

Warum dieser Aufwand? dachte Paris, als er die Einzelheiten beobachtete. Selbst die Haare in den Ohren bewegten sich in der leichten Brise. Die hier zum Einsatz kommende holographische Technik mußte ähnlichen Beschränkungen unterliegen wie die in der Föderation gebräuchliche – aufgrund der riesigen Datenmengen, die selbst eine einfache Simulation erforderte. Warum verwendete man Datenspeicherplatz und Elaborationspotential an ein Darstellungselement, das weder Kommunikationszwecken diente noch eine andere wichtige Funktion hatte?

Der Hund bellte, schnappte nach dem Ball und stob erneut davon. Paris sah ihm nach und schüttelte den Kopf. *Wir sprechen von ›Aliens‹ und ›Fremden‹, um nicht dauernd uns vertraute Maßstäbe anzulegen,* erinnerte er sich. *Wenn wir in unserem Teil der Galaxis schon von ›exotischen Lebensformen‹ und dergleichen reden, so müssen wir hier, auf der anderen Seite der Milchstraße, noch mit viel mehr Überraschungen rechnen.*

Er zog den Tricorder vom Gürtel und folgte Kim, der um die Ecke des Gebäudes vor ihnen trat.

Eine junge Frau stand dort.

»Der Keller ist da drüben«, sagte sie lächelnd und deutete zu einer nahen Vorrichtung, die aussah wie ein schief aufgestellter Holzkasten mit zwei Klappen.

Kim richtete sofort den Tricorder darauf. »Was befindet sich im ›Keller‹?«

»Kartoffeln, Zwiebeln und so weiter.« Die junge Frau hakte sich bei Paris ein und lehnte den Kopf an seine Schulter. »Es ist ein recht ... privater Ort.«

Ja, das glaube ich gern. Immerhin: Allein der Hologramm-Programmierer entschied darüber, was privat war und was nicht. Die junge Dame sah zu ihm auf und lächelte erneut, wirkte vollkommen echt. Eins stand fest: Es gelang ihr, Paris' Hormone zu überzeugen.

Kim seufzte und ging einige Schritte weiter. »Sie ist nur ein Hologramm.«

Paris zuckte mit den Schultern und spürte, wie sich seine Wangen röteten. »Kein Grund, unhöflich zu sein.« Es fiel ihm schwer, das strahlende Lächeln der Schönheit an seiner Seite einfach zu ignorieren. Bei dem Hund hatten die Fremden ganz offensichtlich viel Mühe in die Details investiert, und er fragte sich, ob das auch für ihre anderen Schöpfungen galt.

Ein überraschtes Schnaufen unterbrach ihn bei diesen Überlegungen. Nur mit Mühe gelang es ihm, den Blick von seiner Begleiterin abzuwenden. »Was ist los?«

»Ich empfange Bio-Signale, die denen von Sporozysten ähneln.« Kim veränderte die Justierung des Tricorders, bewegte das Gerät langsam hin und her. Schließlich deutete er auf die alte Scheune. »Was ist dort untergebracht?« fragte er die junge Frau.

»Nichts.« Sie folgte Kim hastig, als sich der Fähnrich in Bewegung setzte. »Da drin lagert nur Heu.«

Paris spürte, wie sich ihre Finger fest um seinen Arm schlossen. Forderte sie ihn damit zur Eile auf? Oder handelte es sich vielleicht um eine wortlose Warnung?

»Kommen Sie…«, sagte die Namenlose. »Sehen wir uns den Ententeich an.«

Warum? Der Ententeich hatte nicht mehr reale Substanz als die Scheune oder der Hund. Oder als die junge Frau. Kims Sensordaten hingegen… Sie boten den ersten konkreten Anhaltspunkt.

Plötzlich übte die junge Frau nicht mehr annähernd so großen Reiz auf ihn aus wie noch vor wenigen Sekunden. Er löste sich von ihr, ging zu Kim und lenkte sich ab, indem er aufs Display des Tricorders sah.

»Da drin befindet sich nichts, das für Sie von Interesse wäre«, erklang hinter ihnen die Stimme der jungen Frau. »Es ist nur eine dunkle, übelriechende Scheune.«

Die Scheune roch tatsächlich, aber nicht nach Tieren, sondern nach Ozon. Und die Schwärze der weit geöffneten Tür wirkte wie der hungrige Rachen eines schwarzen Lochs. Als Paris das Gebäude beobachtete, schienen sich die Konturen plötzlich zu verhärten, und er nahm eine Aura des Unheils wahr.

Kims Tricorder registrierte wesentlich stärkere Bio-Signale.

»Gehen wir zum Ententeich«, drängte die junge Frau.

Paris achtete nicht auf sie und betrat die Scheune.

Kühle empfing ihn, außerdem eine seltsame Art von Dunkelheit, die er mit der Finsternis eines Grabes verglich. Nur hier und dort kroch ein wenig Sonnenlicht durch Spalten zwischen den Brettern. Eine unförmige Masse ragte in der Mitte des Gebäudes auf, und darüber glitzerten Staubpartikel in einigen blassen Lichtstrahlen, die wie Balken wirkten.

Heu, dachte Paris. Er lächelte schief. *Und hier riecht's wirklich nicht besonders gut.*

Erneut sah er aufs Anzeigefeld des Tricorders in Kims Hand. Die junge Frau schob sich näher und zupfte an seinem Ärmel. »Sehen Sie? Nichts weiter als Heu. Kommen Sie.«

Paris schwieg. Der neben ihm stehende Fähnrich hob das Ortungsgerät und runzelte die Stirn.

»Es gibt hier eine Lebensform«, sagte er nach einigen Sekunden. »Nur eine.«

Paris warf dem Hologramm hinter ihnen einen kurzen Blick zu. »Wo?«

Kim drehte sich wie in Zeitlupe um die eigene Achse, und sein Blick klebte dabei am Display des Tricorders fest. Er richtete den Erfassungsbereich des Geräts auf die junge Frau, aufs Heu, auf die Wände.

»Die Lebensform ist *überall*«, sagte er leise. Das Summen des Tricorders veränderte sich ein wenig, als die Sensoren den Bereich hinterm Heu scannten. »Ich registriere eine matrixverarbeitende Anlage – vielleicht der gesuchte Holo-Projektor.«

Kim zögerte kurz. »Paris!« Er richtete den Tricorder auf die Rückwand der Scheune. »Die Bio-Signale von Menschen! Da drüben!«

Licht explodierte in der Scheune und vertrieb schlagartig die Schatten. Paris duckte sich, schirmte die Augen mit dem Arm ab und fühlte, wie Kim gegen ihn taumelte. Als das Gleißen nachließ, sah er, wie sich weiter vorn eine Präsenz verdichtete.

Paris drückte Kim nach hinten und blinzelte, als die junge Frau vor ihnen materialisierte. »Ich bin noch nicht bereit für Sie«, verkündete sie in einem kehligen Bariton.

Drohendes Knurren untermalte diese Worte. Paris hörte, wie Kim verblüfft nach Luft schnappte, als er sich zu dem Hund umdrehte. Er klopfte auf seinen Insignienkommunikator, noch bevor er die Situation bewußt eingeschätzt hatte.

»Paris an Janeway...«

Ein wuchtiger Schlag riß ihn von den Beinen.

Schmerz entflammte dort, wo die Faust der angeblichen jungen Frau seinen Kopf traf. Dunkelheit wogte ihm entgegen und trug das Selbst fort, noch bevor der Körper auf den Boden prallte.

»Janeway hier«, meldete sich die Kommandantin. Leute saßen auf den bunten Decken und klatschten. Andere tanzten im Takt der Musik, die der Alte auf dem Banjo spielte. Sie drehte sich um und versuchte, in dem Durcheinander ein wenig Ruhe zu finden. »Paris?«

Als sie nach einigen Sekunden noch immer keine Antwort bekam, winkte sie einige Angehörige der technischen Sektion herbei. »Kommen Sie mit.«

Sie trat um die Ecke des Hauses und hörte zuerst den Hund – das Bellen, Heulen und Knurren klang wie die Stimme eines Dämons, der direkt aus dem Inferno kam. Es erinnerte Janeway an Bears Anfälle, wenn der Postbote zu nah an der Haustür vorbeikam. Daraufhin regte sich eine sonderbare Mischung aus Bedauern und Furcht in ihr.

Dann hörte sie Kims erschrockenen Ruf, sprang fast durch die offene Tür und wies die Techniker mit einer knappen Geste an, im Innern der Scheune auszuschwärmen.

Janeways Augen wollten sich zunächst nicht an die Dunkelheit gewöhnen. Das Knurren wiederholte sich, und andere Geräusche kamen hinzu, schienen ihren Ursprung überall zugleich zu haben. Dann endlich bildeten sich Umrisse in der Finsternis, und sie sah Kim: Er stand mit dem Rücken an der Wand, und die Zähne des Hundes hatten sich ihm in den Ärmel gebohrt. Paris lag vor einer jungen Frau am Boden und versuchte benommen, sich wieder aufzurichten. Janeway wollte nach ihrem Phaser greifen – und begriff eine Sekunde später, daß sie alle unbewaffnet und somit hilflos waren.

Hinter ihr fiel die große Scheunentür mit einem lauten Knall zu.

»Na schön. Da niemand Maiskolben oder Zuckerplätzchen möchte ...«

Die Stimme gehörte dem alten Banjomann, doch vor Janeway materialisierte die großmütterliche Frau. Hinter und neben ihr erschienen die anderen Leute, die ›Nachbarn‹; sie füllten das Gebäude fast vollständig aus. Die Heugabeln und zornigen Mienen bildeten ein Klischee, das Janeway zum Lachen reizte. Es wäre bestenfalls ein bitteres Lachen gewesen: Diese ›Bauern‹ hatten bereits bewiesen, wie gefährlich sie sein konnten.

»Wir müssen die nächste Phase schneller einleiten, als es der Zeitplan vorsieht«, sagte die alte Frau mit der Stimme des Banjomanns.

Janeway wollte protestieren, aber sie brachte keinen Ton hervor. Hinter den Farmleuten begann ein dumpfes, pulsierendes Brummen, und die Rückwand der Scheune löste sich auf. Kim keuchte und wandte entsetzt den Blick ab, doch die Kommandantin zwang sich, alle Einzelheiten der schrecklichen Szene zu beobachten. Es ging ihr darum, sich jedes Detail einzuprägen – für den Fall, daß sie überlebten und später etwas mit diesen Informationen anfangen konnten.

Hinter der ›Scheune‹ erstreckte sich ein Raum, der länger war als der längste Korridor an Bord des Raumschiffs *Voyager*. Er schien überhaupt kein Ende zu haben, bis in die Unendlichkeit zu reichen. An einer Wand zogen sich Platten entlang, wie Untersuchungsliegen in einer monströsen Leichenhalle, und auf jeder davon ruhte ein nackter humanoider Körper. Schläuche, Kabel und Sensoren hingen von der metallenen Decke herab und bohrten sich an vielen Stellen in die reglosen Leiber. Vielleicht handelte es sich um die Kontaktstellen von Lebenserhaltungssystemen – obwohl die Personen völlig leblos wirkten. Janeway versuchte zu erkennen, welche Art von Gas oder Flüssigkeit die Schläuche füllte, doch etwas anderes beanspruchte ihre ganze Aufmerksamkeit: das dunkle Gesicht eines Vulkaniers, nur drei Liegen von ihr entfernt.

Plötzlich gleißte grelles Licht. Ein Blitz ging von den holographischen Bauern aus und zerriß das Gefüge einer scheinbaren Realität. Visuelle und akustische Eindrücke zerstoben, wichen unheimlicher Stille. Janeway schwebte erst, fiel dann durch Kälte...

Und fand sich auf einer der Platten in dem riesigen Saal wieder. Über ihr wartete eine Anordnung aus Nadeln und Sensordornen. Einige von ihnen setzten sich in Bewegung, glitten langsam herab. Die nackte Janeway wand sich hin und her, bemühte sich mit wachsender Verzweiflung, den stählernen Stacheln auszuweichen. Irgendwo links von ihr schrie Kim. *Nein*! fuhr es ihr durch den Sinn. *Ich lasse es nicht zu! Meine Crew darf nicht auf diese Weise enden!*

Der erste Dorn berührte die Haut – und setzte den Weg ins Innere des Körpers fort, ungeachtet der damit verbundenen Schmerzen. Janeway weigerte sich, vor der Pein in die Ohnmacht zu fliehen – sie wollte den Fremden zeigen, daß sie stark war, trotz der Agonie. Doch als der zweite Dorn herabkam, sich ebenfalls in ihre Brust bohrte und dem ersten Sensor darin Gesellschaft leistete... Ihr blieb keine Wahl. Das Selbst stürzte in einen Kosmos empfindungsloser Schwärze, während die Seele ihre Peiniger verfluchte – bis sich Stille um sie schloß.

8

Ganz plötzlich kam sie wieder zu sich, ohne irgendeine Art von Trauma – als hätte jemand einen Schalter betätigt. In der einen Sekunde nahm sie überhaupt nichts wahr, und in der nächsten strömte den weit geöffneten Augen Licht entgegen. Der Übergang wurde nicht von Furcht oder dergleichen gekennzeichnet. Janeway hob den Kopf und sah sich um.

Sie befand sich im Maschinenraum. Carey und die übrigen Techniker lagen dort, wo sie sich vor dem Transfer aufgehalten hatten. Einige von ihnen standen unsicher auf und schienen nicht recht zu wissen, was sie von der Veränderung halten sollten. Neben Janeway summte und glühte das Warpkernsiegel.

Man könnte meinen, wir hätten das Schiff überhaupt nicht verlassen, dachte die Kommandantin. Aber sie wußte es natürlich besser.

Sie erhob sich, half Carey auf und aktivierte ihren Insignienkommunikator. »Janeway an Brücke. Ist jemand dort?«

»Ja, Captain«, erklang Rollins' brüchige Stimme. »Wir sind hier.«

»Wie lange waren wir in der Raumstation?«

Es folgte eine kurze Pause, und Janeway vermutete, daß Rollins die Instrumente überprüfte. Während sie wartete, zählte sie die Techniker und versuchte festzustellen, ob jemand fehlte. Es schienen alle zurückgekehrt zu sein.

»Fast drei Tage«, antwortete Rollins schließlich.

»Captain, das energetische Niveau im Triebwerk des Maquis-Schiffes steigt.«

»Halten Sie es mit dem Traktorstrahl fest!« Janeway bemerkte Careys fragenden Blick, schüttelte den Kopf und eilte zum Turbolift. »An alle Senior-Offiziere! Suchen Sie unverzüglich die Brücke auf!«

Paris erkannte die Krankenstation sofort, als er die Augen öffnete. Besatzungsmitglieder standen neben Konsolen auf und zogen sich an Diagnosebetten empor. Jenes Laken, das Fitzgerald und die Krankenschwester bedeckt hatte, lag ordentlich zusammengefaltet auf einem Tisch, doch von den beiden Leichen fehlte jede Spur.

Der holographische Arzt, dachte Paris. Nur er war an Bord zurückgeblieben, als die Fremden alle Personen aus der *Voyager* transferierten.

Während er nach Kim Ausschau hielt, wandte sich der Holo-Doktor von einem Patienten ab und rematerialisierte vor ihm. »Könnten Sie mir erklären, was geschehen ist?«

Von Kim war weit und breit nichts zu sehen. Paris wollte eine knappe Antwort geben, doch der Arzt verschwand einfach und erschien einige Meter entfernt bei jemandem, der medizinische Hilfe benötigte. *Ich habe genug von Hologrammen,* dachte er und wandte sich dem nächsten Terminal zu. »Computer, lokalisiere Fähnrich Kim.«

»Fähnrich Kim befindet sich nicht an Bord.«

Paris' Besorgnis wuchs, und er klopfte auf seinen Insignienkommunikator. »Paris an Captain Janeway.«

Sie reagierte fast ebenso schnell wie der Computer. »Ich höre.«

»Kim kehrte nicht mit uns zurück. Offenbar ist er noch immer in der Raumstation.«

»Ich verstehe.« Janeways Stimme wurde von einem leisen Zischen untermalt, das offenbar von einem Turbolift stammte. Unmittelbar darauf erklangen Geräusche, wie Paris sie von der Brücke her kannte. »Computer, wie viele Besatzungsmitglieder fehlen?«

»Eins«, entgegnete die Sprachprozessorstimme. Paris hatte die technische Sektion bereits verlassen und war auf dem Weg zum Kontrollraum, als der Computer hinzufügte: »Fähnrich Harry Kim.«

»Stellen Sie einen Kom-Kontakt mit dem Maquis-Schiff her.«

Janeway verbarg ihre Unruhe, als Rollins mit den beschädigten Systemen der *Voyager* rang und versuchte, einen externen Kom-Kanal zu öffnen. Kurze Zeit später erschien ein Gesicht auf dem großen Bildschirm, dessen Anblick genügte, um Zorn in der Kommandantin zu wecken.

Sie trat zum Befehlsstand. »Commander Chakotay, ich bin Captain Kathryn Janeway.«

Der Mann kniff die Augen zusammen. »Woher kennen Sie meinen Namen?« Hinter ihm zeigte sich eine Brücke, um die es noch schlimmer stand als um den Kontrollraum der *Voyager*. Mehrere Konsolen waren geborsten, und Dutzende von Anzeigeflächen lieferten keine Daten mehr.

An einem noch funktionierenden Pult saß ein dunkelhäutiger Offizier und hob den Kopf, als er Janeways Stimme hörte. Sie erkannte die sanfte Weisheit in seinen Augen, noch bevor er aufstand, ins Licht trat und vulkanische Züge offenbarte.

»Wir haben nach Ihnen gesucht, als uns die fremde Raumstation hierherbrachte«, sagte Janeway und gab vor, dem Vulkanier hinter Chakotay keine Beachtung zu schenken. »Ein Mitglied meiner Crew wird vermißt.« Zufrieden stellte sie fest, daß ihre Stimme ruhig und sachlich klang. *Er ist nicht der Feind,* dachte sie, als sie den Indianer musterte. *Nicht hier, nicht jetzt.* Diese Erkenntnis fiel ihr wesentlich leichter, da sie wußte, daß Tuvok unverletzt war. »Fand sein Retransfer zufälligerweise an Bord Ihres Schiffes statt?«

Chakotay schüttelte langsam den Kopf. »Nein.« Im Gesicht des Commanders zeichnete sich eine Mischung aus Argwohn und Ungewißheit ab. Er zögerte kurz, bevor er widerstrebend zugab: »Auch bei uns fehlt jemand. Mein Chefingenieur B'Elanna Torres.«

Janeway fragte sich, warum die unbekannte Entität ausgerechnet einen unerfahrenen Starfleet-Fähnrich und einen Maquis-Ingenieur entführt hatte. Ihr fiel keine Antwort ein.

»Commander ...«, sagte sie schließlich. »Wir haben das gleiche Problem und sollten versuchen, es gemeinsam zu lösen, finden Sie nicht?«

Chakotay schnaubte leise. »Wie können wir ...« Er unterbrach sich und schüttelte erneut den Kopf.

»Mir ist durchaus klar, daß ein Haftbefehl gegen Sie und die Besatzung Ihres Schiffes ausgestellt wurde, wegen mehrerer Verbrechen in der Entmilitarisierten Zone.« Janeways Ärger ließ sich jetzt kaum mehr unter Kontrolle halten. »Aber hier sind wir viele tausend Lichtjahre von jenem Raumsektor entfernt, und deshalb spielen solche Dinge kaum mehr eine Rolle. Oder sind Sie anderer Ansicht?«

Chakotay starrte sie einige Sekunden lang an und sah dann zu Tuvok, der den Blick stumm erwiderte und nur eine Braue wölbte. Seine Reaktion war so vertraut, daß Janeway fast gelächelt hätte.

Der Commander wandte sich wieder ihr zu und nickte kurz. »Drei von uns beamen sich an Bord Ihres Schiffes«, sagte er und unterbrach die Verbindung.

Um so besser, dachte Janeway. *Dadurch habe ich alles unter Kontrolle.* Sie schritt zur Funktionsstation und sah aus den Augenwinkeln, daß sich die Tür des Turbolifts öffnete. Paris kam herein, und sie nahm seine Präsenz mit einem knappen Nicken zur Kenntnis. Er wirkte nicht mehr annähernd so arrogant. Vielleicht erwies sich dieses Durcheinander letztendlich als gut für ihn.

»Das energetische Niveau des Triebwerks sinkt«, meldete Rollins. »Die Deflektoren werden deaktivierte.«

Janeway wollte den Befehl geben, die Schilde der *Voyager* zu senken, doch dann fiel ihr ein: Derzeit gab es gar keine Möglichkeit, das Schiff in Schutzschirme zu hüllen. Das hätte sie sicher sehr besorgt, wenn der Maquis-Raumer in einem besseren Zustand gewesen wäre.

Sie trat ans Geländer heran, blickte zur Mitte des Kontrollraums und wartete.

Ein Transporterfokus funkelte auf der Brücke, begleitet von einem leisen Summen, das lauter wurde, als die Rematerialisierung begann. Die Umrisse mehrerer Gestalten zeichneten sich vor der zerstörten Navigationskonsole ab, und Janeway schritt zum Kommandosessel, um von dort aus zu beobachten, wie drei Maquisards erschienen.

Chakotay stand in der Mitte und hielt einen schußbereiten Phaser in der Hand, ebenso wie seine beiden Begleiter. Nach erfolgtem Retransfer ließ Tuvok die Waffe sofort sinken – was jedoch nichts daran änderte, daß die Brückenoffiziere der *Voyager* nach ihren Strahlern griffen.

Janeway drehte sich abrupt zu Rollins um, der Anstalten machte, das Kommandodeck zu betreten. »Die Waffen weg!« Er zögerte – und errötete, als ihm klar wurde, daß er einen direkten Befehl mißachtete. Rasch hakte er seinen Phaser an den Gürtel. Janeway hörte, wie Paris ihre Order wiederholte.

»Das brauchen Sie hier nicht«, meinte sie und deutete auf den Strahler in Chakotays Hand.

Janeway dachte daran, daß ein wahrer Maquisard voller Mißtrauen sein mußte. Die Angehörigen des Maquis fühlten sich von der Föderation im Stich gelassen und von Starfleet gejagt. Außerdem mußten sie damit rechnen, von den eigenen Leuten verraten zu werden, wenn man bei Prozessen einem Kronzeugen Privilegien gewährte oder außergerichtliche Vereinbarungen anbot. Deshalb wuchs Janeways Respekt vor Chakotay, als er sie kurz musterte, dann den Phaser ins Halfter steckte und dem dritten Maquisard bedeutete, seinem Beispiel zu folgen.

Die Kommandantin hoffte, Chakotay nicht zu verstimmen, als sie den Vulkanier ansah und sich ein Lächeln erlaubte. »Es freut mich, daß Sie zurück sind.«

Chakotay riß die Augen auf und starrte Tuvok fassungslos an. Der legte ruhig die Hände auf den Rücken und hielt dem Blick des Maquis-Commanders stand. »Ich bin Captain Janeways Sicherheitsoffizier und mit einer geheimen Mission an Bord Ihres Schiffes beauftragt gewesen.«

Chakotay schien nicht genau zu wissen, ob er auf Tuvok wütend sein sollte – oder auf sich selbst. »Wollten Sie dafür sorgen, daß Starfleet uns schnappen kann?«

»Meine Aufgabe bestand darin, Informationen über die Aktivitäten des Maquis zu sammeln.« Der Vulkanier deutete ein Nicken an. »Im Anschluß daran war tatsächlich Ihre Verhaftung geplant.«

Chakotay schob das Kinn vor und ballte die Fäuste. Was auch immer er sagen wollte: Er verschluckte die Worte und wandte sich mit einem dumpfen Knurren von Tuvok ab. Er blickte über Janeways Schulter – und schien erneut zu erstarren.

»Allem Anschein nach hatten Sie Hilfe.«

»Freut mich, Sie wiederzusehen, Chakotay.« Der anmaßende, selbstgefällige Ton kehrte in Paris' Stimme zurück.

»Der Vulkanier erfüllte wenigstens seine Pflicht als Starfleet-Offizier«, zischte der Maquisard. »Aber Sie ...« Er zeigte seine Verachtung ganz offen. »Sie haben uns verraten. Für vorzeitige Entlassung aus der Haft? Für Latinum? Worin bestand diesmal Ihr Preis, *Poocuh?*«

Janeway drehte nicht den Kopf, um festzustellen, welche Wirkung diese Worte auf Paris' Selbstachtung erzielten. Sie trat vor den Commander, und ihre ganze Haltung brachte Entschlossenheit zum Ausdruck. »Sie sprechen mit einem Mitglied meiner Crew«, sagte sie fest. »Sie sollten diesem Mann den gleichen Respekt entgegenbringen, den Sie von mir Ihren Leuten gegenüber erwarten.«

Chakotay wich ein wenig zurück, um etwas mehr Distanz zu schaffen. Erneut sah er zu Paris, und dabei brannte ein Haß in seinen Augen, der Janeway zwar besorgte, aber nicht überraschte.

»Und nun...«, sagte sie, um die Aufmerksamkeit des Maquis-Commanders einzufangen. »Es gibt eine Menge zu tun. Ich schlage vor, wir beginnen jetzt mit der Suche nach den Verschwundenen – und nach einer Möglichkeit, dorthin zurückzukehren, woher wir kommen.«

Tuvok bot einen deutlichen Hinweis auf seine Loyalität, indem er neben Janeway trat. »Die bisher vorliegenden Daten lassen mich vermuten, daß wir mit einer einzelnen Entität konfrontiert sind, Captain. Sie sondierte unsere Computersysteme, um Informationen zu bekommen und ein geeignetes holographisches Ambiente zu schaffen. Dabei handelte es sich um eine Art Wartezimmer, das uns vor einer biometrischen Analyse beruhigen sollte.«

»Eine Untersuchung?« fragte Paris.

Tuvoks Nicken galt der Kommandantin, nicht dem jungen Mann, der keinen offiziellen Rang bekleidete. Janeway nahm sich vor, ihren Sicherheitsoffizier später über Paris' Status zu informieren. »So lautet die logische Erklärung«, sagte der Vulkanier. »Warum hat man uns sonst unverletzt freigelassen?«

»Nicht alle sind frei«, warf Paris ein.

Was sie zu dem eigentlichen Grund für das von Spannungen geprägte Bündnis zurückführte. »Besorgen Sie uns Phasergewehre«, sagte Janeway zu Tuvok. »Ich erwarte Sie im Transporterraum zwei. Wir kehren in die Raumstation zurück, und zwar mit zwei Gruppen. Chakotay und ich suchen nach Kim und Torres. Was Sie betrifft, Mr. Tuvok: Ihre Aufgabe ist es, soviel wie möglich über die Station herauszufinden.« Sie sah zum Wandschirm und beobachtete das gewaltige Gebilde. »Das Ding da draußen brachte uns hierher. Vermutlich kann es uns auch zurückschicken.«

Tuvok führte Chakotay und den anderen Maquisard zum Turbolift. Janeway wandte sich Rollins und den übrigen Brückenoffizieren zu.

»Bleiben Sie bei Alarmstufe Rot, Mr. Rollins. Halten Sie die ganze Zeit den Transporterfokus auf uns gerichtet ...«

»Captain?«

Sie verharrte mit einem Fuß auf der Treppe. Alles in ihr drängte nach sofortiger Aktivität; es gefiel ihr keineswegs, von Paris aufgehalten zu werden. Als sie sich zu ihm umdrehte ... Die schlichte Tapferkeit in seinem Gesicht erstaunte sie.

»Ich begleite Sie«, sagte er.

Janeway fühlte sich von einem plötzlichen inneren Konflikt heimgesucht. »Wenn es dabei um Chakotay geht ...«

»Nein.« Paris näherte sich, und alles an ihm vermittelte Aufrichtigkeit. »Ich würde es nur sehr bedauern, wenn ...« Huschte ein Hauch von Verlegenheitsröte über seine Wangen? »... wenn Harry etwas zustößt«, beendete er den Satz.

Er wich dem Blick der Kommandantin nicht aus, und in seinen Augen glitzerte keine Herausforderung.

Ja, vielleicht läßt sich wirklich etwas mit ihm anfangen, dachte Janeway. Sie klopfte ihm kurz auf die Schulter und deutete zum Lift. »Kommen Sie.«

9

Noch immer schwammen Enten friedlich auf dem holographischen Teich. Trauerweiden seufzten leise in der sanften Sommerbrise, und die Sonne hing in einem Winkel von genau fünfundvierzig Grad über dem blauweißen Farmhaus. Ein Nachmittag im Juni, genau wie bei ihrem ersten Besuch. Aber diesmal fehlten der Hund und die feiernden ›Nachbarn‹. Nur der Banjomann saß auf einer Stufe der Verandatreppe, und seine Augen blieben geschlossen, als er an den Saiten zupfte. Wer auch immer für die Simulation verantwortlich sein mochte: Vielleicht glaubte das betreffende Wesen, von diesem Mann und dem Gebäude ginge eine beruhigende Wirkung auf die Besucher aus. Oder der Holo-Projektor konnte nur jeweils eine beschränkte Anzahl von holographischen Elementen miteinander kombinieren.

Tuvok klappte seinen Tricorder auf, und elektronisches Piepen übertönte die Banjoklänge. »Es lassen sich keine Bio-Signale von humanoiden Lebensformen orten, Captain.« Er schloß das Gerät wieder. »Kim und Torres befinden sich nicht in Reichweite der Tricorder-Sensoren. Vielleicht sind sie gar nicht mehr in der Raumstation.«

Chakotay deutete mit dem Phasergewehr auf den Banjomann. »*Er* kann uns sicher sagen, wo sie sich aufhalten.«

Ja, das konnte er wahrscheinlich. *Aber vielleicht ist er nicht bereit, uns Auskunft zu geben,* dachte Janeway. Sie nahm ihr eigenes Gewehr in die linke Hand und bedeutete dem Maquisard neben ihr, sich Tuvok anzuschließen. Der Vulkanier sollte nicht ohne Schutz sein, wenn er umherwanderte.

»Wir bleiben in ständigem Kom-Kontakt«, wies sie den Sicherheitsoffizier an. »Ich möchte vermeiden, noch jemanden zu verlieren.«

Der Vulkanier nickte, aktivierte den Tricorder erneut und konzentrierte sich ganz aufs Display. Janeway forderte Paris und Chakotay mit einem Wink auf, ihr zu folgen, als sie zum Haus schritt. Unterwegs entsicherte sie ihre Waffe. Ihr lag nichts daran, Gewalt anzuwenden, aber sie wollte unangenehmen Überraschungen auch nicht schutzlos ausgeliefert sein.

Der holographische Alte auf der Verandatreppe öffnete die Augen und ließ das Banjo sinken. »Warum sind Sie zurückgekehrt? Sie haben nicht, was ich brauche.«

Janeway fühlte sich versucht, ihm das Musikinstrument aus der Hand zu schlagen. »Ich weiß nicht, was Sie brauchen. Und ehrlich gesagt: Es ist mir schnuppe. Ich möchte nur, daß Sie unsere Leute freilassen und uns anschließend in unsere Heimat zurückschicken.«

»Na so was...« Der alte Mann blinzelte und gab sich herablassend. »Für eine unwichtige zweibeinige Spezies sind Sie bemerkenswert streitsüchtig.«

»Diese ›unwichtige zweibeinige Spezies‹ mag es nicht, entführt zu werden«, erwiderte Janeway scharf.

Der holographische Mann zuckte mit den Achseln und hob das Banjo. »Es war notwendig.«

Janeway sah, daß sich Chakotay in Bewegung setzte. Sie warf ihm einen warnenden Blick zu, und erstaunlicherweise blieb der Maquis-Commander tatsächlich stehen.

»Wo sind unsere Leute?« entfuhr es ihm zornig.

Seine Lautstärke blieb ohne Wirkung auf das Hologramm. »Sie sind nicht mehr hier.«

»Was haben Sie mit ihnen angestellt?« fragte Janeway.

»Sie verfügen nicht über das, was ich brauche«, wiederholte der Alte. »Vielleicht im Gegensatz zu den beiden Personen, die Sie meinen.« Er zupfte wieder an den Saiten, und einige Töne erklangen, ohne sich zu einer Melodie zu vereinen. »Sie müssen auf sie verzichten.«

Chakotay schüttelte den Kopf. »Ausgeschlossen.«

Weitere Töne gesellten sich den ersten hinzu. Der Kopf des Alten neigte sich in ihrem Rhythmus hin und her.

Janeway seufzte, deutete auf Chakotay und sich selbst. »Wir sind Kommando-Offiziere und für die Sicherheit der beiden Männer zuständig«, erklärte sie. »Ich weiß nicht, ob Sie das Konzept der Verantwortung verstehen ...«

Das Hologramm sah zu ihr auf, und jetzt zeigte sich echtes Leben in den Augen. Die Entität begnügte sich nicht mehr nur damit, den Besuchern eine Simulation zu präsentieren – zumindest ein Teil von ihr manifestierte sich nun in der holographischen Darstellung. Janeway wäre am liebsten vorgesprungen, um den Alten zu packen und das Wesen in ihm festzuhalten.

»Ich verstehe durchaus, was Sie meinen«, lautete die Antwort. »Aber ich habe keine Wahl. Es bleibt nur noch wenig Zeit.«

Janeway hielt unwillkürlich den Atem an und erhoffte sich eine Art Offenbarung. »Wofür bleibt nur noch wenig Zeit?«

»Ich muß eine Schuld begleichen, die nie bezahlt werden kann.« Der Alte blickte ins Leere. »Meine Suche ist nicht erfolgreich gewesen.«

Janeway sah kurz zu Paris und Chakotay, in deren Gesichtern sich Verwirrung zeigte. »Sagen Sie uns, wonach Sie suchen.« Sie bemühte sich, offen und hilfsbereit zu wirken. »Vielleicht können wir Ihnen helfen, es zu finden.«

»Sie?« Der Mann schnaubte verächtlich – ein Geräusch, wie man es eigentlich nur von einem Menschen erwartete. »Ich habe die ganze Galaxis mit Methoden durchsucht, die für Sie völlig unverständlich sind. Nein, Sie können mir nicht helfen.« Er seufzte und blickte aufs Banjo hinab. Janeway stellte verblüfft fest, daß alle Saiten gerissen waren. »Bitte gehen Sie jetzt. Ich schicke Ihre Leute zurück, wenn ich eine Möglichkeit dazu sehe.«

»Das genügt uns leider nicht«, grollte Chakotay.

»Sie haben uns siebzigtausend Lichtjahre weit transferiert«, entfuhr es Janeway. »Ohne Ihre Hilfe können wir nicht zurück. Und wir bleiben so lange hier, bis unsere Leute wieder bei uns sind.«

Der holographische Mann stand auf, hob das Banjo und ging in Richtung Teich. Dahinter neigte sich die Sonne dem scheinbaren Horizont entgegen. »Sie zurückzuschicken ... Das ist schrecklich kompliziert.« Er seufzte erneut. »Begreifen Sie denn nicht? Ich habe keine *Zeit* ...« Der Teich verblaßte, zusammen mit den Bäumen, mit Sonne und Himmel. *»... keine Zeit ...«*

Um Janeway herum löste sich alles auf, und grelles Licht schimmerte dort, wo eben noch die Farm gewesen war.

Als das Gleißen nachließ ...

Sie stand wieder auf der Brücke der *Voyager,* zusammen mit den anderen vier Mitgliedern der Einsatzgruppe, und sie wußte nicht, was sie sagen oder unternehmen sollte. Die Lage schien aussichtslos.

Er hörte die Stimmen nicht, sondern fühlte sie eher.

Er kommt wieder zu sich ...

Licht blitzte vor seinen Augen, und einige Sekunden später merkte Kim, daß es durch die geschlossenen Lider strahlte, durch Haut und dunkle Träume. Er öffnete die Augen – und bereute es sofort, als das Gleißen schmerzhafte Intensität gewann und bis zum Hinterkopf brannte. Er wollte ›sie‹ – wen auch immer – auffordern, das Licht auszuschalten oder fortzunehmen, doch er brachte nur ein heiseres Stöhnen hervor.

Seltsamerweise genügte allein der Gedanke, um dem viel zu hellen Glanz einen Teil seiner Intensität zu nehmen. Der Schmerz ließ nach, als er zwinkerte, um die Schleier vor den Augen zu vertreiben.

Ein Gesicht gewann über ihm Konturen. *Über mir?* Er lag auf dem Rücken. Die Erkenntnis bildete sich ganz plötzlich in ihm. Er lag auf dem Rücken – auf einem Bett –, und Kühle umgab ihn. Das Gesicht weiter oben gehörte einem unbekannten Mann. Nur die Pupillen deuteten darauf hin, daß er nicht jung sein konnte: Weisheit zeigte sich in ihnen.

Der Fremde lächelte und fragte: **Wie fühlen Sie sich?**

Schrecklich, dachte Kim. *Ich sehe nicht einmal, wie sich Ihre Lippen bewegen.* Er holte mühsam Luft und fragte: »Was geschieht hier? Wo bin ich?«

Ein Schatten von Kummer fiel auf die Züge des Mannes, und er wandte sich nach rechts. Kim drehte den Kopf und sah eine Frau mit einem sehr attraktiven und ebenfalls seltsam alterslosen Gesicht. Sie berührte den Mann an der Schulter und schob ihn beiseite, trat dann ans Bett heran.

Kim begriff, daß er sich in einer Art Hospital befand. Der Geruch nach Desinfektionsmitteln und die freudlosen Farben boten deutliche Hinweise. Hinzu kam das routinierte Verhalten der Frau.

»Bitte versuchen Sie noch nicht, sich zu bewegen.« Ihre Stimme klang angenehm, doch mit der Intonation war irgend etwas nicht in Ordnung. »Sie sind sehr krank.«

»Krank?« Er fühlte sich nicht krank, nur verwirrt. Und verunsichert. Mit den Ellenbogen stemmte er sich hoch und trachtete danach, das eisgrüne Laken beiseite zu treten, unter dem er lag. »Das muß ein Irrtum sein«, sagte er. »Ich bin nicht ...«

Dann sah er die Wucherungen an Hand und Arm. Die letzten Worte verloren sich in einem gedämpften Schrei.

Was ist los mit mir? Was wuchs an ihm und warum? Er öffnete den Kragen des Krankenhemds, sah an sich herab und entdeckte weitere Schwellungen. Der Schock drohte sein Blickfeld zu verdunkeln.

Was ist los mit mir was ist los mit mir was ist los mit ...?

»Nein!«

Der Schrei klang menschlich und schien laut genug zu sein, um im ganzen Universum widerzuhallen. Kim wandte sich in die entsprechende Richtung und sah, wie einer der stillen Assistenten gegen einen Tisch mit medizinischen Instrumenten stieß und ihn umkippte. Eine Gestalt sprang über den am Boden liegenden Mann hinweg; ihre Bewegungen deuteten auf eine beeindruckende Mischung aus Kraft und katzenhafter Geschmeidigkeit hin. Das lange weiße Krankenhemd störte sie offenbar überhaupt nicht.

Eine Frau.

Sie spürte Kims Aufmerksamkeit, drehte sich um und begegnete seinem Blick. *Ich kenne sie,* dachte der junge Fähnrich überrascht. Er erinnerte sich an das dunkle Gesicht mit den hohen Stirnwülsten. Diese Frau hatte in dem *Saal* auf einer der Platten gelegen. Himmel, ein Jahrhundert schien seitdem vergangen zu sein.

Ein Besatzungsmitglied des Maquis-Schiffes, vermutete er. Und das bedeutete: Er war nicht allein hier.

Aber vielleicht sind alle anderen fort, mahnte eine innere Stimme. *Vielleicht sind nur wir beide ›hier‹.*

Kim bekam keine Gelegenheit, diese Überlegungen fortzusetzen. Weitere Personen trafen ein, und die

Frau zögerte nicht, gegen sie zu kämpfen. Sie schaffte es fast bis zur Tür, bevor sie von mehreren Personen gepackt wurde. Jener Mann, der lächelnd auf Kim herabgesehen und mit mentaler Stimme gesprochen hatte, griff nun nach einem Apparat.

Haltet sie fest.

Die Frau heulte wie ein Tier und wand sich hin und her. Doch es gelang ihr nicht, sich loszureißen. Der Mann – jetzt formten seine Lippen kein Lächeln – beugte sich an mehreren Assistenten vorbei. Kim hörte das charakteristische Zischen eines Injektors, und wenige Sekunden später sank die Frau bewußtlos zu Boden.

Der Mann seufzte tief und erleichtert. **Tragt sie hierher**, wies er die anderen Personen an.

Kim beobachtete, wie man die Bewußtlose mit einer Vorsicht behandelte, die ihm absurd erschien. Jetzt brachte man ihr fast Ehrfurcht entgegen, obwohl man sie eben mit allen Mitteln an der Flucht gehindert hatte. Und er sah auch noch etwas anderes: Wucherungen an Armen und Hals der Maquisard. Hatten sie sich mit irgendeiner exotischen Krankheit infiziert? Und war das auch mit den übrigen Besatzungsmitgliedern der *Voyager* und des Maquis-Schiffes passiert?

Sind wir deshalb allein? fragte sich Kim.

Wenn das stimmte, so mochte es um ihre Überlebenschancen sehr schlecht bestellt sein.

Plötzlich wünschte er sich mehr als nur das grüne Laken und das weiße Hemd. Die Gedanken an den Tod brachten eine Kühle, die Kim frösteln ließ.

10

»Captains Logbuch, Sternzeit 48315.6…« Janeway betrachtete das Display des Datenblocks auf dem Tisch. In dieser späten Stunde schien es zuviel Kraft zu erfordern, nach dem Gerät zu greifen und es beiseite zu legen. Dazu wäre es erforderlich gewesen, den Kopf von der stützenden Hand zu heben und sich aufzusetzen – was nicht zu der Vereinbarung gehörte, die sie mit ihrem Körper getroffen hatte. Solange der physische Teil ihres Selbst Entspannung genießen durfte, blieb der psychische wach genug, um letzte Berichte zu formulieren, die Schadens- und Verlustlisten durchzugehen und zu überlegen, welche Besatzungsmitglieder am nächsten Tag für welche Reparatur- und Instandsetzungsarbeiten eingeteilt werden sollten. Mit der freien Hand gelegentlich Tasten zu drücken – derartige Aktivität stellte keine Verletzung des mit sich selbst getroffenen Abkommens dar. Im Gegensatz zu der Entscheidung, den Rücken zu straffen oder gar aufzustehen. Sie rieb sich die Augen und teilte ihre Aufmerksamkeit, um sich gleichzeitig mit dem Logbuch und der Arbeitseinteilung für den kommenden Tag zu befassen.

»Inzwischen wissen wir, daß die Energieimpulse von der fremden Raumstation dem fünften Planeten des nächsten Sonnensystems gelten. Vielleicht wurden sie verwendet, um Kim und Torres zu jener Welt zu transferieren.«

Ein rhythmisches Summen erklang, und daraufhin blieb ihr nichts anderes übrig, als den Kopf zu heben und auf den Monitor zu blicken. Das kleine Projektionsfeld zeigte ihr die gerade gesprochenen Worte, mehr nicht. Janeway blinzelte verwirrt – und rang sich zu der Erkenntnis durch, daß sie den Türmelder gehört hatte. Sie seufzte und lehnte sich zurück. »Herein.«

Tuvok trat vier Schritte weit in den Bereitschaftsraum, blieb stehen und legte die Hände auf den Rücken. Hinter ihm sah Janeway kurz die halbdunkle Brücke mit den beschädigten Konsolen, bevor sich die Tür wieder schloß. Hatte ihr Sicherheitsoffizier dort die ganze Zeit über allein gearbeitet?

Manchmal fragte sie sich, ob Vulkanier jemals schliefen.

»Ich habe eine Veränderung bei den Impulsen bemerkt, Captain«, sagte Tuvok förmlich. »Die zeitlichen Abstände zwischen ihnen verkürzen sich.«

Interesse erwachte in Janeway. »Die Impulse folgen schneller aufeinander?«

Tuvok nickte kurz. »Die betreffenden Intervalle sind seit unserer Ankunft um null Komma vier sieben Sekunden geschrumpft. Ich habe keine Erklärung dafür.«

Janeway lachte leise – es klang viel zu bitter – und winkte den Vulkanier näher. »Es ist eins der vielen Rätsel, mit denen wir es zu tun haben. Sehen Sie sich das hier an.«

Sie drehte den Monitor und lehnte sich ein wenig zur Seite, damit sich Tuvok über ihre Schulter beugen konnte, ohne dabei einen körperlichen Kontakt zu riskieren. Sie hatte mehrmals Geschichten über Vulkanier gehört: Angeblich vermieden sie unter allen Umständen, Menschen zu berühren. Janeway wußte nicht recht, was sie von solchen Behauptungen halten sollte, doch eins stand fest: Tuvok achtete immer darauf, angemessene Distanz zu wahren, und sie respektierte dieses Gebaren.

Er beobachtete das planetare Diagramm unter den aufgezeichneten Worten. In der graphischen Darstellung beschränkten sich die Impulse der Raumstation auf einige dünne Linien zwischen der gegenwärtigen Position der *Voyager* und dem Planeten.

Janeway deutete auf die statistischen Daten. »Die ganze Welt ist eine einzige große Wüste. Es gibt keine Meere oder Flüsse.« Sie lehnte sich wieder zurück und schüttelte den Kopf. »Die elementaren Merkmale eines Planeten der Klasse M sind vorhanden, aber ...« Sie wählte ein Element der Eigenschaftsbeschreibung und vergrößerte es, woraufhin es die Hälfte des Bildschirms beanspruchte. »Der Atmosphäre fehlen nukleogene Partikel.«

Tuvok wölbte eine Braue. »Es würde bedeuten, daß sich keine Wolken bilden können. Wodurch Regen unmöglich wird.«

Janeway nickte und kaute auf der Unterlippe. »Ich kenne Hunderte von Planeten der Klasse M, und bei ihnen allen enthält die Atmosphäre nukleogene Partikel. In diesem Fall muß eine sehr außergewöhnliche Umweltkatastrophe stattgefunden haben.« Sie gähnte – und versuchte darüber hinwegzutäuschen, indem sie sich das Gesicht rieb. »Nach den notwendigen Reparaturen nehmen wir Kurs auf den fünften Planeten«, sagte sie schließlich.

»Sie sind müde, Captain«, stellte Tuvok fest. »Sie sollten sich hinlegen und schlafen.«

Janeway spürte, wie sie errötete – es gefiel ihr nicht, bei einer Schwäche ertappt zu werden. Sie lenkte sich ab, indem sie nach dem Datenblock griff.

»Kims Mutter hat sich mit mir in Verbindung gesetzt, kurz bevor wir die Erde verließen«, sagte sie. Geistesabwesend betätigte sie Tasten und ›blätterte‹ durch den Datenspeicher des kleinen Geräts. »Eine sehr sympathische Frau. Harry Kim ist ihr einziger Sohn.« Es fiel ihr seltsam schwer, diese Worte auszusprechen. »Er hatte seine Klarinette zu Hause gelassen, und sie wollte wissen, ob es noch möglich sei, das Musikinstrument nachzuschicken.« Sie sah zu Tuvok auf. »Wußten Sie, daß er bei der Juilliard Youth Symphony Klarinette spielte?«

Der Vulkanier schwieg zwei oder drei Sekunden lang. »Ich hatte keine Gelegenheit, Mr. Kim kennenzulernen.«

Es klang endgültig, so als rechnete er nicht mit der Möglichkeit, dem Fähnrich irgendwann einmal zu begegnen.

»Ich kannte ihn kaum«, räumte Janeway ein. »Und das gilt auch für die anderen an Bord. Ich sollte mir mehr Zeit für sie nehmen.« Ein guter Vorsatz, den sie auch an Bord von anderen Schiffen gefaßt hatte. »Es ist eine ausgezeichnete Crew«, sagte sie fest. »Ich muß dafür sorgen, daß sie heimkehren kann.«

»Es nützt der Besatzung nichts, wenn die erforderlichen Entscheidungen von einer müden Kommandantin getroffen werden«, sagte Tuvok mit der für ihn typischen Ruhe.

Janeway lächelte schief. »Sie haben recht. Wie immer.« Sie lehnte sich zurück und seufzte. »Ich habe Ihren Rat vermißt, Tuvok.«

Er neigte den Kopf. »Es erfüllt mich mit Zufriedenheit, daß Sie mir hierher gefolgt sind. Dadurch bin ich nun wieder imstande, Ihnen mit Ratschlägen zu helfen.«

Das kam fast dem Eingeständnis von Gefühlen gleich. Eine Zeitlang wußte Janeway nicht, was sie sagen, wie sie darauf reagieren sollte. Sie erinnerte sich an das Zitat von einem berühmten Admiral: »Die Freundschaft mit einem Vulkanier ist wie Bildhauerei mit Radioisotopen. Nur wenige Leute versuchen so etwas, und den Betreffenden fällt es schwer zu erklären, warum der nur wenige Millisekunden währende Kontakt die Mühe eines solchen Experiments wert ist.« Wenn Janeway Tuvoks ruhiges Gesicht sah, dachte sie manchmal: *Jener Admiral hätte uns warnen sollen. Mit ›uns‹ meine ich alle, die es wagen, die Freundschaft mit einem Vulkanier zu pflegen.* Solche Freundschaften stellten keinen Weg dar, den man ganz bewußt wählte. Sie ›passierten‹ einfach, ohne daß Absicht dahintersteckte. Es geschah innerhalb eines Sekundenbruchteils, wenn man in die vulkanischen Augen blickte und dort das Licht des Verstehens sah.

Janeway merkte, daß sie schon seit einer ganzen Weile schwieg. »Ich habe mit Ihren Eltern gesprochen, bevor wir aufbrachen.«

Ein Mensch hätte darauf mit seiner Körpersprache reagiert, doch Tuvok sagte nur: »Geht es ihnen gut?«

»Ja«, erwiderte Janeway. »Aber sie sind beunruhigt.«

Der Gesichtsausdruck des Vulkaniers veränderte sich auf eine subtile Weise. Nur jemand, der die vulkanische Mimik zu deuten vermochte, konnte darin Anzeichen von Ärger, Verdruß oder Ungeduld erkennen. »Eine solche Einschätzung ist wohl kaum korrekt, Captain. Vulkanier sind nicht ›beunruhigt‹ – so etwas wäre unlogisch.«

Ebenso unlogisch wie das Gefühl der Dankbarkeit. »Ihre Eltern vermissen Sie«, sagte Janeway.

Gegen diese Formulierung erhob Tuvok keine Einwände. Für einen Sekundenbruchteil glaubte sie, in den Augen des Vulkaniers so etwas wie liebevolle Melancholie zu erkennen.

»Ich vermisse sie ebenfalls«, entgegnete er.

»Ich bringe Sie zu ihnen zurück«, entfuhr es Janeway. Die Worte waren so unerwartet und ehrlich wie die vulkanische Freundschaft. Sie schienen Substanz zu gewinnen und Wurzeln zu schlagen. »Das verspreche ich Ihnen, Tuvok.«

Er nahm es so stoisch hin wie irgendeine Wahrheit.

Janeway lächelte, als ihr der Vulkanier einen wortlosen Gruß zunickte und dann den Bereitschaftsraum verließ.

Wenn sie nur in der Lage gewesen wäre, an ihre eigenen Worte zu glauben …

11

Fünf Stunden später zweifelte Janeway noch immer, und die Müdigkeit lastete schwerer auf ihr.

Ich hätte mich in mein Quartier zurückziehen sollen. Selbst eine einfache Koje bot mehr Bequemlichkeit als die Couch in diesem Raum – offenbar diente sie nur dazu, die Einrichtung zu vervollständigen. Andererseits... In der Kabine gab es Dinge, deren Präsenz weitere Belastungen schuf: die noch nicht ausgepackten Reisetaschen; zivile Kleidung, die sie mitgenommen hatte, um an den Herbst daheim erinnert zu werden; Bilder von Mark und Bear. Das Gefühl der Schuld, so wußte sie, konnte nicht nur motivieren, sondern auch auszehren, denn es nährte sich von gestohlener Energie.

Vielleicht hatte sie deshalb beschlossen, im Bereitschaftsraum zu bleiben, die Monitore und das Licht auszuschalten, sich auf der Couch auszustrecken – weil sie aus irgendeinem Grund glaubte, die Rückkehr in ihr Quartier käme einer Art von Kapitulation gleich. Sie wollte sich keinen Erinnerungen hingeben, sondern an der Entschlossenheit festhalten, ihren Pflichten als Kommandantin der *Voyager* zu genügen und die Crew in die Heimat zurückzubringen. *Deshalb* legte sie sich auf die Couch, als ein Zeichen für ihre Entschlossenheit – und um jederzeit einsatzbereit zu sein.

Doch sie fand keine Ruhe. Im Verlauf von fünf Stunden zählte sie immer wieder die Schweißnähte in der Decke des Bereitschaftsraums – insgesamt sieben – und fand heraus, daß die Luftumwälzungsanlage der Brücke zweimal pro Stunde aktiv wurde.

Ich hätte die Krankenstation aufsuchen und mich vom holographischen Arzt betäuben lassen sollen.

Sie hätte Mark auf folgendes hinweisen sollen: Jede neue Mission brachte das Risiko mit sich, daß sie nicht zurückkehrte.

Sie hätte ablehnen sollen, als Starfleet sie mit diesem Einsatz beauftragte.

Janeway brummte leise, rollte sich auf die Seite und preßte beide Hände ans Gesicht. Mit den Handballen drückte sie auf die Augen – als könnte sie auf diese Weise alle unerwünschten Gedanken aus sich vertreiben.

Ihr Insignienkommunikator piepte und bewahrte sie vor mehr Zorn auf sich selbst. »Brücke an Captain Janeway.«

Tuvok schien tatsächlich nie zu schlafen. »Sprechen Sie.«

Sie versuchte vergeblich, entspannt und ausgeruht zu klingen.

»Tut mir leid, Sie zu stören, Captain.« Damit gab Tuvok zu verstehen, daß er durchaus imstande war, den menschlichen Tonfall zu interpretieren. »Wir haben ein Raumschiff geortet. An Bord befindet sich eine humanoide Lebensform.«

»Ich bin gleich bei Ihnen.« Janeway stand auf und strich das Haar zurück. *Bestimmt sehe ich verheerend aus,* dachte sie. *Und wenn schon. Auf so etwas kommt es jetzt nicht an.* Sie verließ den Bereitschaftsraum und betrat die Brücke.

»Stellen Sie einen Kom-Kontakt zum fremden Schiff her.«

Rollins wandte sich der Funktionsstation zu, und Janeway schritt zum Befehlsstand. Von dort aus sah sie zum großen Bildschirm. Dutzende von Raumschiffen drifteten in einem Durcheinander aus alten Satelliten und teilweise demontierten Sonden. An einer Stelle bemerkte die Kommandantin einen langen, mit einer Sensorscheibe ausgestatteten Zylinder, der sie an frühe Marssonden erinnerte. Nicht weit davon entfernt schwebte ein exianischer Transporter, dessen Fracht sich längst durch die Außenhülle gefressen hatte.

Wie ein kosmisches Sargassomeer, dachte Janeway. Es erschien ihr kaum vorstellbar, daß es dort noch Leben geben konnte.

Plötzlich wechselte das Bild, und ein Fremder mit schmalem, hohem Kopf sowie schokoladenbraunen Augen erschien. »Wer auch immer Sie sind: Ich habe diesen Raumschrott als erster entdeckt.«

Janeway erlaubte sich ein dünnes Lächeln. Das Geschöpf stand in einer kleinen Kammer und konnte sich nicht ganz aufrichten, ohne mit dem Kopf an die Decke zu stoßen. Unter solchen Umständen fiel es schwer, würdevoll zu wirken.

»Wir sind gar nicht an dem Schrott interessiert, Mister …«

Offenbar verstand der Fremde die indirekte Frage.

»Neelix.« Er breitete die Arme aus, was dazu führte, daß seine Fingerknöchel über die Wände schabten. »Und da Sie nicht an dem Schrott interessiert sind …« Er lächelte fröhlich. »Es freut mich, Sie kennenzulernen.«

»Ich bin Captain Kathryn Janeway vom Föderationsschiff *Voyager*«, sagte die Kommandantin förmlich.

Neelix nickte. »Ein sehr eindrucksvoller Titel. Ich weiß nicht, was er bedeutet, aber er ist sehr eindrucksvoll.« Er lächelte erneut, und Janeway fragte sich, ob er sich ganz bewußt bemühte, so freundlich und aufgeschlossen zu sein. Oder zeichneten sich alle Angehörigen seines Volkes durch einen derartigen Enthusiasmus aus?

Eigentlich wollte Janeway nicht lange genug in diesem Teil der Galaxis bleiben, um eine Antwort darauf zu bekommen.

»Kennen Sie sich in dem hiesigen Raumgebiet aus, Mr. Neelix?«

»Ich bin dafür berühmt, mich hier gut auszukennen«, behauptete die Gestalt auf dem Bildschirm stolz. »Wie kann ich Ihnen zu Diensten sein?«

Janeway vermied es, schon jetzt eine konkrete Bitte zu formulieren. »Was wissen Sie über die Raumstation, die energetische Impulse zum fünften Planeten schickt?«

Neelix kicherte und schloß dabei die Augen. »Ich weiß genug von ihr, um eine sichere Entfernung zu wahren.« Er zwinkerte mehrmals, als ginge es ihm darum, auf diese Weise die Heiterkeit aus den Augen zu verbannen. »Moment mal. Lassen Sie mich raten.« Ein Teil der Vergnügtheit verweilte in seinen Zügen und auch in der Stimme. »Sie stammen aus einem anderen Teil der Galaxis. Und man brachte Sie gegen Ihren Willen hierher.«

Ein flaues Gefühl entstand in Janeways Magengrube. »Offenbar hören Sie das nicht zum erstenmal.«

»Leider nein.« Neelix seufzte. »So etwas ist schon tausendmal geschehen.« Er zuckte kurz mit den Achseln. »Ich meine, mindestens hundertmal. Oder fünfzig ...« Er gab den Versuch auf, die genaue Anzahl zu nennen. »Schon seit Monaten bringt der Beschützer Raumschiffe hierher.«

Tuvok gab keinen Ton von sich, aber Janeway spürte die jäh erwachende Neugier des Vulkaniers. Mit einer knappen Geste bedeutete sie ihm, auch weiterhin zu schweigen.

»Der Beschützer?« wiederholte sie.

»So nennen ihn die Ocampa. Sie leben auf dem fünften Planeten.« Neelix beugte sich so vor, als wollte er in den Bildschirm hineinkriechen. In Wirklichkeit rutschte er nur auf dem Boden hin und her. Janeway fragte sich, wem das kleine Schiff mit den winzigen Räumen vorher gehört hatte.

»Hat er Mitglieder Ihrer Besatzung entführt?« erkundigte sich Neelix.

»Ja, das hat er tatsächlich«, bestätigte Janeway.

Der Fremde neigte den Kopf hin und her – offenbar eine Geste, die Mitgefühl zum Ausdruck brachte. »Es passiert nicht zum erstenmal.«

»Wissen Sie, wohin der Beschützer die Entführten gebracht hat?«

»Ich habe gehört, daß sie zu den Ocampa geschickt werden«, erwiderte Neelix. »Mehr weiß ich leider nicht.«

Es war immerhin ein Hinweis. »Wir wären Ihnen sehr dankbar, wenn Sie uns dabei helfen könnten, die Ocampa zu finden.«

Neelix' Hände glitten über Instrumente, die sich nicht im Erfassungsbereich des visuellen Übertragungssensors befanden. Gleichzeitig schien er einer Stimme zu lauschen, die nur für ihn erklang. »Ich wünschte, ich wäre in der Lage, Ihnen Hilfe zu gewähren, aber es muß noch eine Menge Schrott untersucht werden.« Er beugte sich vor und fügte wie im Vertrauen hinzu: »Es ist wirklich erstaunlich, was manche Leute wegwerfen.«

In seinen Augen glitzerte es, und bei einem Ferengi hätte Janeway nicht gezögert, diesen Glanz als ein Zeichen von Habgier zu interpretieren. Sie ließ sich allein vom Instinkt leiten, als sie sagte: »Natürlich sind wir bereit, uns erkenntlich zu zeigen.«

Neelix' Miene verwandelte sich in eine Maske der Unschuld – was Janeways Vermutung bestätigte, daß er in geschäftlicher Hinsicht ähnlich dachte wie ein Ferengi. »Sie haben sicher nichts, das für mich von Interesse wäre.« Eine kurze Pause. »Es sei denn ...«

Seine Vorstellung wirkte recht überzeugend, aber Janeway durchschaute ihn natürlich. »Ja?«

»Es sei denn …«, fuhr Neelix in dem übertrieben beiläufigen Tonfall fort, »… Sie bieten mir … Wasser.«

Beim letzten Wort glühte es in seinen Augen.

Janeway wußte, daß man ihr die Überraschung deutlich ansah – und nur eine Sekunde später fragte sie sich, warum sie Neelix' Anliegen so sehr erstaunte. Das Schiff des Fremden erweckte nicht den Eindruck, sehr schnell sehr weit fliegen zu können, und auf dem nächsten bewohnbaren Planeten gab es nicht einmal genug Wasser für eine trockene Savanne. Mit anderen Worten: Jene Flüssigkeit, die sie für völlig selbstverständlich hielt, war hier ein kostbares Gut.

»Wenn Sie uns dabei helfen, die verschwundenen Besatzungsmitglieder zu finden … Dann bekommen Sie so viel Wasser, wie Sie wollen.«

Neelix' Kinnlade klappte nach unten – er schien es kaum fassen zu können. Sofort schloß er den Mund wieder, allerdings zu spät, um über seine Reaktion hinwegzutäuschen. »Das klingt nach einer …« Ihm fehlten die Worte. »… nach einer, äh, vernünftigen Vereinbarung.«

Das war eine Untertreibung – und Janeway hatte den Vorteil, es zu wissen. »Gut. Wir beamen Sie an Bord und bringen Ihr Schiff in unserem Hangar unter.« Vermutlich platzte der kleine Raumer bei einem Transfer auseinander. »Mr. Tuvok, bitte suchen Sie den Transporterraum zwei auf und empfangen Sie dort unseren Gast.«

Der Vulkanier ging wortlos zum Turbolift, und Neelix richtete einen unsicheren Blick auf Janeway. »Was hat es mit dem Beamen auf sich?« fragte er nervös.

Janeway hob verblüfft eine Braue. *Auf dieser Seite der Galaxis verfügen nicht alle raumfahrenden Völker über die Transportertechnik,* dachte sie. Eine wichtige Information. »Wir haben die Möglichkeit, Sie von Ihrem Schiff aus direkt hierherzuholen. Es ist eine völlig schmerzlose Methode«, fügte sie rasch hinzu, als sie eine Mischung aus Aufregung und Furcht in dem Gesicht des Fremden sah. »Können wir den Transfer einleiten?«

Neelix vollführte eine zustimmende Geste, und das stumme Staunen in seiner Miene erstarrte, als ihn der Transporterstrahl entmaterialisierte.

Als erstes bemerkte Tuvok den Geruch des Transferierten.

Er hätte annehmen können, daß sich Neelix' Spezies in einen schützenden Moschusgeruch hüllte, so wie bestimmte Kröten auf Rudolpha IV. Oder daß die Drüsensekretionen des endokrinen Zyklus sich nur für Vulkanier durch eine unangenehme Geruchskomponente auszeichneten, während ein solches Aroma bei Neelix' Artgenossen als angenehm oder gar verlockend galt. Es wäre auch möglich gewesen, von einer anderen Hypothese auszugehen: Vielleicht roch der Fremde so sehr, weil er sich bis vor kurzer Zeit an Bord eines reparaturbedürftigen Raumschiffs aufgehalten hatte, dessen hygienische Situation Spekulationen aller Art zuließ. Doch als Neelix sich aufrichtete, von der Transferplattform trat und nur eine Armeslänge von Tuvok entfernt stehenblieb ... Da gelangte der Vulkanier zu dem Schluß, daß alle Geruchsmoleküle direkt von dem Besucher und den vielen insektoiden Lebewesen stammten, die nun unter die schmutzige Kleidung krochen.

Tuvok hüstelte höflich.

»Bemerkenswert!« Neelix ging einige Schritte, reckte sich und winkte dem Transportertechniker hinter der transparenten Sicherheitsbarriere zu. »Die sogenannte Föderation ist offenbar eine sehr fortgeschrittene Kultur.«

Tuvok drehte sich um und beobachtete, wie Neelix die Wanderung durch den Transporterraum fortsetzte. Er machte keine Anstalten, ihm zu folgen. »Die Föderation besteht aus vielen verschiedenen Kulturen. Ich bin Vulkanier.«

»Neelix.« Der Fremde kam näher und umarmte ihn. »Freut mich sehr, Sie kennenzulernen.«

Die Berührung ließ Tuvok innerlich erzittern, und er hüstelte erneut. *Eine unangemessene Reaktion,* mahnte eine kühle Stimme in ihm. Die geringfügige Verletzung der vulkanischen Disziplin überraschte ihn, und um die innere Ruhe wiederzufinden, besann er sich auf die einzelnen Strophen des *Pok'Tow.*

Neelix eilte unterdessen hin und her, sah sich alles an. Ein schmieriger Finger tastete über die Kontrollen des Interkoms.

»Interessant. Welchem Zweck dient das alles?«

»Ich versichere Ihnen ...« Tuvok brauchte seine ganze vulkanische Selbstbeherrschung, um höflich vorzutreten und zur Tür des Transporterraums zu zeigen. »Alle Einrichtungen dieses Zimmers erfüllen eine bestimmte Funktion. Allerdings würde es Stunden dauern, Ihnen die Einzelheiten zu erklären. Ich schlage vor, daß ich Ihnen zunächst Ihr Quartier zeige.«

Neelix trat sofort in den Korridor, was Tuvok so erleichterte, daß er hinzufügte: »Vielleicht möchten Sie die Gelegenheit nutzen und ein Bad nehmen.«

Der Fremde richtete einen verwirrten Blick auf ihn. »Ein was?«

Zum erstenmal bedauerte es Tuvok fast, daß er sich nicht mehr an Bord des Maquis-Schiffes befand.

12

Als Kim am Morgen erwachte, fühlte er Kühle, Einsamkeit und eine gewisse Schwäche. Die ersten beiden Empfindungen verdankte er dem Umstand, daß er sich in einem unbekannten Hospital befand, nur mit einer Art Kittel bekleidet, und es war niemand da, mit dem er sprechen konnte. Bisher war er nur einmal im Krankenhaus gewesen, als Kind, nachdem er mit einigen grünhäutigen orionischen Jungen Starfleet-Forscher gespielt hatte. Damals befürchtete man eine Infektion mit dem rigelianischen Fieber und brachte ihn in der Quarantänestation unter. Dabei war immer ein Elternteil zugegen, entweder der Vater oder die Mutter. Er entwickelte keine Symptome der befürchteten Krankheit, was die Familie jedoch nicht daran hinderte, ihm Bücher, Filme und multimediale Datenwürfel zur Verfügung zu stellen – mehr konnte sich ein Knabe nicht wünschen, um die Langeweile zu vertreiben. Mutter brachte ihm sogar die Klarinette, für den Fall, daß er länger als eine Woche im Krankenhaus bleiben mußte. Wie sich herausstellte, durfte er schon nach drei Tagen gehen. Trotzdem veranstalteten die Eltern eine ›Heimkehrparty‹ und luden alle seine Freunde dazu ein.

Die Erinnerung daran ließ ihm das Hier und Heute noch trostloser erscheinen. Er rollte sich auf die Seite und mußte eine Zeitlang gegen die Tränen ankämpfen, bis schließlich der schlimmste Teil des Kummers aus ihm wich.

Stille herrschte, schien nach und nach die Kraft aus

ihm herauszusaugen. Kim verglich sie mit einer alten analogen Uhr, deren regelmäßiges Ticken jemanden am Einschlafen hinderte und den Betreffenden gleichzeitig daran erinnerte, daß die Zeit verstrich.

Er setzte sich auf und versuchte, gelassen zu wirken, als er den Kragen des Kittels öffnete. Seit dem ersten Erwachen im Hospital hatte er die seltsamen Wucherungen schon mehrmals betrachtet. »Noch immer da«, stellte er nun fest und seufzte leise.

Die Schwellungen schienen sich nicht ausgebreitet zu haben, aber in diesem Punkt gab es keine endgültige Sicherheit. Kim hatte seinen Zustand nur gelegentlich überprüft, und nie sehr gründlich. Vielleicht fürchtete er sich vor der Wahrheit. In diesem Zusammenhang fühlte er sich ein wenig schuldig. Paris hätte bestimmt nicht gezögert, alle Wucherungen genau zu untersuchen – um anschließend über sie zu witzeln. Bei Kim hingegen genügte es, einen kurzen Blick darauf zu werfen, um ihn in Panik geraten zu lassen. *Ich bin nur ein Fähnrich und noch viel zu jung, um zu sterben!*

Das stimmte zweifellos. Aber an seiner Situation änderte sich dadurch nichts.

Ein dumpfes Knurren ertönte, und Kim erstarrte förmlich. Er blickte in die Richtung, aus der das Geräusch gekommen war, spitzte die Ohren und lauschte. Kurz darauf wiederholte es sich, und Kim ließ den angehaltenen Atem entweichen, als er die Stimme erkannte: Sie gehörte jener Maquis-Frau, die versuchte hatte, aus dem Hospital zu fliehen.

Kann sie überhaupt sprechen? dachte er. *Bisher hat sie nur geschrien oder geknurrt.*

Kim schwang die Beine über den Rand der Liege und warf einen kurzen Blick zur geschlossenen Tür, bevor er barfuß durchs Zimmer ging und sich der Frau näherte.

Sie lag reglos auf dem Bett, wirkte jedoch nicht entspannt, sondern verkrampft – der Fähnrich vermutete, daß sie innerlich gegen die Wirkung des Betäubungsmittels ankämpfte. Er dankte dem Umstand, daß er nicht ebenfalls einen Fluchtversuch unternommen hatte. In dem Fall befände er sich jetzt in einer ähnlichen Situation.

Er betrachtete das dunkle Gesicht und die Stirnwülste, fragte sich, welchen Genen sie den Zorn in ihren Zügen und den besonderen Glanz des rabenschwarzen Haars verdankte.

»Es ist alles in Ordnung ...« Ein kühler Luftzug hob den hinteren Saum seines Kittels. Kim tastete danach und strich den Stoff glatt. »Es ist alles in Ordnung«, wiederholte er und schob sich näher.

Die Maquisard setzte sich ruckartig auf und schnappte entsetzt nach Luft. Kim zuckte zurück – zum Glück hatte er die Frau nicht berührt. Er fühlte ihren durchdringenden Blick und setzte eine Unschuldsmiene auf.

»Wer sind Sie?« fauchte sie und trat das Laken beiseite. »Wo sind wir hier?« Die Wucherungen an Arm und Hals waren bei ihr deutlicher ausgeprägt.

Kim zuckte mit den Achseln und rang sich ein Lächeln ab, das beruhigend wirken sollte. »Mein Name lautet Kim, Harry Kim. Ich bin Fähnrich an Bord des Raumschiffes *Voyager*. Man hat mich entführt, ebenso wie Sie. Erst zur Raumstation und dann hierher.« Er blickte sich um. »Ich habe nicht die geringste Ahnung, wo wir sind.«

Mit der Kraft eines jungen Löwen sprang die Frau aus dem Bett und eilte wie zielstrebig durch den Raum. »Was führte Starfleet zu jener Raumstation?« fragte sie und stieß mehrere Gegenstände von einem nahen Tisch.

»Wir haben nach Ihnen gesucht.« Kim beobachtete, wie die Maquisard hin und her huschte. Was er eben noch für Zielstrebigkeit gehalten hatte, erwies sich nun als Wut, die nach einem Ventil suchte. »Im einen

Augenblick befanden wir uns in den Badlands. Im nächsten ...« Er breitete wie hilflos die Arme aus.

Einmal mehr zupfte der kühle Luftzug an seinem Kittel, hob ihn teilweise an.

Die Frau war auf die gleiche unelegante Weise gekleidet, achtete jedoch nicht darauf. Sie zerrte an einer Schublade und untersuchte ihren Inhalt. »Sie wollten uns alle gefangennehmen.«

»Ja.« Kim lächelte schief, als er daran dachte, daß sie dadurch selbst in Gefangenschaft geraten waren. »Hiermit sind Sie verhaftet.« Er klopfte auf imaginäre Taschen. »Irgendwo habe ich einen Phaser.«

Die Maquisard warf ihm einen finsteren Blick zu, bevor sie zur Tür schritt. »Ich finde das nicht sehr komisch, Starfleet.«

Das hatte Kim befürchtet. Schade. Die Frau konnte hübsch sein – wenn sie lächelte.

»Das hat keinen Sinn«, sagte er, als sie mit beiden Händen am Knauf zog. »Die Tür ist abgeschlossen.« Er hatte selbst versucht, sie zu öffnen.

Sie gab ihm einen Stoß, als er sich ihr zu weit näherte. Der Gesichtsausdruck wies ganz deutlich darauf hin: Die Frau wollte sich von einer verriegelten Tür nicht daran hindern lassen, in die Freiheit zurückzukehren.

»He ...« Kim griff nach dem Arm der Maquisard, als sie die Fäuste ballte und damit an die Tür hämmerte. »Was wollen Sie damit erreichen?«

Sie war stärker als erwartet und schleuderte ihn fast zu Boden, obwohl es ihr eigentlich nur darum ging, ihn beiseite zu schieben. Erneut trafen ihre Fäuste die Tür. *»Was stellt man hier mit uns an? Warum wachsen solche* Dinge *an uns?«*

Kim stand einige Schritte entfernt und beobachtete den Wutanfall der Frau. »Wollen Sie erneut betäubt werden?« fragte er ruhig.

Daraufhin sah ihn die Maquisard so an, als nähme

sie seine Präsenz zum erstenmal bewußt zur Kenntnis. In ihrem dunklen Gesicht rangen Ärger und Verlegenheit um Vorherrschaft. Nach einigen Sekunden wandte sie sich abrupt ab und schnaufte.

»Sie haben recht, Starfleet«, gestand sie bitter. »Es ist die klingonische Hälfte meines Wesens. Manchmal kann ich sie nicht kontrollieren.«

Es floß also auch klingonisches Blut in den Adern dieser Frau. Das erklärte ihre exotischen Züge. Kim folgte ihr vorsichtig durch den Raum. »Wie heißen Sie, Maquisard?«

Sie warf ihm einen kurzen Blick zu und schien nicht genau zu wissen, ob er es ernst meinte oder sich über sie lustig machte. Schließlich schüttelte sie den Kopf. »B'Elanna. B'Elanna Torres.« Ihre Stimme klang dabei fast freundlich.

Sie blieb kurz stehen, griff nach einem Laken und zerriß es. »Haben Ihnen die Fremden irgend etwas mitgeteilt?«

Kim überlegte, ob er ihr das Laken aus den Händen ziehen sollte, entschied sich dann dagegen. Er wollte nicht riskieren, daß sie ihren Zorn an ihm ausließ. »Sie nennen sich Ocampa. Und eins steht fest: Ihre Medizin ist mittelalterlich.« Er nahm auf einem Bett Platz. »Heute morgen hat eine Krankenschwester versucht, mich zur Ader zu lassen.«

Dieser Hinweis veranlaßte die Klingonin – beziehungsweise die *halbe* Klingonin – zu einem Lächeln. Seltsam, was Klingonen lustig fanden. Kim schmunzelte und sah zu, wie B'Elanna Torres auch den Rest des Lakens zerriß.

Hinter ihm klickte es leise, doch zuerst reagierte er nicht darauf. Sein Unterbewußtsein konnte mit dem Geräusch nichts anfangen – er war viel zu sehr daran gewöhnt, daß sich Türen mit einem leisen Zischen öffneten. Die Frau hingegen versteifte sich sofort und ließ das zerfetzte Laken fallen.

Daraufhin begriff Kim, was sich anbahnte. Er sprang vom Bett herunter und griff nach Torres' Ellenbogen, als sie loslaufen wollte. Seine Lippen formten drei Worte: *Bleiben Sie ruhig*. Er hoffte inständig, daß sie diesmal die Beherrschung wahrte. Wenn nicht, wenn erneut das klingonische Temperament mit ihr durchging ... Er konnte sie wohl kaum festhalten.

Sie atmete mehrmals tief durch, biß die Zähne zusammen und nickte, ohne den Blick von der Tür abzuwenden. Ein kleiner Sieg, doch er genügte vorerst. Kim schloß die Finger etwas fester um ihren Arm – nicht nur eine Warnung, sondern auch ein Zeichen der Ermutigung – und sah ebenfalls zur Tür.

Dort stand ein Ocampa mit einem Bündel aus graugrünem Stoff in den Armen. Die dünnen Lippen deuteten ein Lächeln an, das freundlich wirken sollte, in Kim jedoch seltsamen Ärger weckte. *Der Arzt*, erinnerte er sich. Jener Mann, der sich ganz zu Anfang bemüht hatte, ihn mit unsicheren Worten und geschraubten Sätzen von seiner Verwirrung zu befreien.

Der Doktor schien Kims Gedanken zu erraten, begegnete seinem Blick und entspannte sich. »Ich hoffe, es geht Ihnen besser«, sagte er, und auch diesmal gewann der junge Fähnrich den Eindruck, daß mit dem Tonfall etwas nicht stimmte. »Dies alles ist sicher sehr unangenehm für Sie. Ich habe Kleidung mitgebracht, falls Sie sich umziehen möchten.« Er hob das Bündel.

Kims Hand ruhte noch immer an B'Elannas Arm, und er spürte nun, wie sie die Muskeln spannte.

»Warum halten Sie uns hier fest?« fragte sie.

Überraschung zeigte sich im Gesicht des Ocampas. »Oh, Sie sind keineswegs gefangen.« Er trat vor und bot das Kleidungsbündel an. »Ganz im Gegenteil: Sie sind unsere Ehrengäste. Der Beschützer hat Sie zu uns geschickt.« Er legte die Sachen aufs Bett und bedachte Torres mit einem bedeutungsvollen Blick. »Wenn Sie auf die Anwendung von Gewalt verzichten, können Sie Ihr Quartier jederzeit verlassen.«

Quartier, wiederholte Kim in Gedanken. Die Macht der Worte ... In diesem Fall führte sie eine beeindruckende Metamorphose herbei: Der Raum verwandelte sich von einem Krankenzimmer in eine Zelle und dann in eine Unterkunft.

Der Fähnrich streckte den Arm aus und deutete auf die Wucherungen. »Was ist los mit uns? Was hat dies zu bedeuten?«

»Wir wissen es nicht«, erwiderte der Arzt. Die Frage bereitete ihm offensichtliches Unbehagen. Er gab sich munter, als er hinzufügte: »Bestimmt haben Sie Appetit. Möchten Sie mir bei einer Mahlzeit Gesellschaft leisten?«

Plötzlich wurde sich Kim der Leere in seinem Magen bewußt. Eine Ewigkeit schien vergangen zu sein, seit er beim ›Picknick‹ in der Raumstation das holographische Brot gerochen hatte. Er sah zu Torres und glaubte, in ihrem Gesicht so etwas wie Wehmut zu erkennen. »Wir ziehen uns nur schnell um«, sagte er.

Der Ocampa nickte und verließ den Raum.

»Bestimmt lügt er«, zischte B'Elanna, als sie wieder allein waren.

Kim lachte leise, als er nach einer Hose griff und ihre Größe beurteilte. »Womit sollte er uns belügen? Eigentlich hat er uns noch gar nichts gesagt.«

»Er log, als er sagte, wir könnten das Quartier jederzeit verlassen«, stieß Torres hervor. Sie kehrte Kim den Rücken zu, legte den Kittel ab und streifte einen langen Umhang über. »Und er log, als er meinte, nichts von der Bedeutung der Wucherungen zu wissen.« Sie zögerte kurz und starrte an sich herab. »Wenn die Ocampa nicht dafür verantwortlich sind ... Wer dann?«

»Vielleicht niemand.« Kim reichte ihr die zweite

Hose. »Möglicherweise haben wir uns allein durch Zufall infiziert.«

Torres brummte etwas Unverständliches. »Der Kerl gefällt mir nicht.«

Sie meinte den Arzt, der ihnen die Kleidung gebracht hatte.

Ich habe nie behauptet, ihn zu mögen, dachte Kim, als er zusammen mit der Klingonin in den Flur trat.

Dort begrüßte sie der Doktor mit einem herzlichen Lächeln. Allerdings verzichtete er darauf, ihnen die Hand zu reichen. Aus irgendeinem Grund erinnerte sich Kim: Ocampa-Haut war warm und sehr weich.

Er verdrängte diese Reminiszenzen.

»Es freut mich sehr, daß Sie auf den Beinen sind«, sagte der Arzt. Er deutete durch einen nur matt erhellten Korridor und ging neben Torres. »Der Umgang mit Besuchern ist immer schwer, ganz gleich, wie vorsichtig und rücksichtsvoll wir sind.«

Kim wechselte einen Blick mit B'Elanna. Sie schnitt eine Grimasse; offensichtlich erinnerte sie sich an die gleichen archaischen Behandlungen wie er.

»Wenn wir keine Gefangenen sind ...« Kim sprach möglichst freundlich. »In dem Fall würden wir gern zu unseren Raumschiffen zurückkehren, um uns dort behandeln zu lassen.«

»Das ist nicht möglich«, erwiderte der Arzt kummervoll. »Weil es keinen Weg zur Oberfläche gibt.«

Torres durchbohrte ihn mit einem Blick. »Zur ›Oberfläche‹? Was soll das heißen?«

Kim sah die Antwort, noch während B'Elanna ihre Frage formulierte. Der Ocampa schwieg, als sie den Flur verließen und ins Licht eines künstlichen Tages traten.

Die Stadt reichte weiter, als Kim sehen konnte. Sie neigte sich sanft nach unten, bis sie hinter einem verblüffend nahen Horizont verschwand. Wege, Rampen und Rolltreppen erstreckten sich zwischen den Gebäuden, wie ein Gespinst, das von zahlreichen Antigravplattformen gewoben worden war. Der Himmel darüber bestand aus Stein und Erde. Was die Bewohner der Stadt betraf... Sie wirkten irgendwie müde. Von Gleitbändern ließen sie sich durch die Metropole tragen, erweckten dabei den Eindruck, überhaupt nicht am Ziel ihrer individuellen Reisen interessiert zu sein. Die Kleidung zeichnete sich durch einen auffallenden Mangel an Farben aus, doch dafür gab es Unterschiede in Muster und Schnitt. Kim fragte sich, ob Vögel, Bäume, Gras oder Blumen mehr Vitalität in die Stadt gebracht hätten. Wahrscheinlich nicht. Die allgemeine Trostlosigkeit basierte im Verhalten der Ocampa, wurzelte in dem Umstand, daß jeder von ihnen freudlosen Pflichten nachzugehen schien.

Bläuliches, indirektes Licht hielt die Dunkelheit aus der Höhlenwelt fern. Vermutlich lieferte es nicht genug Strahlungsenergie, um Algen am Leben zu erhalten.

»Wir befinden uns *im* Planeten...«, kam es dem Fähnrich über die Lippen. Er hätte gern einen intelligenteren Kommentar abgegeben, doch ihm fehlten die Worte.

Der Arzt nickte. Offenbar verstand er die Überraschung des jungen Mannes. »Schon seit fünfhundert Generationen leben wir *in* unserer Welt.«

»Aber vorher...« Auch Torres hatte die Sehnsucht in der Stimme des Arztes gehört. »Vorher entwickelte sich Ihre Kultur *auf* dem Planeten?«

Der Ocampa nickte. »Bis die Warnung begann.«

»Die Warnung?« wiederholte Kim.

»Als sich die Oberfläche in eine Wüste verwandelte und der Beschützer kam.« Der Arzt schritt zu einem der vielen Gleitbänder, betrat es jedoch nicht. Er sah zurück, schien von Kim und Torres zu erwarten, daß sie ihm folgten. Der Fähnrich zupfte ungeduldig am Arm der Klingonin. Sein Appetit galt nicht nur etwas

Eßbarem, sondern auch Antworten, und deshalb war er froh, daß die Maquisard keinen Widerstand leistete.

Der Arzt lächelte, als sie zu ihm aufschlossen, führte sie tiefer in die sterile Stadt.

»In den Überlieferungen heißt es, daß er eine tiefe Schlucht öffnete«, erklärte er, sah dabei nicht seine beiden Begleiter an, sondern die Ocampa-Passanten. »Er führte unsere Vorfahren hierher, und seit damals kümmert er sich um uns.«

Aber er hat vergessen, euch Heiterkeit und Farbe zu geben, dachte Kim. Und wenn es an diesem Ort noch stiller gewesen wäre... Dann hätte er sicher den Wunsch verspürt, tief Luft zu holen und zu schreien.

Er beugte sich an Torres vorbei, spähte durch den nächsten Torbogen und hielt nach Leuten Ausschau, die gemütlich zusammensaßen und miteinander plauderten. Mehrere Ocampa erwiderten seinen Blick, sahen sich an und zeigten das typische Verhalten von Personen, die miteinander sprachen. Allerdings ertönte kein einziger Laut.

»Bitte verzeihen Sie ihnen.« Der Arzt trat vor Kim, vollführte eine entschuldigende Geste und winkte die Schaulustigen fort. »Hier weiß man, daß Sie vom Beschützer kommen. Niemand von uns ist ihm jemals begegnet.« Er zögerte, als die Männer und Frauen weggingen. Hinter ihnen wurde ein Platz sichtbar. Wartende Ocampa bildeten dort eine lange Schlange.

»Oh.« Der Doktor stellte sich auf die Zehenspitzen. »Ich fürchte, einer der Lebensmittelsynthetisierer ist wieder defekt. Der zuständige Wartungstechniker scheint mit anderen Dingen beschäftigt zu sein.« Er schob sich an einigen in der Nähe stehenden Ocampa vorbei und erstaunte Kim mit jener sonderbaren Stimme, die nicht nur seine Ohren erreichte, sondern auch etwas zwischen den Schläfen berührte: **Wenn Sie uns bitte entschuldigen würden ...**

Vielleicht blieb die Stadt nur für Besucher still, nicht aber für die Ocampa.

Überall um sie herum blickten Leute auf, als die Worte des Arztes sie *berührten*. Ihre blassen Gesichter wandten sich Kim und Torres zu, wie Blumen einer fernen Sonne. Der Fähnrich erwiderte die staunenden Blicke mit einem nervösen Lächeln und fühlte sich irgendwie schuldig, so viel Aufmerksamkeit zu genießen. Als sie den Beginn der langen Schlange erreichten, trat der Arzt am ersten Ocampa vorbei, öffnete eine Klappe in der Wand und zog zwei Tabletts mit feuchter, breiiger Nahrung aus dem Fach dahinter. Das Zeug sah wie Hundefutter aus, fand Kim, und es roch nach … nichts. Er rümpfte die Nase und schwieg, gab ein Tablett an Torres weiter, als der Doktor ein drittes für sich selbst aus dem Synthetisierer zog.

Alles sah völlig gleich aus: Tabletts, Teller, Besteck, selbst die Anordnung der Nahrung. Es gab keine erkennbaren Unterschiede.

Torres blickte mit offensichtlicher Skepsis auf ihr Essen hinab. »Kümmert sich der Beschützer auch um Ihre Mahlzeiten?«

Trotz der Schärfe in ihrer Stimme lächelte der Ocampa-Arzt und führte sie zu einigen grauen Tischen. »Das ist tatsächlich der Fall. Nach der Warnung entwarf und baute er die Stadt für uns. Die Lebensmittelsynthetisierer liefern alle vier Komma eins Intervalle Nahrung.« Nachdenklich sah er auf seinen Teller. »Sie hat nicht den exotischen Geschmack, den sich einige unserer jungen Leute wünschen, aber sie wird unseren Bedürfnissen gerecht.«

Jenseits der Tische glühte ein Projektionsfeld, das so groß war wie der zentrale Bildschirm im Kontrollraum der *Voyager*. Es zeigte Bilder von einer Welt, die hier im steinernen Grab wie ein Paradies erscheinen mußte: Meere und Flüsse; rollende Wellen im Takt sanfter Musik. Dann folgten Wälder und Prärien. Ein

Nagetier rückte in den Mittelpunkt der Darstellung, als es unter bunten Herbstblättern hervorkroch.

Die an den Tischen sitzenden und speisenden Ocampa starrten wie gebannt zu dem großen Schirm.

Kim nahm Platz und nickte in die entsprechende Richtung. »Setzt sich der Beschützer auf diese Weise mit Ihnen in Verbindung?«

Der Arzt sank ebenfalls auf einen Stuhl und schüttelte den Kopf. »Er kommuniziert nie direkt mit uns. Wir interpretieren seine Wünsche so gut wie möglich.«

»Interessant.« Kim zwang seinen Blick fort von den wie hypnotisch wirkenden Bildern – und bemerkte ähnliche Projektionsflächen in anderen Bereichen des Platzes. Er konzentrierte sich auf den Ocampa ihm gegenüber, während Torres noch immer auf ihren Teller sah. »Da wir gerade dabei sind … Aus welchen Gründen hat uns der Beschützer Ihrer Meinung nach hierhergeschickt?«

Der Ocampa drehte eine Gabel in dem Brei und verhielt sich damit wie ein nachdenklicher Mensch. »Wir glauben, es geschah zum Schutz Ihrer Artgenossen.«

Torres knallte ihr Besteck auf den Tisch. »Zu ihrem *Schutz?*«

»Es geht dabei um die Krankheit.« Neuerliches Unbehagen erschien im Gesicht des Doktors, als Kim nach B'Elannas Unterarm griff. »Vielleicht versucht er, eine Epidemie zu verhindern.«

»Bis zur Begegnung mit dem sogenannten Beschützer waren wir vollkommen gesund«, entgegnete Torres scharf.

Kim drückte fester zu, und Torres dankte es ihm mit einem bitterbösen Blick. Mühelos befreite sie ihren Arm aus dem Griff und schloß die Finger um Kims Hand. Schmerz prickelte, aber der Fähnrich trachtete danach, sich nichts anmerken zu lassen.

»Warum sollte uns der Beschützer zu Ihnen

schicken, wenn er glaubt, daß wir an einer ansteckenden Krankheit leiden?« fragte er den Arzt.

»Sicher weiß er, daß wir immun sind. Von Zeit zu Zeit bittet er uns, Personen mit Ihrem Leiden in unsere Obhut zu nehmen. Dadurch sind wir in der Lage, unsere Dankbarkeit zu zeigen...«

Torres ließ Kim los und beugte sich weit vor. »Vor uns trafen andere hier ein?«

Der Ocampa wich zurück und blinzelte überrascht. »Ja«, antwortete er.

»Wo sind sie?«

Der Doktor straffte die Schultern und hielt B'Elannas Blick stand, als er sein Tablett beiseite schob.

»Diese Krankheit ist sehr gefährlich«, sagte er und schien jedes einzelne Wort sorgfältig zu wählen. »Wir wissen nicht genau, worauf es bei der Behandlung ankommt.«

Fast traurig musterte er die beiden ›Gäste‹.

»Ich fürchte, die anderen vor Ihnen haben nicht überlebt.«

13

Tuvok betätigte den Türmelder und hörte ein trillerndes »Herein!«, das der Aufmerksamkeit menschlicher Ohren sicher entgangen wäre. Er sah darin einen ersten Hinweis auf weitere Probleme. Ein geringfügiger Doppler-Effekt sowie ein leichter Verlust an harmonischer Komplexität ließen den Schluß zu, daß die Antwort ihren Ursprung mehrere Zimmer entfernt hatte. Außerdem schien der Sprecher von einer anderen Aktivität abgelenkt zu sein. Spekulationen in Hinsicht auf jene Aktivität waren aufgrund mangelnder Daten nicht möglich. Tuvok beschloß, der Aufforderung zu folgen. Er betrat die Kabine ...

Und wurde von Gestank begrüßt.

Eine Sekunde später stellte er fest, daß ein großer Teil des Geruchs von den halb verkohlten Resten eines Tiers ausging, dessen Knochen an verschiedenen Stellen lagen: auf dem Tisch, auf dem Bettzeug, am Boden. Tuvok wußte, daß es sich bei seiner Abneigung dem Verzehr von Fleisch gegenüber um eine Eigenheit der vulkanischen Kultur handelte, von der er sich hier nicht beeinflussen lassen durfte. Er verdrängte sie nun in einen Teil des Selbst, der ohne Einfluß blieb auf seine Fähigkeit, höflich zu sein. Mit der stark ausgeprägten Vorliebe für Hygiene sah es etwas anders aus. Um ihr unter den gegebenen Umständen keine Beachtung zu schenken, mußte er sein Ich fast völlig vom physischen Sein trennen. Vorsichtig schritt er durch den ersten Raum der Unterkunft, vorbei an den Resten des Tiers, schmutziger Kleidung, halb verzehrtem Obst und mehreren mit Wasser gefüllten Karaffen.

Was der Vulkanier zunächst für das Quietschen und Pfeifen von zu heißen Wasserleitungen gehalten hatte, offenbarte nun gewisse musikalische Aspekte. Tuvok glaubte, gewisse akustische Parallelen zu den Schreien zu erkennen, mit denen die Heulfledermäuse auf Xerxes ihre Leierschwanz-Beute betäubten. Es erschien ihm unwahrscheinlich, daß Neelix, so weit von der Föderation entfernt, eine Heulfledermaus an Bord geschmuggelt hatte. Doch wiederholtes Jauchzen im Innern einer wogenden Dampfwolke veranlaßte den vulkanischen Sicherheitsoffizier, diese Hypothese nicht ganz und gar als absurd zu bewerten.

Tuvok blieb im Eingang der Hygienezelle stehen und verbrachte genau sieben Komma null fünf Sekunden mit dem Versuch, durch den Dampf zu sehen. Dann dachte er daran, daß es vielleicht gar nicht in seinem Interesse lag, einen Blick auf das zu werfen, was sich hinter der grauweißen Barriere verbarg.

»Sir?« fragte er schlicht und wartete darauf, daß Neelix seine Kommunikation – von welcher Art auch immer – mit der Heulfledermaus beendete.

Eine Lücke entstand in der Wolke, und Neelix tauchte in einer Wanne auf, die bis zum Rand mit heißem Wasser gefüllt war.

»Mr. Vulkanier! Kommen Sie, kommen Sie!« Er lächelte fröhlich, erhob sich und winkte mit beiden Armen.

Tuvok erfuhr nun mehr von der Anatomie dieser Spezies, als ihm lieb war.

»Bitte treten Sie näher – ich kann Sie kaum sehen!«

Unglücklicherweise beschränkte sich die Reduzierung der visuellen Wahrnehmung nur auf eine Seite.

Tuvok blickte zu einer Stelle, die sich einige Zentimeter über Neelix' fleckigem Kopf befand, trat einen Schritt vor und legte die Hände auf den Rücken.

Der Fremde gab sich damit zufrieden. »Ich möchte Ihnen für Ihre Gastfreundschaft danken«, sagte Neelix begeistert. »Ich muß zugeben, daß ich nie zuvor Gelegenheit hatte, einen Replo ... einen *Replikator* zu benutzen.«

Tuvok wölbte eine Braue. »Das erstaunt mich sehr.«

»Oder mich in so viel Wasser zu legen!« Es platschte, als Neelix in die Wanne zurücksank. Tuvok zuckte unwillkürlich zusammen, als ihn einige warme Tropfen trafen. »Können Sie sich vorstellen, wieviel Freude mir das bereitet?«

Der Vulkanier hielt die Frage für rhetorisch, gab keine Antwort und bemühte sich, wenigstens einen Rest von Würde zu wahren.

»Niemand, den ich kenne, verschwendet Wasser auf diese Weise«, fuhr Neelix fort. Das stumme Leid des Vulkaniers blieb ihm verborgen. »Leute wie ich können höchstens auf die Möglichkeit hoffen, sich mit Sand abzuschrubben.« Er drehte sich, griff nach einer Karaffe, goß sich ihren Inhalt auf den Kopf und ... heulte.

Tuvok blinzelte und blickte ins Leere. »Es freut mich, daß Ihnen der Aufenthalt an Bord gefällt. Darf ich darauf hinweisen, daß wir nun in der Umlaufbahn des fünften Planeten sind und Ihre Hilfe brauchen?«

Neelix stand wieder auf, ließ das Wasser schwappen und beobachtete vergnügt, wie Tropfen davonstoben. »Bitte reichen Sie mir ein Handtuch.«

Aus den Augenwinkeln bemerkte Tuvok ein Frotteetuch, griff danach und gab es dem nackten Fremden, ohne ihn dabei anzusehen.

Neelix hob es und schlug damit spielerisch nach dem Vulkanier. Er erntete einen eisigen Blick, den er jedoch ignorierte. Tuvok fragte sich, ob er für den verspielten Alien spezielles Info-Material in bezug auf vulkanische Philosophie und Psychologie zusammenstellen sollte. Vielleicht erforderten die Umstände auch einen Hinweis darauf, daß Vulkanier keinen Sinn für Humor hatten und sich auch nicht wünschten, einen zu entwickeln. Oder bot ein Programm negativer Rückkoppelung mehr Aussicht auf Erfolg?

Neelix trocknete sich ab und schien überhaupt nicht zu wissen, daß er die vulkanische Toleranz und Standhaftigkeit gerade einem harten Test unterzogen hatte.

»Wenn Sie die südliche Halbkugel sondieren, werden Sie einige erloschene Vulkane finden«, sagte Neelix und trat aus der Wanne. »Im Norden der Vorberge gibt es ein ausgetrocknetes Flußbett.« Er warf sich das Handtuch über die Schulter, um auch den Rücken abzureiben. »Dort befindet sich ein Lager.«

Tuvok prägte sich die Hinweise ein. »Glauben Sie, die verschwundenen Personen halten sich an jenem Ort auf?«

»Es ist nicht unmöglich.« Neelix zuckte mit den Schultern und warf das Handtuch beiseite. »Vielleicht. Vielleicht auch nicht.« Er bedachte Tuvok mit einem strahlenden Lächeln, als er sich an ihm vorbeischob und in den Wohnraum zurückkehrte. »Wie dem auch sei: Wir finden sie bestimmt. Allerdings dürfen wir nicht versäumen, mehrere Kanister Wasser mitzunehmen – für eventuelle Tauschgeschäfte.« Auf dem Weg zum Kontrollfeld an der gegenüberliegenden Wand griff er nach einem nur teilweise abgenagten Knochen. »Liefern die Replikatoren auch Kleidung?«

»Ja«, antwortete Tuvok und hoffte, daß er Neelix damit ermutigte.

»Kann ich eine Uniform wie Ihre bekommen?«

Allein die Vorstellung genügte, um die vulkanische Selbstbeherrschung zu erschüttern. »Nein«, sagte Tuvok und betonte jede einzelne Silbe, als er hinzufügte: »Das halte ich für ausgeschlossen.«

Neelix brummte leise und kaute auf dem Knochen, als er zum Replikator ging. Der Vulkanier sah zur Hygienezelle und betrachtete die von den Pfützen geformten fraktalen Muster, bis ihm der Fremde zu verstehen gab, daß er sich umdrehen konnte.

Die Rematerialisierungsphase war noch nicht ganz beendet, als Janeway schon damit begann, Eindrücke zu sammeln.

Eine öde Landschaft bot sich ihr dar: Sand, Sand und noch mehr Sand. Hier gab es seit so langer Zeit kein Wasser mehr, daß der Boden wie geschrumpelt wirkte und zahllose Risse aufwies. Die Felsen dazwischen sahen aus wie die Trittsteine eines Riesen. Rechts und links, jeweils einige Kilometer entfernt, hoben sich die Ufer des ausgetrockneten Flusses einstigem Schwemmland entgegen. Dort ragten Gebilde auf, deren regelmäßige Strukturen die traurigen Reste von Gebäuden vermuten ließen. Die Trockenheit hatte das Leben in jenen Städten verschlungen, bis nur noch Staub übrigblieb, um an den Fundamenten zu nagen und die Streu der Zivilisation dorthin zurückzuholen, woher sie kam: in den Boden des Planeten.

Weiter vorn, mitten im ehemaligen Flußbett, hatte man ein einfaches Zeltlager errichtet. Dünne, teilweise wie ausgezehrt wirkende Leute sahen auf, als sie das Summen des Transporterfelds hörten. Die Kleidung schien zum größten Teil aus Lumpen zu bestehen, und in ihren von der Sonne verbrannten Mienen zeigte sich Grimm. Janeway bemerkte die kleinen Raumschiffe, die einige hundert Meter hinter dem letzten Zelt standen und in dieser Umgebung fehl am Platz wirkten. *Wir dürfen diese Fremden nicht unterschätzen,* dachte sie. Nur jemand, der zu kämpfen verstand, konnte unter so schwierigen Umständen überleben.

»Warum sollte jemand an einem solchen Ort leben wollen?« fragte Paris mit unangemessenem Abscheu. Er trat nach dem Sand, der feinem Pulver glich. Unterdessen beobachtete die Kommandantin, wie sich im Lager jähe Aktivität entfaltete. War ihre Ankunft der Grund? Oder lag es an den dumpfen Vibrationen, die Janeway unter ihren Stiefeln spürte?

Neelix trat an ihre Seite und blickte ebenfalls zum Lager. »Es geht ihnen um die reichen Cormalin-Vorkommen.«

»Wird die Substanz von den Ocampa für den Tauschhandel genutzt?« erkundigte sich Chakotay.

»Nicht von den Ocampa.« Neelix schien die Frage für dumm zu halten und sich darüber zu ärgern. »Ich meine die Kazon-Ogla.«

»Kazon-Ogla?« wiederholte Janeway. Aus den Augenwinkeln sah sie ein kurzes Aufblitzen. *Die energetischen Impulse von der Raumstation,* dachte sie und hob den Kopf. Trotz des hellen Sonnenlichts konnte sie beobachten, wie die Entladungen den Horizont berührten – daher die Vibrationen im Boden. »Wer sind die Kazon-Ogla?«

Neelix deutete zum Lager. »Die Leute dort.« Er ging los und rieb sich die Hände. »Die Kazon kontrollieren diesen Teil des Quadranten. Einige von ihnen haben Wasser, andere Erz oder Lebensmittel. Sie alle handeln miteinander – und versuchen dabei, sich gegenseitig umzubringen.«

Offenbar sind es sehr sympathische Leute. Janeway bedeutete ihren Begleitern, Neelix zu folgen. Weitere Kazon kamen aus den Zelten und holten ihre Waffen hervor. »Sie haben doch gesagt, die Verschwundenen seien bei den Ocampa.«

Neelix winkte ab, und Janeway wechselte einen Blick mit Tuvok, als der kleine Alien den knurrenden Kazon entgegeneilte. »Meine Freunde!« rief er. »Wie es mich freut, euch wiederzusehen!«

Der Vulkanier gab durch nichts zu erkennen, wie er Neelix' Verhalten beurteilte, aber Janeway kannte ihn lange genug, um gewisse Zeichen zu erkennen und zu deuten. Daher gewann sie nun den Eindruck, daß Tuvok nicht viel von Neelix hielt.

Allem Anschein nach gab es Leute, die seine diesbezüglichen Empfindungen teilten. Mehrere Kazon packten Neelix, hoben ihn hoch und schüttelten ihn so wie ein Hund sein Spielzeug. Mit weithin hallenden Schreien kehrten sie zum Lager zurück. Janeway streckte die Hand aus und hinderte Paris daran, den Phaser zu ziehen, als weitere Einheimische kamen und die Landegruppe umringten. *Gleich müßten die automatischen Translatoren genug Informationen gesammelt haben, um uns eine Kommunikation zu ermöglichen,* dachte sie. Bis dahin blieb ihnen die Möglichkeit, sich zur *Voyager* zu beamen, wenn die Lage brenzlig werden sollte. Die Kazon konnten nicht ahnen, daß ihnen ein solcher Fluchtweg offenstand. Es lag Janeway nichts an einem Konflikt mit diesen Leuten – immerhin wußten sie vielleicht, wo sich Kim und Torres aufhielten.

Sie breitete die Arme aus und ließ sich von den Kazon entwaffnen. Ein strenger Blick forderte Paris und Chakotay auf, ihrem Beispiel zu folgen. *Wann sind die Translatoren endlich soweit?*

»Wartet! Wartet!« kreischte Neelix. Er versuchte, freundlich zu lachen, doch unüberhörbare Furcht zitterte in seiner Stimme. »Ja, es ist wundervoll, wieder bei euch zu sein«, behauptete er, als man ihn ins Lager trug. »Aber ich muß mit dem Maje reden, dem klugen und immer weisen Jabin ...«

Eine hagere Frau mit pechschwarzen Augen zerrte Neelix am Kragen zu einer halb umgestürzten Mauer. Dort ließ sie ihn liegen und fauchte etwas Unverständliches.

»Sehr amüsant«, meinte Neelix. »Ich weiß einen guten Witz zu schätzen ...« Er sah zu den primitiven Gewehren, die auf ihn zielten, und übertriebene Freude verwandelte sein Gesicht in eine Grimasse. »Jabin!« rief er. »Mein alter Freund!«

Janeway drehte sich zusammen mit den Kazon um, während die Frau mit den schwarzen Augen nach Neelix' Kopf schlug. Weiter hinten schob sich ein hochgewachsener Mann mit großen Händen durch die Menge. Sein Gesicht wirkte ebenso ausgedörrt wie der Boden dieser Welt, und in seinen Pupillen brannte das Feuer des Hasses. Er knurrte dem improvisierten Exekutionskommando einen Befehl zu, hob den Arm ...

»Wasser!« quiekte Neelix. »Ich habe genug Wasser, um meine Schulden zu begleichen!«

Die Kazon erstarrten, und in ihren Gesichtern leuchtete jähe Hoffnung. Der Anführer wirkte völlig unbeeindruckt, aber Janeway ahnte, wie sehr es hinter seiner Stirn arbeitete.

Neelix sah eine Chance für sich und deutete zur Landegruppe. »In ihrem Raumschiff gibt es eine Technologie, die aus dem Nichts Wasser erzeugen kann!«

Das war besser als der Versuch, die Transporter- und Replikatortechnik zu erklären. Janeway schwieg, erhob keine Einwände.

Jabin trat an zwei Bewaffneten vorbei und näherte sich den Gefangenen. Er war so dürr, daß ein gut plazierter Schlag zu genügen schien, ihn zerbrechen zu lassen. Hinzu kam ein Geruch nach verfaultem Fleisch und ranzigem Öl. Janeway hoffte, daß Kim und Torres nicht mit solchen Leuten zusammensein mußten – es wäre fast schlimmer gewesen als der Tod.

Paris nahm seine Feldflasche vom Gürtel und warf sie dem Kazon zu. Jabin roch kurz daran und überließ sie dann den anderen.

Nicht ein einziger Tropfen fiel in den Sand. Die Kazon-Ogla saugten an der Flaschenöffnung, stießen einander beiseite und stritten wie Hunde um einen Knochen.

Jabin begegnete Janeways Blick und deutete auf ihre Feldflasche. »Sie haben mehr?«

Viel mehr als ihr trinken könnt. Genug, um hier völliges Chaos zu schaffen – falls größere Wassermengen zu noch intensiveren Reaktionen führten.

Die Kommandantin klopfte auf ihren Insignienkommunikator und hoffte, daß sie die richtige Methode gewählt hatten, um sich den Kazon zu präsentieren. »Janeway an *Voyager*. Energie.«

Die Behälter materialisierten einige Dutzend Meter entfernt, und erstaunlicherweise glaubte Janeway, in der trockenen, heißen Luft das kühle Wasser zu riechen. Den Kazon erging es offenbar ähnlich. Sie schenkten der Landegruppe keine Beachtung mehr und liefen zu den Tanks. Lautes Platschen und glückliches Geheul lockte noch mehr Männer und Frauen aus den Zelten. Janeway beobachtete einige Sekunden lang, wie sie den vorübergehenden Überfluß an Wasser genossen, bevor sie Jabin ansah. »Sie bekommen noch mehr, wenn Sie uns helfen.«

Es fiel ihm schwer, den Blick vom Wasser abzuwenden. Zorn und Besorgnis rangen in seinen Zügen miteinander. Janeway kannte diese besondere Mischung von Gefühlen – so reagierten vor allem Männer, die mit einer Gefahr für ihren Status konfrontiert wurden.

»Wie sollen wir jemandem helfen, der so mächtig ist, daß er Wasser aus dem Nichts schaffen kann?«

Vielleicht hat Neelix genau die richtige Antwort gegeben, dachte die Kommandantin. Sie deutete auf ihn – er kauerte nun furchterfüllt neben Tuvok. »Dieser Mann teilte uns mit, daß es hier sogenannte Ocampa gibt. Wo befinden sie sich?«

Jabin verzog das Gesicht. »Ocampa?« brummte er verächtlich und nickte in Richtung einiger Schuppen. Einige schwache und verletzte Kazon schlurften dort durch den Sand. »Sie ist eine Ocampa.«

Janeway hielt genauer Ausschau und sah eine blasse junge Frau weiter hinten.

Klein und zart war sie. Ihr blondes Haar glänzte

wie Gold im hellen Licht, das sich auch in den großen Augen widerspiegelte. An einigen Stellen zeigten sich dunkle Striemen auf der hellen, glatten Haut; Sonnenbrand kam dafür als Erklärung nicht in Frage.

Janeway spürte, wie Ärger in ihr emporstieg. Sie hielt ihn sorgfältig unter Kontrolle und hoffte einmal mehr, daß Kim und Torres nicht von den Kazon gefunden worden waren. Offenbar schreckten diese Leute nicht einmal davor zurück, hilflose Schönheit zu verletzen.

Jabin bestätigte Janeways schlechte Meinung von den Kazon, indem er in Richtung der Ocampa spuckte und abfällig winkte. »Warum interessieren Sie sich für so nutzlose Geschöpfe? Sie leben nur neun Jahre lang. Und sie geben armselige Diener ab. Die dort drüben fanden wir, als sie an die Oberfläche kam.«

»An die Oberfläche?« Janeway beobachtete, wie sich die junge Frau langsam näherte und versuchte, dabei möglichst unauffällig zu bleiben. Sie starrte zu den Mitgliedern der Landegruppe. »Soll das heißen, die Ocampa leben im Innern des Planeten?«

Jabin knurrte und schüttelte die Faust, als ein energetischer Impuls über den gleißenden Himmel raste. »Jene Entität im All, die ihnen Nahrung und Energie gibt, gewährt ihnen auch den einzigen Zugang zum *Wasser* dieser Welt.« Er spuckte erneut – ohne dabei Speichel zu vergeuden, wie Janeway nun sah. Er stieß nur Luft aus, um Verachtung zu zeigen. »Drei Kilometer unter uns.«

Die Wesenheit in der Raumstation hatte in diesem Bereich des Alls offenbar kaum Freunde. »Die gleiche Entität hat zwei unserer Gefährten entführt«, sagte Janeway und spürte, wie Jabins Interesse erwachte. »Wir glauben, daß sie bei den Ocampa sein könnten.«

Jabin hob und senkte die Schultern. »Es gibt keine Möglichkeit, zu ihnen zu gelangen«, meinte er. »Wir haben es versucht.«

Janeway ahnte, was die letzten Worte bedeuteten: Anwendung von Gewalt. Als sei das der einzige Weg ...

»Es besteht eine Barriere, die wir nicht durchdringen können.«

»*Sie* schaffte es, die Oberfläche zu erreichen«, meinte Chakotay und deutete auf die junge Frau. Inzwischen war sie nahe genug herangekommen, damit man die Farbe ihrer Augen erkennen konnte. Doch sie wahrte einen sicheren Abstand zu Jabin, hielt sich außerhalb seiner Reichweite.

Das Oberhaupt der Kazon warf ihr einen durchdringenden Blick zu, und daraufhin wich die Ocampa zwei Schritte zurück, gesellte sich Tuvok und Neelix hinzu.

»Gelegentlich finden einige von ihnen hierher«, räumte Jabin ein. »Wir wissen nicht, wie ihnen das gelingt. Anschließend werden die betreffenden Tunnel von den Ocampa versiegelt.«

Neelix wandte sich der jungen Frau zu und lächelte. »Vielleicht kann sie diese guten Leute zu den übrigen Ocampa bringen.«

»Ihr würdet nur eure Zeit mit ihr vergeuden«, zischte Jabin. »Ich habe mit allen Methoden versucht, sie dazu zu bringen, uns zu helfen.« Seine Miene verfinsterte sich wieder. »Ohne Erfolg.«

Neelix' Lächeln galt nun dem Kazon. »Dann ist sie also wertlos für Sie. Ich biete Ihnen Wasser für das dumme Ding.« Er ließ den Worten eine abfällige Geste folgen, die der Frau galt.

Jabins Blick wanderte zwischen Neelix und der Ocampa hin und her – offenbar wußte er nicht genau, wen er mehr hassen sollte. Schließlich sah er zu Janeway und schmunzelte kühl. »Ich bin mehr an der Technik interessiert, die es Ihnen erlaubt, Wasser zu erzeugen.«

Die Kommandantin schüttelte den Kopf. »Die kann

ich Ihnen leider nicht zur Verfügung stellen. Sie ist in die übrigen Systeme unseres Schiffes integriert.« Eins stand fest: In Zukunft wollte sie auf keinen Fall zulassen, daß Neelix die Basis für Verhandlungen bestimmte.

Jabin rief einigen Kazon Befehle zu. Sie standen noch immer an den inzwischen halbleeren Tanks, tauchten die Hände ins kühle Naß und tranken genüßlich. Als sie die Stimme des Anführers hörten, drehten sie sich sofort zu ihm um. Jabin nahm sie beiseite – er wollte mit ihnen reden, ohne daß die Landegruppe erfuhr, worum es ging.

Unruhe erwachte in Janeway. Der dürre Kazon war alles andere als dumm. Andererseits: Von ihm ging in erster Linie deshalb Gefahr aus, weil er sich für *zu* klug hielt.

Ein fremder Gedanke formte sich im Zentrum von Janeways Selbst: **Vertrauen Sie den Kazon nicht. Sie lassen mich bestimmt nicht gehen.** Sie blinzelte überrascht und sah zu ihren Begleitern, um festzustellen, ob sie die mentale Botschaft ebenfalls empfangen hatten. Chakotay musterte die junge Frau verblüfft, und sie erwiderte seinen Blick, stumm und ruhig.

Jabin beendete die Beratung mit einer energischen Geste. »Ich habe beschlossen, die Ocampa zu behalten«, verkündete er. Er lächelte, als zwei seiner Leute ihre Waffen auf die Landegruppe richteten. »*Und* Sie alle.«

Janeway war nicht überrascht, höchstens verärgert. Kleinkarierte Diktatoren wie Jabin glaubten immer, sie könnten mit Fremden ebenso umspringen wie mit ihren eingeschüchterten Untertanen. Sie seufzte und verschränkte die Arme.

»Sagen Sie ihnen, sie sollen die Waffen weglegen!«

Janeway hätte nie vermutet, daß Neelix so schnell sein konnte. In der einen Sekunde stand er neben Tuvok, und seine ganze Aufmerksamkeit galt der hübschen Ocampa-Frau – in der nächsten klebte er fast an Jabins Brust und hielt ihm eine kleine Waffe unter die Nase, von deren Existenz Janeway erst jetzt erfuhr. Sie wußte nicht, ob sie seine Tollkühnheit belächeln oder über seine Fähigkeit der Täuschung besorgt sein sollte.

»Die Waffen weg, Freunde«, sagte Neelix und sah zu den Kazon, die noch immer Gewehre in den Händen hielten. »Oder euer Anführer stirbt.«

Der Haß in Jabins Augen brannte jetzt heiß genug, um Neutronium zu schmelzen. Er winkte den Kazon zu, die daraufhin widerstrebend ihre Waffen sinken ließen. Janeway wartete, bis das letzte Gewehr auf den Boden gefallen war, bevor sie Tuvok und Paris aufforderte, die Phaser und übrigen Ausrüstungsgegenstände zurückzuholen.

Neelix warf Janeway einen nervösen Blick zu und kaute auf der Unterlippe. »Schnell!«

Janeway runzelte die Stirn. Sein Versuch, sie zur Eile zu bewegen, gefiel ihr nicht sonderlich. Sie schluckte eine scharfe Antwort herunter, als die Ocampa-Frau zu Neelix lief und nach seiner Hand griff.

Er stieß Jabin so kräftig zurück, wie es ihm möglich war, hastete dann zur Landegruppe und zog die junge Frau mit sich. »Ich rate Ihnen dringend, uns von hier fortzubringen«, brachte er atemlos hervor und duckte sich hinter sie.

Janeway beschloß, ihn später zur Rede zu stellen. Sie klopfte auf ihren Insignienkommunikator. »Sechs Personen für den Transfer!«

Der Transporterstrahl funkelte, und die Wüste verschwand, noch bevor Jabin auf die Beine gekommen war.

Um sie herum gewannen die grauen Wände der *Voyager* Substanz, und kühle, nicht ganz so trockene Luft wehte ihnen entgegen.

Feuchtigkeit, dachte Janeway und begriff, daß sie solche Dinge immer für selbstverständlich gehalten hatte.

Sie drehte sich um, musterte Neelix streng und wollte ihm in aller Deutlichkeit sagen, daß sie ein derartiges Verhalten nicht noch einmal duldete. Doch ihr Ärger verflog, als sie sah, wie sich Neelix und die Ocampa glücklich umarmten.

»Teuerste!« Neelix seufzte, wich ein wenig zurück und richtete einen verträumt-bewundernden Blick auf die junge Frau. »Habe ich nicht versprochen, dich zu retten?«

14

Kim stützte den Kopf auf die Hand und beobachtete, wie Torres immer wieder über den Platz schritt. Er war zu müde, um ihr bei der unruhigen Wanderung Gesellschaft zu leisten oder sie aufzufordern, Platz zu nehmen. Nachdem der Ocampa-Arzt gegangen war, hatte sie damit begonnen, erst die Lebensmittelsynthetisierer und dann die wenig reizvollen Skulpturen zu untersuchen. Vermutlich suchte sie nach einem Ausweg. Andererseits: Sie hatte sich noch nicht weiter gewagt als bis zum ersten Gleitband. Und wenn sie sich wirklich bemühte, einen Fluchtplan zu verwirklichen, so hielt sie es offenbar nicht für nötig, Kim in Einzelheiten einzuweihen.

In der unterirdischen Stadt nach etwas zu suchen, von dem die Einheimischen behaupteten, daß es gar nicht existierte... So etwas kostete sicher viel Zeit. Und derzeit zweifelte Kim daran, ob es Sinn hatte, derart langfristige Pläne zu schmieden. Er fühlte sich nicht imstande, von diesem Platz bis zu ihrem Quartier zu gehen – geschweige denn bis zur viel weiter entfernten Oberfläche des Planeten.

Bestimmt fühle ich mich gleich besser, dachte er, als Torres einmal mehr an ihm vorbeischritt. *Ich bleibe hier sitzen, bis die Schwäche aus mir verschwindet. Anschließend finden wir heraus, wie wir zu den anderen zurückkehren können.*

Doch die Übelkeit verharrte in ihm. Kim bedauerte nun, daß er aufs Drängen des Arztes hin die synthetische Nahrung gegessen hatte.

Sein Blick folgte der Klingonin, ohne daß er den Kopf bewegte. »Captain Janeway versucht bestimmt alles, um uns zu lokalisieren«, sagte er, als Torres wieder in Hörweite geriet.

Sie lachte, und es klang bitter. »Wieso glauben Sie, daß die anderen noch leben?«

Weil die andere Möglichkeit zu schrecklich ist, um sie in Erwägung zu ziehen, dachte Kim. Wenn er zu glauben begann, daß alles Vertraute auf dieser Seite der Galaxis verschwunden war ... Dann mußte er sich eingestehen, keine Chance mehr zu haben, in die Heimat zurückzukehren. In einem solchen Fall hätte die Flucht aus der unterirdischen Metropole eigentlich gar keinen Sinn.

Er wagte es nicht, diese Überlegungen in Worte zu fassen – aus Furcht davor, ihnen dadurch Realität zu geben.

Torres verharrte am Rand des Platzes und kehrte ihm den Rücken zu. Kim nahm an, daß ein neuerlicher Wutanfall bevorstand, aber dann schwankte die Klingonin und hielt sich an einem der Tische fest, als die Knie unter ihr nachgaben.

Der Fähnrich sprang auf und lief los. Während der letzten Meter verstärkte sich die Übelkeit in ihm.

»Soll ich Hilfe holen?« fragte er und trachtete danach, Torres zu stützen.

»Nein!« entfuhr es ihr. Ihre Finger schlossen sich so fest um Kims Arme, daß er befürchtete, noch in einigen Wochen blaue Flecken zu haben – falls sie überhaupt solange überlebten.

»Haben Sie Schmerzen?« erklang eine besorgte Stimme hinter ihnen.

Kim rechnete damit, daß sich Torres mit einem plötzlichen Ruck umdrehte, und nur dieser Umstand bewahrte ihn davor, das Gleichgewicht zu verlieren und zu fallen. Er drehte sich ebenfalls um und trat vor die Klingonin. Es ging ihm nicht darum, sie zu schützen – vielmehr wollte er sie daran hindern, sich auf die Person zu stürzen, die an sie herangetreten war.

»Bespitzeln Sie uns?« zischte B'Elanna. Sie schob sich etwas näher an Kim heran, machte jedoch keine Anstalten, an ihm vorbeizutreten. Die Ocampa-Frau wich trotzdem einen Schritt zurück. »Ich dachte, wir sind keine Gefangenen.«

Die Frau blinzelte und schüttelte langsam den Kopf – sie wußte, was Torres anstellen konnte, wenn sie außer Kontrolle geriet. Kim erinnerte sich: Diese Ocampa hatte er nach seinem ersten Erwachen gesehen. *Sie war zugegen, als Torres wild um sich schlug und versuchte, aus dem Krankenzimmer zu entkommen.*

»Nein, ich habe Sie nicht bespitzelt«, sagte sie. »Ich bin gekommen, um Ihnen etwas zu geben.« Nervös sah sie nach rechts und links, als befürchtete sie, ihrerseits beobachtet zu werden. Schließlich gab sie sich einen Ruck und kam näher. Irgend etwas veranlaßte Kim, ihr entgegenzugehen.

Die Frau drückte ihm eine kleine grüne Phiole in die Hand. »Ich weiß nicht, ob es Ihnen hilft.« Sie flüsterte fast. »Es ist eine Arznei.« Sie blickte über Kims Schulter hinweg und lächelte unsicher, als auch Torres näher trat. »Einige Ocampa haben den Weg und auch die Stadt verlassen. Sie bauen Obst und Gemüse an. Durch Zufall fanden sie folgendes heraus: Das an bestimmten Obstbäumen wachsende Moos kann eine heilende Wirkung entfalten.« Unbehagen huschte durch ihr Gesicht. »Ich… bedauere sehr, was mit Ihnen geschehen ist.«

Was mit uns geschehen ist? wiederholte Kim in Gedanken. Boten diese Worte den ersten Hinweis darauf, daß sie den Planeten nicht mit den seltsamen Schwellungen erreicht hatten? Handelte es sich nicht um eine Infektion, sondern um… Manipulation?

Was auch immer der Fall sein mochte: Das Verhalten dieser Ocampa-Frau stellte eine willkommene Abwechselung dar.

»Wir danken Ihnen«, sagte Kim und schloß die Finger um die Phiole. »Aber wir können nur dann überleben, wenn wir Gelegenheit erhalten, die Oberfläche zu erreichen und zu unseren Leuten zurückzukehren.«

Ein Schatten senkte sich auf die Züge der Krankenschwester. »Die Ältesten würden darauf hinweisen, daß es den Wünschen des Beschützers widerspricht.«

»Und *Sie?*« fragte Torres. Sie sprach in einem herausfordernden Tonfall, und gleichzeitig klang ihre Stimme erstaunlich sanft.

Die Ocampa wandte den Blick ab. Ihr Gesichtsausdruck veränderte sich; Kim sah erst Skepsis, dann so etwas wie kindliche Verwirrung.

»Der Beschützer ...« Sie schüttelte den Kopf und biß sich auf die Unterlippe. »Seit einigen Monaten verhält sich der Beschützer seltsam.« Die Frau zuckte unsicher mit den Schultern. »Er entführt Personen, liefert mehr Energie ...«

Kim wechselte einen raschen Blick mit Torres. »Er liefert Energie?«

Die Ocampa musterte ihn so, als sei sie von der Frage überrascht. »Er schickt uns dreimal soviel Energie wie früher. Inzwischen ist genug gespeichert, um alle Einrichtungen der Stadt fünf Jahre lang zu versorgen.«

Kim dachte in diesem Zusammenhang an die Autonomie der Bunker während der unruhigen Zeiten am Ende des zwanzigsten Jahrhunderts. Er schauderte innerlich. »Sind die Gründe dafür bekannt?«

»Wenn wir fragen, so fordert man uns auf, den Entscheidungen des Beschützers zu vertrauen.« Die Ocampa schwieg und wandte sich halb ab.

Das Schweigen, so hatte Kims Mutter oft betont, sei das beste Werkzeug des Überzeugens. Was sich mit Tränen, Zorn und Drohungen nicht erreichen ließ, konnte mit einigen Minuten Schweigen zur richtigen Zeit bewerkstelligt werden. Im Lauf der Jahre hatte Kim beobachtet, wie wohlüberlegtes Schweigen folgendes fertigbrachte: Seine Mutter bekam dadurch einen Pekinesen; sein Vater verschaffte dem Sohn die Möglichkeit, an Sommerveranstaltungen des Jugendorchesters teilzunehmen; und es veranlaßte einige jugendliche Flegel, Autofahrern keine Schimpfwörter mehr zuzurufen. Kim beherrschte das Schweigen nicht so meisterlich wie seine Mutter, hoffte jedoch, seine entsprechenden Fähigkeiten zu verbessern. »Denk daran ...«, hörte er nun in seiner Erinnerung die Stimme der Mutter. »Wenn du lange genug schweigst, finden die Leute von ganz allein die richtigen Worte, um sich selbst zu überzeugen.«

Kim lauschte der Stimme, die aus seinem Gedächtnis kam, und er fragte sich, ob er seine Mutter jemals wiedersehen würde. Rasch verdrängte er diesen Gedanken und wartete geduldig, während die Ocampa langsam hin und her ging.

»Eine Frau schaffte es, die Oberfläche zu erreichen«, sagte sie nach einer Weile. »Wir sahen sie nie wieder.«

Kim spürte, wie ihm Torres die Hand auf die Schulter legte. »Wie gelangte sie nach oben?«

Die Krankenschwester sah ernst auf. »Jene alten Tunnel, durch die wir hierherkamen, existieren nach wie vor. Im Lauf der Jahre haben sich Lücken in der Sicherheitsbarriere gebildet, groß genug, um hindurchzuschlüpfen. Aber man muß sich trotzdem durch viele Meter Erde und Gestein graben.« Sie sah kurz zu Torres, schien auf irgend etwas in ihrem Gesicht zu reagieren.

»Können Sie uns Werkzeuge zum Graben besorgen?« fragte die Maquisard.

Die Krankenschwester schüttelte den Kopf. »Es

würde Tage oder gar Wochen dauern ... Und Sie dürfen sich nicht zu sehr anstrengen.«

»Bitte ...« Kim drückte ihre Hand, und sein Blick gab ihr zu verstehen, wie sehr Torres und er seit dem ersten Erwachen an diesem fremden Ort litten. »Es ist unsere einzige Chance.«

Die Ocampa senkte den Kopf, und einmal mehr vertraute Kim auf die Wirkung des Schweigens. Nach einigen Sekunden seufzte die Frau, und da wußte der Fähnrich, daß er gewonnen hatte. Sie sah auf, und er dankte ihr mit einem stummen Nicken. Auch hier waren keine Worte erforderlich.

Janeway erlebte das für den Notfall bestimmte holographische Medo-Programm jetzt zum erstenmal. Der Holo-Arzt eilte in der noch nicht vollständig reparierten Krankenstation hin und her, widmete sich der Patientin mit einer Entschlossenheit, die der eines Doktors aus Fleisch und Blut in nichts nachstand. Angesichts der hitzigen Diskussion, an der sechs Personen teilnahmen, beneidete Janeway den ›Mann‹ um seine Konzentration. Wie dem auch sei: Er hätte gelegentlich lächeln beziehungsweise das eine oder andere freundliche Wort an die Ocampa richten sollen. Statt dessen beschränkte er sich ganz und gar auf die mechanischen Aspekte der Interaktion zwischen Arzt und Patienten. *Wenn wir wieder zu Hause sind, sorge ich dafür, daß die psychologischen Faktoren beim nächsten Software-Upgrade größere Berücksichtigung finden.* Allerdings ... Vielleicht spielten solche Dinge gar keine Rolle; immerhin diente das Programm nur dazu, den Bordarzt für ein oder zwei Stunden zu ersetzen, bis neues medizinisches Personal eintraf. Unter solchen Umständen lohnte es vielleicht nicht, der Simulation eine völlig neue Struktur zu geben. *Schade,* dachte Janeway, als sie beobachtete, wie der Holo-Arzt den Arm der Ocampa abrupt in eine neue Position rückte.

Die junge Frau hieß Kes, und es blieb ein Geheimnis, warum sie sich zu Neelix hingezogen fühlte. *Dessen* Empfindungen der Ocampa gegenüber waren nicht annähernd so rätselhaft. Die sehr attraktive, zart gebaute Kes hatte große blaue Augen und erweckte den Eindruck, in eine Aura engelhafter Schönheit gehüllt zu sein. Unschuld erstrahlte in ihrem Lächeln. Seit dem Retransfer an Bord hielt Neelix ihre Hand, und Paris schien überhaupt nicht mehr zu blinzeln. Chakotays Blick wanderte immer wieder zur Ocampa, was ihn mit Verlegenheit zu erfüllen schien – gelegentlich verfärbten sich seine Wangen. Nur Tuvok und der Holo-Doktor zeigten keine Reaktion auf Kes. Beim Hologramm war das nicht weiter verwunderlich, doch was den Vulkanier betraf... Janeway vermutete, daß selbst Tuvok tief in seinem Innern den besonderen Reiz dieser jungen Frau spürte. Es gelang ihm nur besser als den anderen Männern, sich zu beherrschen.

Derzeit galt die Aufmerksamkeit des Sicherheitsoffiziers vor allem den Umständen von Kes' Rettung. »Wenn Sie Ihren Plan vorher erläutert hätten«, sagte er zu Neelix, »wären wir imstande gewesen, uns auf Ihr irrationales Verhalten einzustellen...«

»Irrational?« Neelix schnaufte und zeigte eine Empörung, die gar nicht zu seiner fröhlichen Natur paßte. »Es hat doch alles geklappt, oder?«

Der Vulkanier hob die Brauen und setzte zu einer Antwort an, doch die Ocampa kam ihm zuvor. »Entschuldigen Sie bitte...«

Alle Männer – auch Tuvok – sahen Kes an. *So viel zur vulkanischen Emotionslosigkeit,* dachte Janeway und verbarg ihr Lächeln hinter vorgehaltener Hand.

»Erheben Sie keine Vorwürfe gegen ihn«, sagte Kes und strich wie geistesabwesend über Neelix' Kopf. »Es ist alles meine Schuld. Ich...«

»Das genügt.« Der Holo-Arzt trat von der Ocampa

zurück und bedachte die übrigen Anwesenden mit einem strengen Blick. »Sie sind hier in der Krankenstation, nicht in einem Konferenzzimmer.« Verärgert wandte er sich an die Kommandantin. »Die Besuchszeit ist längst vorbei. Hiermit fordere ich Sie alle mit Ausnahme der Patienten auf, den Raum zu verlassen ...«

»Computer«, sagte Janeway. »Medo-Programm beenden.«

Der Holo-Arzt öffnete den Mund, um zu protestieren – und einen Sekundenbruchteil später existierte er nicht mehr. Janeway hob den medizinischen Tricorder auf, der nach dem Verschwinden des Hologramms zu Boden gefallen war. Dann trat sie an das Bett heran, auf dem Kes lag, und nickte der jungen Frau zu.

Die Ocampa schenkte ihr das gleiche bezaubernde Lächeln wie auch den Männern. *Meine Güte, du hast gar keine Ahnung, wie du auf sie wirkst, oder?* Janeway wußte nicht genau, ob sie lachen oder seufzen sollte.

»Es war falsch, die Oberfläche aufzusuchen«, sagte Kes und blickte zu den anderen. »Ich bin zu neugierig. Mein größter Fehler, hat man mir immer wieder gesagt.«

»Nein, nein.« Neelix tätschelte ihre Hand. »Es ist eine *wundervolle* Eigenschaft, meine Teure.«

Kes warf ihm einen dankbaren Blick zu. »Leider bringt sie mich in Schwierigkeiten. Ich kannte die Gefahr, von den Kazon entdeckt zu werden ...«

»Diese Scheusale! Dich zu verschleppen ...«

Janeway forderte Neelix mit einem Wink zum Schweigen auf – und bereute es, als er sie erstaunt musterte. Er schien gar nicht zu merken, daß er jede Chance nutzte, um Kes Loyalität zu beweisen.

»Aber wenn sie mich nicht entdeckt hätten ...«, fuhr Kes fort. »In dem Fall wäre ich dir nie begegnet.« Sie bedachte Neelix mit einem liebevollen Lächeln, bevor sie sich wieder an Janeway wandte. »Er stahl Wasser von den Kazon und gab es mir.«

Gab es einen besseren Beweis für Liebe, wenn man die besonderen Bedingungen auf dem Planeten berücksichtigte?

»Ist es möglich, daß unsere Leute bei den Ocampa gefangengehalten werden?« fragte die Kommandantin der *Voyager*. Auf dem Weg vom Transporterraum zur Krankenstation hatte sie Kes erklärt, was sie von Neelix und den Kazon wußten, doch erst jetzt bekamen sie Gelegenheit, mehr in Erfahrung zu bringen.

Kes strich sich eine blonde Strähne hinters Ohr und runzelte nachdenklich die Stirn. »Wir würden nie jemanden gefangenhalten. Andererseits ... Der Beschützer schickt uns manchmal Fremde, die krank sind und behandelt werden müssen.«

»Krank?« Chakotay trat einige Schritte näher, und die Besorgnis zeichnete sich ganz deutlich in seinem Gesicht ab. »Was fehlt den Betreffenden?«

»Ich weiß es nicht.« Kes' Züge wiesen deutlich auf Betroffenheit und Trauer hin. »Bisher hat niemand überlebt.«

Kein gutes Zeichen. Janeway dachte erneut an Kims Mutter und stellte sich vor, wie sie geduldig auf die Rückkehr des Sohns wartete. Sie verbannte derartige Überlegungen aus ihrem bewußten Selbst. »Könnten Sie uns den Weg ins Innere des Planeten zeigen?«

Kes schüttelte traurig den Kopf. »Jabin hatte recht.« Es klang entschuldigend. »Es gibt keinen Weg nach unten. Der Tunnel, durch den ich an die Oberfläche kam, ist inzwischen versiegelt worden.«

Angesichts der übrigen Probleme, mit denen sie konfrontiert waren, schien diese Sache kaum der Rede wert zu sein. »Einen Tunnel brauchen wir gar nicht«, sagte Janeway. »Uns steht die Möglichkeit eines direkten Transfers offen.«

»Captain ...«, warf Tuvok ein und hob den Blick von der jungen Frau. »Unsere Sensoren haben keine Anzeichen für eine subplanetare Zivilisation gefunden. Vielleicht liegt es an der Barriere. Es wäre denkbar, daß sie nicht nur für Sondierungssignale undurchdringlich ist, sondern auch für Transporterstrahlen.«

Janeway fluchte lautlos. Warum konnte nichts einfach sein? *Ich verlange doch gar nicht viel,* fuhr es ihr durch den Sinn. *Nur das Leben eines Mitglieds meiner Crew.* Ein Teil von ihr sehnte sich nach jener Zeit, als der Kampf genügte, um die Hilfe der Götter zu bekommen.

»Es gibt Lücken in der Sicherheitsbarriere«, sagte Kes. »An einigen Stellen ist sie schwächer als an anderen. Nur deshalb konnte ich nach oben.«

Wenigstens etwas. »Der Transporterraum soll mit einem Scan beginnen«, wies Janeway Tuvok an. »Vielleicht finden wir dabei eine Lücke, die für einen Transfer groß genug ist.«

Der Vulkanier nickte und ging zur Tür. Janeway drehte sich um und stellte fest, daß Neelix dem Sicherheitsoffizier fast beunruhigt nachsah. Als er den Blick des Captains bemerkte, zuckte er zusammen, und Verlegenheit verdunkelte sein Gesicht.

»Kes kann Ihnen den Weg weisen.« Neelix drückte sich mit besonderer Vorsicht aus und griff nach beiden Händen der jungen Frau. »Aber da sie jetzt frei ist ... Wir beide verlassen dieses Sonnensystem.«

Die Ocampa musterte ihn überrascht. »Diese Leute haben mich gerettet.«

Neelix schmollte ein wenig. »*Ich* habe dich gerettet«, wandte er ein.

Kes schnitt eine mißbilligende Miene. »Mit ihrer Hilfe. Es wäre falsch, wenn wir ihnen jetzt nicht ebenfalls helfen.«

Neelix wirkte erst niedergeschlagen, doch Stolz und

Liebe ersetzten den Kummer, als er ihr in die Augen sah. »Ist sie nicht wunderbar?«

Janeway schüttelte den Kopf. Mit welcher Bereitschaft sich Männer versklaven ließen... Ein neuerliches Lächeln zuckte in ihren Mundwinkeln, als Paris die rhetorische Frage beantwortete: »Ja, das ist sie.«

15

Unmittelbar nach dem Retransfer fühlte Janeway das Gewicht des Felsgesteins über ihr. Sie litt nicht etwa an Klaustrophobie – dazu war sie viel zu sehr an die kleinen Zimmer und engen Korridore von Raumschiffen gewöhnt. Aber auf eine sehr intensive Weise *spürte* sie die viele Meter dicke und zahllose Tonnen schwere planetare Masse, die wie ein besonderes Damoklesschwert über ihr schwebte.

Zum erstenmal hatte sie dieses Gefühl bei einem Höhlenausflug mit Mark kennengelernt. Er stellte ihr damals ›viel Spaß‹ in Aussicht. Nach dem langen Marsch durch ein ausgedehntes Kavernensystem übernachteten sie auch darin, und für Kathryn Janeway bedeutete das: Acht Stunden lang mußte sie dem unheilvollen psychischen Druck einer zehn Meter dicken Decke standhalten, von der sie kaum mehr als fünfzig Zentimeter trennten. Natürlich fand sie keine Ruhe. Während Mark wie ein Murmeltier schlief, lag sie in der Finsternis wach – bis der Führer am nächsten Morgen das Licht einschaltete und meinte, es sei an der Zeit, wieder aufzubrechen. Später warf ihr Mark vor, die Dunkelheit zu fürchten. Es gelang ihr nicht, ihn davon zu überzeugen, daß ihre Furcht der launischen Geologie galt. Wenn etwas dreieinhalb Millionen Jahre lang die gleiche Form behalten hatte, so wuchs Kathryns Meinung nach die Wahrscheinlichkeit für eine Veränderung.

Nie wieder besuchten sie eine Höhle.

Jenes Gefühl kehrte nun zurück, wenn auch nicht mit der gleichen Intensität wie damals. Die Decke war so hoch, daß man sie mit dem Himmel verwechseln konnte, und dieser Umstand hielt einen Teil der Unruhe von ihr fern. Hinzu kam indirektes Licht, das sanfte Schatten in alle Richtungen wachsen ließ. In unmittelbarer Nähe fehlten Wände, und am finsteren Horizont zeichneten sich die Konturen einer Stadt ab. Trotzdem merkte Janeway sofort, daß eine Sonne fehlte, und die Luft erschien ihr feucht und klamm – typisch für eine Höhle.

Einige Ocampa sahen auf, als sie das Summen des Transporterfelds hörten. Interessiert sahen sie den Fremden entgegen, offenbarten nicht die geringsten Anzeichen von Furcht. Pflanzen kletterten wie lustlos an Spalieren empor. Das fürs Wachstum notwendige Licht stammte von Lampen, die in Abständen von jeweils etwa zehn Metern strahlten. Janeway fragte sich, wie es diese Leute geschafft hatten, ausreichend tiefe Mulden ins Felsgestein zu hauen und sie mit Erde zu füllen? Außerdem: Machte die Existenz von Vegetation das Leben in einer Höhle lebenswerter?

»Captain ...« Tuvok trat an ihre Seite. Sein Tricorder zeigte nach oben und piepte leise. »Die Abstände zwischen den energetischen Impulsen der Raumstation verkürzen sich auch weiterhin. Die Intervalle sind um noch einmal null Komma acht Sekunden geschrumpft.«

Ein gutes oder schlechtes Zeichen? Janeway lauschte und versuchte, das dumpfe Brummen zu hören, mit dem die Impulse den Planeten erreichten. Sie glaubte tatsächlich, etwas zu hören, aber vielleicht war es nur der eigene Pulsschlag.

»Kes!«

Einer der Bauern erkannte die junge Frau, deren Hand Neelix hielt. Aufregung erfaßte die anderen Ocampa, als sie den Namen hörten. Sie legten ihre

Werkzeuge vorsichtig beiseite, näherten sich dann den Neuankömmlingen und wirkten wie glückliche Kinder. Sie alle waren jung und dünn, bemerkte Janeway, als sie Kes umarmten und küßten. *Sie sind wie Jugendliche, die gerade erst gelernt haben, die Reife der Erwachsenen nachzuahmen.*

»Hallo, Daggin.« Kes lächelte und ließ sich von dem Mann, der als erster ihren Namen gerufen hatte, in die Arme schließen – was Neelix nicht zu begeistern schien.

Nach einigen Sekunden wich Daggin ein wenig zurück, hielt Kes auf Armeslänge und schüttelte den Kopf. Offenbar konnte er kaum glauben, daß sie wirklich vor ihm stand. »Wir haben geglaubt, dich nie wiederzusehen! Wie bist du zurückgekehrt?«

»Diese Leute retteten mich vor den Kazon«, sagte Kes und warf Janeway ein Lächeln zu. »Ich helfe ihnen bei der Suche nach zwei ihrer Gefährten.« Sie drehte sich zu den anderen Ocampa um. »Weiß jemand, wo sich jene Personen befinden, die der Beschützer hierherschickte?«

Fast von einem Augenblick zum anderen verschwand die Fröhlichkeit, und Stille herrschte. Janeway fragte sich nach dem Grund dafür. Genügte es, den Beschützer zu erwähnen, um die Leute ernst werden zu lassen?

»Vermutlich sind sie im zentralen Hospital«, erwiderte Daggin schließlich.

Hoffnungsvoll berührte Janeway Kes' Schulter. »Können Sie uns dorthin bringen?«

Nein. Eine andere, tiefere Stimme erklang. Man hörte sie nicht nur, sondern spürte sie auch. **Das kann sie nicht.**

Kes entdeckte den Sprecher sofort – er stand hinter den Bauern auf der rechten Seite. Überrascht musterte Janeway zwei Ocampa, die ein ganzes Stück dicker waren als die anderen. Der ältere von ihnen – in seinen hellen Augen glänzte Kummer – bahnte sich behutsam einen Weg durch die Menge und trat vor die junge Frau.

»Sie sind nicht in der Lage, sich telepathisch zu verständigen, Toscat«, sagte Kes. »Bitte sprich laut.«

Die Tatsache, daß Toscat – oder sonst jemand – seine Gedanken mit solcher Mühelosigkeit in fremde Selbstsphären projizieren konnte, erfüllte Janeway mit profundem Unbehagen. Vulkanier hatten wenigstens den Anstand, um Erlaubnis zu fragen, bevor sie einen mentalen Kontakt herstellten. Wenn man unter Telepathen lebte, fiel es bestimmt sehr schwer, Geheimnisse zu wahren. Janeway hielt es für besser, zunächst nichts von Tuvoks telepathischen Fähigkeiten verlauten zu lassen. Vielleicht wurde es irgendwann einmal notwendig, zusätzliche Informationen zu erhalten, und Tuvok konnte ein Ocampa-Bewußtsein nur dann ›anzapfen‹, wenn das betreffende Ich ahnungslos blieb und sich nicht abschirmte.

Toscat schürzte die Lippen – die verbale Verständigung schien ihm nicht sehr zu gefallen. Er nickte Janeway zu, ohne sie anzusehen. »Ich wollte nicht unhöflich sein«, sagte er zu laut und mit falscher Betonung. »Wie dem auch sei: Ihr Aufenthalt an diesem Ort ist unangebracht.«

»Wir verlassen ihn sofort, wenn wir unsere Gefährten gefunden haben«, entgegnete Janeway.

Er bedachte die Kommandantin mit einem scharfen Blick, dem sie ohne Schwierigkeiten standhielt. Toscat war nicht der erste, der auf ihre Pflichten der Crew gegenüber Einfluß zu nehmen versuchte. Sie hatte es schon mit beeindruckenderen Kontrahenten zu tun bekommen und starrte ihn an, bis er den Kopf drehte. Er gab vor, Paris und Chakotay zu mustern, aber Janeway bemerkte, wie sich Verlegenheitsflecken auf seinen Wangen bildeten.

»Wir dürfen uns nicht auf eine Weise verhalten,

die den Wünschen des Beschützers widerspricht«, mahnte Toscat.

Chakotay schnaubte. »Sie vielleicht nicht. Aber wir schon.«

Der ältere Ocampa schüttelte den Kopf. »Sie verstehen nicht ...«

»Ja.« Kes berührte Toscat am Arm und weckte dadurch seine Aufmerksamkeit. »Sie verstehen nicht«, wiederholte sie mit sanftem Nachdruck. »Sie wissen nicht, daß die Ocampa so lange vom Beschützer abhängig sind, daß sie verlernt haben, auch nur für sich selbst zu *denken*. Sie wissen nicht, daß wir einst die volle Kontrolle über unser mentales Potential hatten ...«

»Die Geschichten über die kognitiven Talente unserer Vorfahren sind Legenden.« Toscat richtete diese Worte an Janeway. Es schien ihm wichtig zu sein, daß sie verstand. »Wenn sie tatsächlich einen Kern Wahrheit enthalten, so wird dieser weit übertrieben.«

»Wir haben jene Eigenschaften verloren, weil wir keinen Gebrauch mehr von ihnen machten«, betonte Kes.

Toscat winkte, als wollte er die Worte dadurch von sich fernhalten. »Denken wir nicht an jene Dinge, die wir verloren. Besinnen wir uns statt dessen auf das, was wir gewannen.«

»Ja.« In Kes' Stimme vibrierte jetzt ein Ärger, der an Verachtung grenzte. »Wir gewannen Abhängigkeit. Wir nehmen, was man uns gibt.« Sie schüttelte den Kopf und griff nach Neelix' Hand – zweifellos eine Geste des Trotzes. »Ich helfe diesen Leuten, Toscat, ob es dir paßt oder nicht. Und ich glaube, ich kann dabei auf die Unterstützung meiner Freunde zählen.«

Die jungen Bauern murmelten zustimmend, und Toscat schnitt eine finstere Miene. »Du hast den Beschützer herausgefordert, indem du die Oberfläche aufgesucht hast, Kes. Lern aus der Erfahrung. Folge dem Pfad, den er für uns bestimmt hat.«

Kes lachte leise. »Ich habe *eigene* Erfahrungen gemacht *und den Sonnenschein gesehen,* Toscat!«

Die jungen Ocampa um sie herum seufzten. Mitgefühl regte sich in Janeway, als sie sich das Los dieser Leute vorzustellen versuchte. In einer Höhlenwelt aufzuwachsen, ohne jemals die Sonne zu sehen …

»Ich kann nicht glauben, daß der Beschützer etwas dagegen hat, wenn wir die Augen öffnen und den Himmel betrachten«, fuhr Kes fort. Stolz wandte sie sich an Janeway und die anderen. »Kommen Sie. Suchen wir Ihre Leute.«

Entschlossen drehte sie sich um, und Neelix – in seinem Gesicht leuchtete Bewunderung – folgte ihr sofort. Die Bauern zögerten nicht, sich der jungen Frau anzuschließen, formten eine stumme Prozession, die durch den Garten wanderte. Der ältere Ocampa gestikulierte vage und schüttelte traurig den Kopf. Er wirkte wie ein von seinen Kindern enttäuschter Vater.

Janeway war sicher, daß Toscats Kummer nicht zu Gewaltanwendung führen würde – dazu schienen die Ocampa überhaupt nicht fähig zu sein. Sie winkte ihren Begleitern zu und schritt ebenfalls in Richtung der fernen Stadt.

16

Wir haben gewußt, daß uns lange und dunkle Tunnel erwarten, erinnerte sich Kim. Die Krankenschwester hatte sie mehrmals darauf hingewiesen, bevor sie ihnen half, das Hospital und die Stadt zu verlassen. Eine Ewigkeit schien seitdem vergangen zu sein. Kim war sicher gewesen, daß er genau wußte, was sie erwartete; die vielen Hinweise schienen nichts der Phantasie zu überlassen. Doch jetzt sah die Sache anders aus. Alle Muskeln in Kims Leib schmerzten, und er war kaum mehr in der Lage, einen Fuß vor den anderen zu setzen. Er wünschte sich nun, seine Vorstellungskraft bemüht und einer anderen warnenden Stimme – der in seinem Innern – gelauscht zu haben.

Die Krankenschwester hatte es trotz ihrer vielen Beschreibungen versäumt, auf die schreckliche Trostlosigkeit dieser Umgebung hinzuweisen. Die meisten Tunnel boten gerade genug Platz, um aufrecht in ihnen zu stehen, und manchmal mußten Torres und Kim auf allen vieren kriechen. Wacklige Wendeltreppen aus rostigem Metall reichten in vertikalen Schächten nach oben. Bei jedem Schritt knackten und knirschten sie, als könnten sie jeden Augenblick in die Tiefe stürzen. Überall tropfte Feuchtigkeit von den Felswänden, und der Fähnrich glaubte, mehr als einmal verrottenden Stoff zu riechen. Er wagte es nicht, dem Ursprung dieses Geruchs auf den Grund zu gehen, doch vor dem inneren Auge bildete sich ein Entsetzensbild: Skelette von Ocampa, die vergeblich versucht hatten, zur Oberfläche zu gelangen.

Torres bestand darauf, daß sie ihre Taschenlampen so wenig wie möglich benutzten – immerhin wußten sie nicht, wie lange sie noch durch die Finsternis unterwegs waren. »Solange es nach oben geht, wissen wir wenigstens, daß die Richtung stimmt«, meinte die Klingonin.

Das klang ein wenig zu einfach, fand Kim, aber im Grunde genommen entsprach es der Wahrheit. Wie dem auch sei: Als Hypothese taugte es ebensoviel wie die Annahme, daß sie schließlich in der Lage sein würden, sich an die Oberfläche zu graben.

Die kühle Schwärze in den Tunneln brachte ein Gefühl der Einsamkeit. Angesichts der schmalen Passagen blieb ihnen nichts anderes übrig, als hintereinander zu gehen, ohne sich an den Händen halten zu können.

Kim stieß mit dem einen Fuß an einen metallenen Gegenstand, verlor das Gleichgewicht und fiel auf die Knie. *Ich habe die Nase voll,* dachte er. *Ich will nicht weiter durch die Dunkelheit marschieren und klettern. Ich möchte mich ausruhen, nach Hause zurückkehren und dies alles vergessen.* Er stützte sich an dem Werkzeugsack ab, der eine Stufe vor ihm lag, schnappte nach Luft und wartete darauf, daß der Schmerz nachließ.

Plötzlich schimmerte Licht, und Kim stöhnte, schirmte sich rasch die Augen ab. Torres hielt die eingeschaltete Taschenlampe und kam die Treppe herab. »Kommen Sie.«

Das weiße Licht schien sich durch Hände und Augen ins Gehirn des Fähnrichs zu brennen. Er schüttelte den Kopf, fühlte sich viel zu müde und erschöpft.

»Geben Sie nicht der Krankheit nach, Starfleet.« Eine erstaunlich sanfte Hand half ihm hoch. »Kommen Sie«, wiederholte Torres, und es klang ein wenig drängender.

Kim hob den Kopf und sank zurück, bis er zu seiner Begleiterin aufsehen konnte. Sie richtete den Lichtstrahl der Lampe zu Boden, so daß er nicht mehr geblendet wurde. Wie eine unbesiegbare Kriegerin stand sie da, und er wünschte sich, ebenso stark und zornig zu sein wie sie – um sich damit das Recht zu erwerben, zu überleben und seine Familie wiederzusehen. Doch um ihn herum drehte sich alles, und Übelkeit stieg in ihm empor. Es gelang ihm nicht, ruhig zu atmen und seine Gedanken zu ordnen.

»Es tut mir leid«, brachte er hervor und stützte sich erneut auf den Sack.

In Torres' Gesicht zeichnete sich ein für sie ungewöhnliches Mitgefühl ab. Sie ließ Kims Ellenbogen los, und zwar ganz vorsichtig, als fürchtete sie, mit einer abrupten Bewegung seinen Zustand zu verschlechtern. »Schon gut. Wir machen hier Rast.« Sie nahm Platz, ohne den Blick von ihm abzuwenden, schlang die Arme um ihre Knie.

Kim versuchte zu lächeln, aber er fürchtete, daß nur eine Grimasse daraus wurde. »Vielleicht käme ich mit ein wenig klingonischem Blut in den Adern besser zurecht.«

B'Elanna Torres gab ein Geräusch von sich, das fast wie ein Lachen klang. »Glauben Sie mir: Es bringt viele Nachteile und kaum einen Nutzen.«

Angesichts seiner gegenwärtigen Schwäche und B'Elannas offensichtlicher Kraft fiel es ihm schwer, ihr zu glauben. Er versteifte sich, als neuerlicher Schmerz in ihm brannte. Torres legte ihm voller Anteilnahme die Hand auf die Schulter.

»Mein ganzes Leben lang habe ich mich auf Starfleet vorbereitet. Und nun...« Kim tastete nach den Fingern der Klingonin. »Jetzt sieht alles danach aus, als müßte ich bei der ersten Mission sterben.«

»Soweit ist es noch nicht«, erwiderte Torres fest. »Ich kenne einige Tricks, die der alte Nieser nicht im Überlebenskurs lehrt.«

»Der alte Nieser?« wiederholte Kim, offensichtlich verwirrt.

»Commander Zakarian.« Torres lächelte und klopfte ihm kameradschaftlich auf den Arm. »Erinnern Sie sich? Er muß gegen etwas allergisch gewesen sein.«

Kim erinnerte sich tatsächlich: an einen hageren, weißhaarigen Mann mit geröteten Augen und Wangen. Sie waren in den Appalachen unterwegs gewesen und mußten die Exkursion beenden, als irgendein Aspekt der lokalen Flora Zakarian erhebliche Atemprobleme bereitete. Kims Akademieklasse bekam eine Auszeichnung, weil es ihr in Rekordzeit gelang, von der Wildnis in die Zivilisation zurückzufinden, noch dazu ohne Führer.

»*Sie* haben die Akademie besucht?« fragte der Fähnrich erstaunt.

»Im zweiten Jahr kamen die Akademieleitung und ich ›überein‹, daß ich dort fehl am Platz war.« Torres lächelte – es schien sie nicht zu belasten, über etwas zu sprechen, das ein ›Rauswurf‹ gewesen sein mußte. Kim drückte ihre Hand, und dadurch endete die kurze Phase der Nähe. B'Elanna wich zurück. »Ich passe viel besser zum Maquis«, sagte sie und zuckte mit den Achseln.

»Wissen Sie ...« Kim zögerte kurz. »Ich habe Zakarian nie gemocht.« Eigentlich wollte er etwas anderes sagen, aber diese Worte fielen ihm leichter.

Torres schien zu verstehen, was er meinte. Sie schmunzelte, berührte ihn wie zärtlich am Kinn. Dann richtete sie sich demonstrativ auf und blickte die Treppe hoch, gönnte Kim noch eine kleine Verschnaufpause.

Die Skulpturen auf dem Platz schwankten, als die von der Raumstation ausgehenden Impulse in kürzeren Abständen eintrafen und mehr Energie brachten. Janeway sah auf, und aus den Augenwinkeln beobachtete sie, wie die Ocampa in der Nähe ebenfalls den Kopf hoben. Hier und dort erklangen überraschte Rufe. Im Gegensatz zu den Einheimischen, die aufgeregt Ausschau hielten, rechnete Janeway nicht damit, etwas Besonderes zu sehen. Wenn das Donnern der eintreffenden Entladungen alles erschütterte, so sorgte allein der Instinkt dafür, daß man den Blick hob. Vielleicht, so überlegte Janeway, hoffte das Unterbewußtsein, den Dämon zu sehen und dadurch Kontrolle über ihn zu bekommen. Allerdings: Wenn man Dämonen erblickte, so schlüpfte man dadurch auch in die Rolle des potentiellen Opfers.

Janeway verdrängte diese Überlegungen – unter den gegenwärtigen Umständen blieben sie sinnlos – und richtete ihre Aufmerksamkeit wieder auf die Landegruppe.

Sie waren Kes und den Freunden der jungen Frau durch ein Wirrwarr aus Korridoren, Stegen und Gleitbändern gefolgt. Unterwegs hatte Janeway nicht ein einziges Beispiel für Respektlosigkeit oder schlechtes Benehmen in der Öffentlichkeit gesehen. Es erschien ihr fast makaber. Sie verglich die Bürger der Ocampa-Stadt mit perfekt funktionierenden Robotern, die ausschließlich im Rahmen ihres Programms agierten. Oder standen sie vielleicht unter der Wirkung von Drogen, die jene Gefühle betäubten, die Kes' Bauernfreunde so offen und bereitwillig zur Schau stellten?

Wir haben nicht das Recht zu urteilen, ermahnte sich Janeway.

Das stimmte. Aber es bedeutete nicht, daß man so etwas billigen mußte.

Kes und Daggin hatten die Landegruppe bei den kunstvoll gruppierten Tischen zurückgelassen, um

Freunde im Hospital zu besuchen. Angeblich war es ohne die Präsenz von Fremden einfacher, Informationen zu bekommen. Janeway pflichtete Kes widerstrebend bei, hatte ihr jedoch das Versprechen abgenommen, sofort zurückzukehren, sobald sie etwas in Erfahrung brachte. Fast hätte sie sich dazu hinreißen lassen, der jungen Frau einen Insignienkommunikator zu geben. Alles in ihr drängte danach, Kes folgendes zu sagen: *Mir gefällt das alles nicht. Dauernd habe ich das Gefühl, jeden Augenblick könnte die Decke einstürzen – im wahrsten Sinne des Wortes.*

Doch sie wahrte die Fassung, wollte sich in der Gegenwart von Paris und der anderen nichts von ihrer Unruhe anmerken lassen, als Kes und Daggin aufbrachen. Die übrigen Ocampa-Bauern blieben zurück, deuteten auf die Lebensmittelsynthetisierer und schnitten verächtliche Mienen.

Und dann, ganz plötzlich, hörte das Donnern der energetischen Impulse auf.

Stille.

Janeway wechselte einen verblüfften Blick mit Tuvok, der eine Braue wölbte und den Blick zum Pseudohimmel hob. Diesmal widerstand die Kommandantin der Versuchung, ebenfalls nach oben zu sehen, klopfte statt dessen auf ihren Insignienkommunikator. »Landegruppe an *Voyager*.«

Rollins antwortete sofort. »Ja, Captain?«

»Was ist mit der Raumstation?«

Eine kurze Pause folgte, und Janeway nahm an, daß Rollins nun die Instrumente konsultierte. »Sie schickt keine Impulse mehr zum Planeten, Captain. Und offenbar verändert sie ihre Position.«

Heiliger Himmel! fuhr es Janeway durch den Sinn. *Wenn die Entität das Sonnensystem verlassen will ... Hoffentlich verfügt die Station nicht über Warppotential.*

»Halten Sie mich auf dem laufenden«, sagte sie zu Rollins. »Janeway Ende.« Sie glaubte zu sehen, wie sich die einzig mögliche Tür zur Rückkehr allmählich schloß.

Paris streckte den Arm aus, und sie blickte in die entsprechende Richtung. Kes und Daggin kehrten zurück, eilten an Gruppen gespenstisch stiller Ocampa vorbei. *Plaudern sie telepathisch miteinander?* dachte Janeway. *Oder sind sie schockiert, weil es zum erstenmal seit vielen Jahrhunderten völlig still geworden ist?*

Ahnten diese Leute, daß in ihrer Welt von jetzt an Ruhe herrschen würde?

»Schon seit Stunden sind Ihre Leute nicht mehr im Hospital gewesen«, sagte Kes, als sie und Daggin näher kamen. Besorgnis bildete dünne Falten in ihrer Stirn.

»Wir können die Stadt durchsuchen«, bot sich Daggin an und deutete auf die Bauern, die sie nun umringten. »Wir fragen überall, ob jemand die beiden Fremden gesehen hat.«

Janeway nickte zustimmend, woraufhin die jungen Ocampa sofort losliefen – innerhalb weniger Sekunden waren sie inmitten der Einheimischen verschwunden.

Sie wandte sich an Kes. »Wenn Kim und Torres versuchen, zur Oberfläche zu gelangen ... Welchen Weg nähmen sie?«

»Vermutlich den gleichen wie ich: durch einen der alten Tunnel.«

Janeway vergeudete keinen Gedanken daran, wie tief unter der Oberfläche sie waren und wie lang die Tunnel sein mochten. »Mr. Paris, gehen Sie mit Kes los, und überprüfen Sie die Sache.«

»Augenblick!« Neelix setzte sich in Bewegung, als Paris die junge Frau fortführen wollte. »Vielleicht brauchen Sie Hilfe.«

Janeway argwöhnte, daß es ihm um etwas anderes ging: Er wollte sicherstellen, daß Paris keine Gelegenheit fand, Kes zu sehr zu beeindrucken –

während er nicht in der Nähe weilte, um die Dinge in die richtige Perspektive zu rücken. Eine herrlich banale Sorge, verglichen mit dem Schicksal eines Raumschiffs und seiner Besatzung. Sie belächelte Neelix' Unschuld.

»Wir sollten mit den Ärzten und Krankenschwestern des Hospitals reden.« Janeway ging los, ohne festzustellen, ob Tuvok und Chakotay ihr folgten. Kes hatte zwar darauf hingewiesen, daß Fremde in der Klinik kaum mit Auskunft rechnen durften, aber vielleicht gab es trotzdem irgendeine Möglichkeit, Antworten zu bekommen. »Vielleicht können wir etwas über Torres und Kim herausfinden...«

Es donnerte ohrenbetäubend laut, und der Boden erbebte so heftig, daß Janeway fiel. Sie rollte einen Meter weit, schnappte nach Luft und ergriff Chakotays ausgestreckte Hand. Tuvok hatte bereits seinen Tricorder aktiviert und begann mit einer Sondierung, während die Ocampa um sie herum in alle Richtungen davonstoben.

»*Voyager* an Captain Janeway.«

Rollins' Stimme war in dem Chaos kaum zu hören. Janeway ließ sich von Chakotay auf die Beine ziehen, taumelte und wartete darauf, daß sich die Welt wieder beruhigte. Sie sah zur fernen Decke hoch. Bildeten sich bereits Risse in ihr?

»Ich höre.«

»Die Raumstation feuert mit einer Art Waffe auf den Planeten, Captain.« Im Hintergrund summten und piepten Instrumente. Rollins schnaufte erstaunt und fügte hinzu: »Offenbar sollen die energetischen Kanäle versiegelt werden.«

Chakotay folgte Janeways Blick nach oben. »Wenn die Ocampa ihre Energie von der Station erhalten... Warum versiegelt der Beschützer die Kanäle?«

Janeway schüttelte langsam den Kopf. Irgendwo weit, weit oben raste ein weiterer Energieblitz durchs

All, dem Planeten entgegen. Sie glaubte, ihn bereits zu spüren, spannte die Muskeln und erwartete neuerliches Donnern und weitere Erschütterungen.

Neben ihr ließ Tuvok den Tricorder sinken und runzelte nachdenklich die Stirn. »Er würde sie versiegeln, wenn er nicht beabsichtigt, sie noch einmal zu benutzen.« Er drehte den Kopf, als er Chakotays skeptisches Brummen hörte. »Um die Ocampa vor ihren Feinden zu schützen.«

Er klappte den Tricorder zusammen. »Captain, es gibt jetzt genug Daten für eine fundierte Hypothese. Ich glaube, der Beschützer stirbt.«

Janeway wandte den Blick von der hohen Decke ab und sah den Vulkanier an. »Bitte erklären Sie das.«

»Zuerst liefert er mehr Energie, genug für die Stadt, um während der nächsten fünf Jahre energetisch autark zu sein. Dann versiegelt er die entsprechenden Kanäle. Daraus läßt sich nur ein Schluß ziehen: Die Entität beabsichtigt nicht, ihre Aufgabe als ›Beschützer‹ auch weiterhin wahrzunehmen.«

»Was nicht unbedingt bedeuten muß, daß sie stirbt«, erwiderte Chakotay skeptisch. »Vielleicht geht es ihr nur darum, das Sonnensystem zu verlassen.«

Tuvok dachte einige Sekunden lang darüber nach und schüttelte dann den Kopf. »Das halte ich für unwahrscheinlich. Immerhin hat sich der sogenannte Beschützer über Jahrtausende hinweg um die Ocampa gekümmert. Ich glaube, er fühlt sich ihnen verpflichtet. Vielleicht gibt es hier einen direkten Zusammenhang mit der ›Schuld, die nie bezahlt werden kann‹.« Er deutete zu den wenigen Einheimischen, die noch in der Nähe weilten. Die meisten hatten irgendwo Zuflucht gesucht, waren längst in den Passagen und Gebäuden verschwunden. »Außerdem wies er mehrmals darauf hin, daß die Zeit knapp wird. Ich nehme an, sein Tod steht unmittelbar bevor.«

Janeway starrte den vulkanischen Sicherheitsoffizier groß an. »Wenn die Entität stirbt ... Wie sollen wir dann heimkehren?«

Tuvok wandte den Blick ab, ohne diese Frage zu beantworten.

17

Kim reagierte mit einem Schrei auf die erste Explosion. Die Hand eines unsichtbaren Titanen schien nach der Metalltreppe im Schacht zu greifen und an ihr zu zerren. Staub wirbelte auf, bildete dichte Wolken. Der Fähnrich klammerte sich fest und merkte zu spät, daß die Taschenlampe seinen Fingern entglitt. Torres knurrte einen klingonischen Fluch und streckte die Hand vergeblich nach der Lampe aus. Ihr hin und her zuckendes Licht verschwand irgendwo in der Tiefe.

»Das hat uns gerade noch gefehlt…«

Kim öffnete mühsam die Augen – die Lider erschienen ihm bleischwer. B'Elanna hockte halb über ihm und sah aus wie ein klingonischer Racheengel. Ihre Hände hatten sich so fest um die Seite der Treppe geschlossen, daß die Knöchel weiß hervortraten. Kim fragte sich, ob sie bei dem Versuch gefallen war, die Taschenlampe aufzufangen. Ihr Blick bohrte sich bis in seinen innersten Kern, kündete von einer Verzweiflung, die ihm Tränen in die Augen trieb.

Neuerliches Donnern brachte weitere Erschütterungen.

»Sollen wir umkehren?« fragte Kim. Schmerz brannte in ihm – ein Schmerz, wie er schlimmer kaum sein konnte und der vor allem die Seele betraf. Damit noch nicht genug: Die Vorstellung, den Weg fortzusetzen, in welche Richtung auch immer, brachte zusätzliche Pein.

Torres spuckte übers Geländer der Treppe, und ihr

Gesicht zeigte eine Bitterkeit, die nur eine klingonische Miene zum Ausdruck bringen konnte. Eine Zeitlang blickte sie in die dunkle Tiefe. »Da unten gibt es nichts für uns, Starfleet.«

Und nach dem Donnern zu urteilen, könnte uns weiter oben der Tod erwarten, dachte Kim. *Muß es auf diese Weise enden?*

Sie standen auf und kletterten weiter.

Die verdammten Tunnel schienen sich bis in die Unendlichkeit zu erstrecken. Paris brachte Treppen hinter sich, eilte durch Korridore und stieg über Schuttberge hinweg. Fast die ganze Zeit über behielt er die Anzeigen des Tricorders im Auge. Das Gerät weigerte sich hartnäckig, zuverlässige Daten zu liefern. Gelegentlich leuchteten die Indikatoren auf, und wenn das geschah, schöpfte Paris jähe Hoffnung, um gleich darauf enttäuscht festzustellen: Das Ortungsgerät registrierte nur energetische ›Lecks‹ der Sicherheitsbarriere weiter oben. Sie stellte ein weiteres Problem dar, das gelöst werden mußte, sobald Harry und die Maquisard gefunden waren. Paris biß die Zähne zusammen und bedauerte es, nicht die Führung übernehmen und die Geschwindigkeit bestimmen zu können. Seiner Ansicht nach kamen sie viel zu langsam voran. Er erinnerte sich an den Hinweis des Banjomanns, die Zeit sei knapp. *Vielleicht zu knapp für uns,* befürchtete er.

Kes und Neelix eilten an einem weiteren Schacht vorbei – Hunderte von ihnen führten nach oben. Auch diesmal zögerte Paris kurz, um den Tricorder in die Öffnung zu heben und dem kurzen Piepen zu lauschen, mit dem er die Emissionen des Kraftfelds ortete. Anschließend ließ er das Gerät wieder sinken und ging etwas schneller, um zur jungen Ocampa und ihrem Begleiter aufzuschließen.

Nach zwei Schritten begriff etwas in ihm, das diesmal ein anderes Geräusch erklungen war. Rasch kehrte er zurück.

In der Öffnung des kühlen, feuchten Schachtes zeigte das Display eine biologische Konfiguration. In der oberen rechten Ecke verdeutlichte ein pulsierendes Licht den Herzschlag einer Person. Darunter leuchtete in Blockbuchstaben ein einzelnes Wort: MENSCH.

»Sie sind hier drin!« rief Paris. Er zwängte sich in den engen Zugang des Schachtes und versuchte, in der Finsternis etwas zu erkennen. *»Harry!«*

Seine Stimme hallte mehrmals wider, und dann herrschte Stille.

Er hörte, wie sich ihm Kes und Neelix hinzugesellten. »Paris an Janeway«, sagte er, nachdem er auf den Insignienkommunikator geklopft hatte.

Sie meldete sich fast sofort. »Ich höre.«

»Die Vermißten befinden sich in einem der Schächte, Captain. Ich kann sie nicht sehen...« Er blickte noch einmal aufs Anzeigefeld des Tricorders, um ganz sicher zu sein. »Aber sie sind über uns. Wir folgen ihnen jetzt.«

»Lassen Sie sich transferieren, sobald Sie Kim und Torres gefunden haben, Paris«, erwiderte Janeway. Sie klang erleichtert. »Wir erwarten Sie an Bord des Schiffes.«

Paris nahm sich nicht die Zeit für eine Bestätigung, stieg bereits die Treppe hoch.

»Janeway an *Voyager*. Drei Personen für den Transfer.«

Sie empfand es als herrlich, diese Worte auszusprechen. Seit es sie in diesen Teil der Galaxis verschlagen hatte, ging es drunter und drüber. Es erfüllte Janeway mit Zufriedenheit zu wissen, daß zumindest ihre Rest-Crew bald wieder vollständig war, daß sie sich dann auf die Frage konzentrieren konnte, wie sich eine Rückkehr zur Föderation bewerkstelligen ließ. Sie sah

Chakotay an und zeigte mit dem Daumen nach oben. Der Indianer hob erstaunt die Brauen, erwiderte die Geste jedoch.

Die Kommandantin lächelte, wartete auf das Prickeln des Transporterstrahls und dachte bereits daran, welche Dinge an Bord der *Voyager* erledigt werden mußten.

Die Anspannung in Rollins' Stimme war unüberhörbar, als er sagte: »Halten Sie sich in Bereitschaft…«

Dieser Hinweis konnte nur bedeuten, daß es Probleme gab. Janeway fluchte lautlos. Bei dieser Mission schien wirklich *nichts* einfach zu sein.

»Captain«, sagte Rollins nach einigen Sekunden, »es gelingt mir nicht, den Transferfokus auf Sie zu richten. Durch die Versiegelung der energetischen Kanäle ist es in der Kruste des Planeten zu neuen Emissionsmustern gekommen. Die Sensoren können die Lücken in der Sicherheitsbarriere nicht mehr lokalisieren.«

Verdammt! Janeway seufzte, wandte sich an Tuvok und Chakotay. »Damit steht uns nur noch ein Weg offen.« Die beiden Männer nickten. Der Vulkanier aktivierte seinen Tricorder, um die Richtung zu bestimmen.

Eine kurze Berührung des Insignienkommunikators. »Janeway an Paris.«

»Sprechen Sie.« Er klang atemlos, und seine Stimme hatte einen seltsamen Nachhall. *Echos,* dachte Janeway. Er befand sich in einem Schacht.

»Der Transporter läßt sich nicht mehr einsetzen«, sagte sie und folgte Tuvok. »Sie müssen nach einer Lücke in der Sicherheitsbarriere suchen.«

Janeway glaubte, eine Art amüsiertes Schnaufen zu hören. »Verstanden.«

Sie beschloß, ihn später nach dem Grund für seine Reaktion zu fragen. »Wir sind einige Minuten hinter Ihnen. Janeway Ende.«

Bevor Janeway die Verbindung unterbrach, hörte sie noch Paris' erleichterten Ruf: »Da sind sie!«

Paris hatte nicht damit gerechnet, daß sie einen solchen Anblick boten. Wucherungen zeigten sich an Armen und Hals. Kims goldbraune Haut schien die Farbe verloren zu haben, wirkte nun wie gebleichtes Pergament. Der junge Fähnrich öffnete die Augen, als er eine Berührung an der Wange spürte, blickte erschöpft in die Finsternis.

»Es hat lange genug gedauert ...«, brachte er heiser hervor.

Paris blickte kurz zu der Frau, die einige Treppenstufen weiter oben kauerte. »Ich konnte meinen einzigen Freund doch nicht im Stich lassen.« Es gefiel ihm nicht sonderlich, daß Kes und Neelix diese Worte hörten. Doch mit noch mehr Unbehagen erfüllte ihn die Präsenz jener Frau, die wie eifersüchtig über Kim wachte. In den Augen und Zügen bemerkte er deutliche Hinweise auf eine klingonische Abstammung. Vermutlich handelte es sich bei ihr um die vermißte Maquisard.

»Freund?« Kim merkte nichts von der Spannung zwischen Paris und der feindselig starrenden Klingonin. Er setzte sich auf und schwankte. »Wieso glauben Sie, ich sei Ihr Freund?«

Weil ich hier bin. Paris richtete diesen Gedanken nicht nur an Kim, sondern auch an die Adresse der skeptischen Frau. Er hob die Hand zum Insignienkommunikator. »Paris an Janeway. Wir haben sie gefunden, Captain.«

»Gute Arbeit.« Sie klang näher, aber vielleicht bildete sich Paris das nur ein. »Warten Sie nicht auf uns. Bringen Sie Kim und Torres in Sicherheit.«

Es war immer leicht, einem Befehl zu gehorchen, wenn er mit den eigenen Wünschen übereinstimmte. Er bückte sich, schlang den Arm um Kims Schultern und half ihm vorsichtig auf. Mit einem Nicken bat er Neelix und Kes, der Klingonin zu helfen.

»Los geht's«, brummte er. Kim war kleiner, und Paris konnte nicht aufrecht stehen, solange er ihn stützte. »Wir müssen nach oben.«

Der junge Fähnrich nickte und ballte unwillkürlich die Fäuste, als er seine ganze Kraft sammelte, um den Fuß auf die nächste Treppenstufe zu setzen. »He, Maquisard ...« Er lächelte auf die Frau hinab, als sie an ihr vorbeikamen, und Paris glaubte, so etwas wie Zuneigung in Kims Augen zu erkennen. »Meine Truppe ist eingetroffen. Jetzt sind Sie in Schwierigkeiten.«

In Torres' Mundwinkeln zuckte es, und ihre Lippen deuteten den Hauch eines Lächelns an. Paris fragte sich, ob sie wußte, daß sie hübsch war. Spielten solche Dinge überhaupt eine Rolle für sie?

»Hier entlang.« Kes stieg leichtfüßig die Treppe hoch und deutete auf einen Seitentunnel. »Ich weiß, wo wir die Sicherheitsbarriere passieren können.«

Paris preßte sich an die Wand, um die Ocampa passieren zu lassen. Wie ein Phantom duckte sie sich an ihm vorbei und verschwand in einem Stollen, der höher und breiter war als der vertikale Schacht. Kurze Zeit später bemerkte er, daß Neelix' Angebetete die einzige Lampe hatte, denn hinter ihr kroch Dunkelheit heran. Er schlang den Arm etwas fester um Kim und folgte Kes.

Am Ende des Stollens glühte die Barriere wie eine Spinnwebe aus Licht. Paris kniff die Augen zusammen, um von dem Schimmern nicht geblendet zu werden. Am liebsten hätte er sich die Ohren zugestopft – von dem Kraftfeld ging ein hochfrequentes und sehr unangenehmes Summen aus. Vorsichtig ließ er Kim auf den Boden sinken und betrachtete die Lücke in der Barriere: Eigentlich sah sie gar nicht wie ein Fluchtweg aus, eher wie eine Art schwarzes Loch.

Kes sank vor der dunklen Stelle im Gleißen auf die Knie. »Was auch immer geschieht: Berühren Sie auf keinen Fall den Rand!« warnte sie. »Es heißt, die Barriere kann einem die Haut verbrennen.«

Es fällt mir nicht schwer, das zu glauben, dachte Paris und erinnerte sich an die energetischen Sicherheitsschranken auf Neuseeland, deren Energieniveau nicht annähernd so hoch gewesen war.

»Durch ein so kleines Loch bist du gekrochen?« Neelix näherte sich mit der Klingonin. Paris überlegte, was ihn mehr belastete: die Vorstellung, daß Kes sich in so große Gefahr begeben hatte, oder der Umstand, daß er ihrem Beispiel folgen mußte?

»Es gab keine andere Möglichkeit«, erwiderte die Ocampa schlicht, streckte sich und kroch geschmeidig durch die Öffnung.

Neelix war ganz Bewunderung. »Ist sie nicht erstaunlich?« wandte er sich an Torres. Die Klingonin schien seine Frage gar nicht zu hören; ihre Aufmerksamkeit galt allein der Barriere.

Jenseits des Kraftfelds lag Kes auf dem Bauch, griff nach Kims Händen und zog ihn behutsam durchs Loch. Der Fähnrich wirkte völlig entkräftet. *Wenn ich das veränderte akustische Signal des Tricorders überhört hätte …,* dachte Paris. *Wenn ich nicht zurückgegangen wäre, um eine gründlichere Sondierung vorzunehmen …*

Die Zeit ist knapp, fuhr es ihm durch den Sinn. *Auch der Beschützer hat darauf hingewiesen.*

Die Maquisard folgte Kim, und Paris gab Neelix mit einem Wink zu verstehen, daß er nun an der Reihe war. *Es ist der Frauen-und-Kinder-Komplex,* dachte er. *Zuerst bringe man jene Leute in Sicherheit, die nicht in der Lage sind, sich selbst zu schützen.* Wenn sich später herausstellte, daß die Öffnung zu schmal für ihn war, daß er auf dieser Seite der Barriere festsaß – dann trug er nur die Verantwortung für sich selbst. Wie dem auch sei: Derzeit mußte er vor allem dafür sorgen, daß die anderen eine Möglichkeit bekamen, sich an Bord des Schiffes zu beamen.

Neelix brauchte keine weitere Aufforderung, um sich durchs Loch zu schieben. Zwei oder drei schreckliche Sekunden lang befürchtete Paris, daß er es nicht schaffte. Der rundliche Bauch des Fremden berührte den äußersten Rand des Flirrens, und von der versengten Kleidung ging ein Geruch wie nach verbranntem Dung aus. Panik flackerte in Neelix' Augen, als er versuchte, den Bauch noch etwas weiter einzuziehen. Er kroch auf die andere Seite und ließ nur einen Teil seiner Würde zurück.

Paris ließ den angehaltenen Atem entweichen, kniete vor der Öffnung, schob den Phaser hindurch und deutete auf die Felswand. Dahinter erstreckte sich die Oberfläche des Planeten.

»Ich habe die Waffe bereits justiert«, sagte er zu Neelix. »Sie brauchen nur zu zielen und zu feuern.«

Neelix zögerte nicht, griff nach dem Phaser und betätigte den Auslöser. Das Sirren des Strahlers bildete einen seltsamen Kontrapunkt zum Summen des Kraftfelds, während Paris durch die Lücke kroch. Um ihn herum regnete es heiße Steinsplitter.

Es roch nach verbranntem Kalk, als Paris aufstand und Kim hochhalf.

Wie sich nun herausstellte, war die Felswand kaum drei Meter dick. Draußen reichten Dutzende von Rauchsäulen bis hin zum fernen Horizont, markierten bereits versiegelte Schächte und Tunnel. Staub und nach Salz riechende Asche schwebten in der Hitze, wie Schmutz im Wasser.

Paris hielt Kim den Mund zu, um den Fähnrich daran zu hindern, die verunreinigte Luft zu atmen. Mit den anderen Hand klopfte er auf seinen Insignienkommunikator. »Paris an *Voyager!* Können Sie jetzt den Transferfokus auf uns richten?«

Rollins' Stimme klang leise und blechern, verlor

sich fast im rauschenden Wind. »Bestätigung. Aber ich empfange nur fünf ID-Signale ...«

Paris nickte, obgleich Insignienkommunikatoren nur eine akustische Kommunikation erlaubten. »Die anderen sind ...«

Ein blendend heller Blitz raste über sie hinweg und schien die letzten Worte einfach zu verbrennen. Dicht hinterm Horizont berührte er den Boden, und Paris atmete erleichtert auf. *Zum Glück hat uns die Entladung nicht getroffen,* dachte er. Dann hob und senkte sich der Boden unter ihm, wie der Rücken eines wilden Tiers. Irgendwo in der Nähe krachte es – ein Geräusch, das nur von berstenden Felsen stammen konnte.

Paris stieß Kim zu Boden und warf sich auf ihn, um ihn mit seinem eigenen Körper zu schützen. Die mit dem Phaser geschaffene Öffnung in der Felswand spie Sand und Steine, begrub sie beide unter Schutt.

18

Paris preßte das Gesicht an Kims Rücken und wartete, bis das Prasseln der Steine nachließ. Seltsamerweise verschwand das Geräusch herabstürzender Massen nicht; es schien ein Echo zu verursachen, tief im Innern des Planeten.

Als sich Paris auf die Seite rollte, befürchtete er zu sehen, daß sich das Loch in der Felswand mit Geröll geschlossen hatte. Statt dessen starrte es ihn an wie ein zum Schrei geöffneter Mund. Staub stieg träge auf.

Kim stöhnte leise und drehte sich ebenfalls um.

»Paris an Janeway.« Paris hustete, atmete vorsichtiger und lauschte. »Chakotay? Tuvok? Hören Sie mich?«

Paris erhob sich und half auch Kim auf die Beine. Er beschloß, das Schweigen der Kommandantin mit einer Fehlfunktion ihres Insignienkommunikators zu erklären. Zum Teufel mit jedem, der etwas anderes behauptete.

»*Voyager,* bereiten Sie den Transfer aller Personen dieser Gruppe vor«, sagte er. »Mit einer Ausnahme: Ich bleibe hier.«

Neelix blinzelte ungläubig, als Tom ihm Kim überließ. »Wollen Sie etwa nach unten zurückkehren?«

Paris hielt es nicht für nötig, darauf zu antworten.

Er wich von den anderen fort, nahm die von Kes zurückgelassene Taschenlampe und schaltete sie versuchsweise ein. Zwar lieferte sie nicht viel Licht, aber wenig war immer noch besser als gar nichts. Als er sich dem Tunnel zuwandte, hörte er ein lautes Seufzen und blickte noch einmal zurück. Neelix trat vor, und seine Nasenspitze berührte die der jungen Ocampa.

»Der Narr braucht Hilfe.« Neelix seufzte erneut, sah Kes an und lächelte. »Gib gut auf die anderen acht! Wir sehen uns später.«

Sie nickte, als Neelix seinen Insignienkommunikator an ihrer Kleidung befestigte. Kim und die Maquisard gesellten sich ihr hinzu.

Paris schmunzelte und öffnete einen Kom-Kanal zum Raumschiff. »*Voyager,* drei Personen sind bereit, an Bord gebeamt zu werden. Peilen Sie die Signale des anderen Kommunikators an, und leiten Sie den Transfer ein.«

Neelix zögerte lange genug, um noch einmal Kes' Wange zu tätscheln. Dann wich er rasch zurück, als das Summen des Transporterstrahls erklang. Einige Meter entfernt blieb er stehen und beobachtete, wie die drei Gestalten entmaterialisierten. Paris wartete einige Sekunden lang, klopfte Neelix dann auf den Arm – eine stumme Aufforderung, ihm zu folgen. Anschließend duckte er sich in den Höhlenzugang, um in die Welt der Finsternis zurückzukehren.

Janeway erwachte in einer Dunkelheit, die bebte, donnerte und nach schimmeligem Boden roch. Mit beiden Händen tastete sie umher und berührte einen kühlen Zylinder. Fast wäre er fortgerollt, bevor sie danach greifen konnte. Sie schloß die Finger darum, hob das Objekt und erkannte nun die Form: jene Taschenlampe, die sie von Daggins Leuten erhalten hatten, damit sie sich in den dunklen Tunneln orientieren konnten.

In Tunneln, die jetzt einzustürzen drohen, dachte Janeway besorgt. Sie drehte den Zylinder und dankte den Schutzheiligen von Raumschiff-Kommandanten, als Licht einen Teil der Finsternis verdrängte. Die Helligkeit glitt über den Absatz und einen Teil der Treppe, den Kathryn unmittelbar vor der letzten Explosion verlassen hatte.

Kurz darauf fand sie Tuvok. Er war direkt hinter ihr gewesen und hatte sie gelegentlich an der Schulter berührt, als sie durch die Schwärze kletterten. Die kurzen physischen Kontakte dienten ihm nicht nur zur Orientierung; er schien sich damit auch ihrer Präsenz und Nähe vergewissern zu wollen.

Jetzt lag der Vulkanier mit dem Gesicht nach unten auf der Metalltreppe. Grünes Blut glitzerte auf den Stufen und an der Wand hinter ihm. Janeway schluckte, schob sich an Trümmern vorbei nach unten. Als sie Tuvok erreichte, preßte sie zitternde Finger an seinen Hals und hielt die Luft an – als könnte sie ihm auf diese Weise beim Atmen helfen.

Der deutlich zu spürende Puls erfüllte sie mit großer Erleichterung. *Das ist einer der vielen positiven Aspekte von Vulkaniern,* dachte Janeway, als sie Tuvok von der wackligen Treppe auf den felsigen Boden zog. *Sie sind so zuverlässig wie Antigravgeneratoren. Und ebenso robust.* Wenn es ihr gelang, Tuvok zur *Voyager* zu transferieren ... Dann dauerte es sicher nur wenige Stunden, bis er sich erholte und wieder den Blick vulkanischer Überlegenheit auf sie richtete. *Ich hoffe, du bekommst die Chance dazu, alter Freund.*

Etwas weiter entfernt in der Dunkelheit bewegte sich etwas, als das Licht der Taschenlampe fast eine ganze Etage tiefer über die Stufen strich. Janeway verharrte und fühlte, wie Tuvoks Gewicht an ihren Armen zerrte. Chakotay hob die Hand, um sich die Augen abzuschirmen, als der ungewohnte Glanz sein Gesicht traf. Schmerz zeigte sich in seinem kantigen Gesicht.

»Ich kann mich nicht bewegen«, brachte er hervor und winkte so, als wollte er das Licht verscheuchen. »Hab' mir das Bein gebrochen.« Er schien noch etwas hinzufügen zu wollen, überlegte es sich dann aber anders und blickte nur schweigend nach oben.

Janeway nahm sich gerade genug Zeit, um die richtige Entscheidung zu treffen. Chakotay war ein ganzes Stück schwerer als Tuvok, und sie konnte kaum den Vulkanier tragen. Hinzu kam: Der Indianer hatte keine Möglichkeit, sich selbst zu retten oder dabei zu helfen, andere Leute in Sicherheit zu bringen. Kummer und Zorn führten dazu, daß sich in Janeway etwas verkrampfte. Die Pflicht des Captains bestand darin, den Weg des geringsten Schadens zu beschreiten. Das wußte auch Chakotay – immerhin war er selbst Kommandant eines Raumschiffs.

Mit einem Nicken versprach ihm Janeway, so bald wie möglich zurückzukehren. Dann hob sie Tuvok etwas höher und stapfte mühsam nach oben.

Sie versuchte gerade, den Vulkanier um eine Biegung zu ziehen, als sie das Geräusch hastiger Schritte hörte, verursacht von zwei Personen. Hatten die Behörden der Ocampa jemanden mit dem Auftrag geschickt, die Besucher daran zu hindern, zur Oberfläche zu gelangen? Nun, wenn tatsächlich Leute unterwegs waren, um sie aufzuhalten, so kamen sie sicher von unten, nicht von oben.

Trotzdem drehte Janeway den Kopf. Nur einen Sekundenbruchteil später kroch der Lichtstrahl einer anderen Taschenlampe über die Wand und berührte ihr Gesicht. Die willkommene Silhouette eines Menschen löste sich aus der Dunkelheit.

Kathryn nickte in die Richtung, aus der sie kam. Sie setzte zu einer Erklärung an, doch Paris verlor keine Zeit und eilte an ihr vorbei. Das Licht seiner Lampe verschwand hinter der Biegung. Neelix wollte ihm folgen, doch Janeway versperrte ihm mit dem Ellenbogen den Weg.

»Helfen Sie mir mit ihm«, sagte sie und nickte auf Tuvok hinab. Das Felsgestein um sie herum schien auf den Klang ihrer Stimme zu reagieren: Es erbebte einmal mehr, knirschte und knackte laut. Neelix riß die Augen auf, duckte sich schnell unter die Arme des Vulkaniers und trug die Hälfte seines Gewichts. Sein rasches Handeln deutete auf den Wunsch hin, möglichst schnell die Oberfläche zu erreichen. In Janeway regten sich ähnliche Gefühle.

Sie hoffte nur, daß Paris ebenso empfand.

Der ganze Tunnel schüttelte sich, und Paris wurde an die Wand geschleudert. Steine regneten auf ihn herab. Blindlings tastete er nach dem Geländer – als böte es ihm Schutz vor einem Sturz in die Tiefe. Doch das uralte Metall zerbröckelte einfach unter seinen Fingern, und Paris wußte, daß es sich aus den Verankerungen löste. Irgendwo weiter unten hörte er Chakotay, der einen indianischen Fluch rief. Er schloß die Hände fester ums Geländer und sank auf den feuchten Boden, um mehr Halt zu haben. Alles in ihm spannte sich an, als er allein mit Willenskraft versuchte, der Treppe etwas mehr Stabilität zu verleihen, während überall um ihn herum Metall brach.

Dann hörten die Erschütterungen plötzlich auf.

Paris griff nach der Taschenlampe, obwohl er sich fast vor dem fürchtete, was ihm ihr Licht zeigen mochte. Rhythmisches Knirschen und Pochen deutete darauf hin, daß zumindest ein Teil der Treppe noch existierte. Auf den Knien kroch er zum Rand des Felsüberhangs, hob die Taschenlampe und schaltete sie ein.

Mehrere Stufen waren verschwunden, und das ganze Gebilde wirkte verzerrt und verdreht. Es schwankte langsam hin und her, was einer deutlichen Warnung gleichkam. Ein großer Teil des Geländers war nicht mehr mit der Wand verbunden, und Paris fragte sich, was die Treppe davor bewahrte, mit lautem Krachen in die Tiefe zu fallen.

Chakotay blinzelte und sah hoch, klammerte sich dabei auch weiterhin an einer Strebe fest. »Verschwinden Sie von hier, Paris – bevor das Ding endgültig nachgibt.«

»Ich beherzige Ihren Rat gern.« Es war nicht weit: Nur wenige Schritte trennten ihn von dem Indianer. Aber sie konnten fatal sein. »Sobald ich Sie in Sicherheit gebracht habe.« *Ebenso einfach ist es, von einem schwimmenden Baumstamm zu fallen.*

Paris schnitt eine Grimasse, als er sich dem Rest der Treppe näher. *Du solltest dir bessere Metaphern einfallen lassen, alter Knabe.*

»Wenn Sie die Treppe betreten ...« Chakotay versteifte sich, als Stufen und Streben erbebten. »Dann geben die letzten Verankerungen nach! Was für uns *beide* den Tod bedeutet!«

Paris zuckte mit den Schultern. »Ja«, räumte er ein. Vorsichtig schob er sich weiter und hörte, wie es lauter knirschte. »Andererseits ... Wenn ich Sie rette, so gehört mir Ihr Leben.« Er lächelte besonders selbstbewußt. »Da gibt es doch einen indianischen Brauch, nicht wahr?«

Chakotay verzog das Gesicht, und in seinen Augen blitzte es kurz. »Sie haben sich im Stamm geirrt.«

»Das glaube ich nicht.« Paris setzte auch den anderen Fuß auf die schwankende Treppe. Seine Entschlossenheit, Chakotay zu retten, ließ nicht etwa nach, sondern bestimmte das ganze Empfinden. Eine innere Stimme forderte ihn auf, sich zu beeilen, und er versuchte, ihren Klang mit vertrautem Sarkasmus zu übertönen. »Sicher würden Sie lieber sterben, als sich ausgerechnet von mir retten zu lassen.«

Etwas knackte laut in der Wand, und die Treppe sackte abrupt nach unten. Mit einem jähen Ruck verharrte sie wieder, wie von einer unsichtbaren Hand aufgefangen. Paris versuchte, sich an der Wand festzuhalten, als er behutsam einen Fuß vor den anderen setzte.

»Offenbar wollen Sie unbedingt ein Narr sein.« Chakotays heisere Stimme deutete auf Schmerz hin. »Na schön. Wenn ich schon sterben muß, habe ich wenigstens das Vergnügen, Sie in den Tod mitzunehmen.«

Und wenn ich sterbe ..., dachte Paris, als er den Indianer erreichte. *Dann weiß ich, daß ich wenigstens einmal etwas richtig gemacht habe.* Er stützte sich so gut wie möglich an den zitternden Streben ab und zog Chakotay hoch. Der Maquisard gab einen schmerzerfüllten Schrei von sich, und Paris bedauerte, daß er nicht mehr Rücksicht nehmen konnte.

Langsam drehte er sich, um nach oben zurückzukehren. »Haben Sie nicht die Möglichkeit, sich mit einem indianischen Trick in einen Vogel zu verwandeln und uns zur Oberfläche zu fliegen?«

»Sie sind zu schwer.«

Nun, fragen kostete nichts.

Paris bemühte sich, nicht auf das wieder bedrohlich lauter werdende Knirschen zu achten und auch die unergründliche Finsternis zu ignorieren, die unmittelbar rechts von ihm begann und in eine bodenlose Tiefe hinabreichte. Er hob einfach nur den Fuß, setzte ihn auf eine andere Stelle der Treppe, stieg etwas höher und hob den Fuß erneut. Er gab sich der absurden Vorstellung hin, daß die letzten Verankerungen der Treppe hielten, wenn er sich nicht ruckartig bewegte, wenn er die Stufen gewissermaßen emporglitt. Die Wahrheit lautete: Er belastete das bereits sehr instabile Metallgerüst mit dem Gewicht von zwei Männern.

Am Ende des wackelnden Treppensegments erwartete ihn eine Überraschung: Janeway beugte sich über den Felsrand, streckte die Hand aus und half ihm über die Lücke dort, wo mehrere Stufen fehlten.

Paris spürte, wie Verlegenheit seine Wangen glühen ließ. *Bestimmt ist sie sauer,* dachte er und mied den Blick der Kommandantin. *Es dürfte ihr kaum gefallen, daß ich um meines dummen Stolzes willen den Helden spiele.*

Schweigend nahm er Janeways Hilfe an und lag wenige Sekunden später auf dem Felsvorsprung. Tief in ihm verkrampfte sich etwas, als er hörte, wie die Treppe endgültig nachgab und krachend in der Finsternis verschwand.

Während des ganzen Wegs bis zur Oberfläche blieb Janeways Hand an Paris' Ellenbogen, und er glaubte, in ihrem Gesicht nicht nur Entschlossenheit zu erkennen, sondern auch Erleichterung. Aber vielleicht bildete er sich das nur ein.

19

Es existierte keine Entscheidungskomponente für den unangemessenen Aufenthalt zu vieler unverletzter Personen in der Krankenstation. Das holographische Medo-Interface hatte es mit 7837 verschiedenen Elaborationspfaden versucht und gelangte dabei immer wieder zum gleichen Ergebnis. Die Primäre Funktionskontrolle bewertete diesen Umstand als eine nicht zu tolerierende programmtechnische Eventualität, woraufhin die Selbstwartungsroutine neue Prioritäten setzte. Bis um acht Uhr Bordzeit des nächsten Tages sollte eine neue Entscheidungsstruktur geschaffen werden, die dem medizinischen Programm Zugang zu neuen Aktivitätsmustern ermöglichte: Damit ließ sich die organische Kontrollvorrichtung des Schiffes umgehen, soweit es Gesundheit und Sicherheit der Besatzungsmitglieder betraf. Die Aktivierung der neuen Entscheidungskomponenten gab dem holographischen Interface Gelegenheit, alle voll funktionstüchtigen organischen Lebensformen aus der Krankenstation zu verbannen, um sich ganz auf die Reparatur der beschädigten Exemplare zu konzentrieren. Es startete ein Subprogramm, dem nur eine Funktion zukam: Es sollte dem Interface einen Erinnerungsimpuls übermitteln, sobald jene Personen weggeschickt werden konnten, die keine medizinische Hilfe benötigten.

In den Zellstrukturen der Patienten Nr. 2 und 4 stellten die Sensoren eine zufriedenstellende Reduzierung onkologischen Wachstums fest. Beim Patienten

Nr. 1 – visuelle Erkennungsmatrix 521, ›Lieutenant Tuvok‹ – war eine erfolgreiche vaskulare und dermale Behandlung durchgeführt worden; deshalb wurde ihm jetzt eine geringere Priorität zugewiesen. Auf der Diagnoseliege vor dem primären Projektionsfokus des holographischen Interfaces bewegte sich Patient Nr. 3, bei dem eine Knochenregeneration erforderlich war. Entscheidungskomponente dreihundertdreiunddreißig regte an, die betreffende Person lange genug festzuhalten, bis sie das Bewußtsein verlor und sich nicht mehr rührte. Entscheidungskomponente tausendsiebenhundert sandte ein Prävalenzsignal, mit folgendem Ergebnis: Das holographische Interface schnitt eine betont grimmige Miene, um den Patienten zur Kooperation bei seiner Behandlung zu veranlassen. Doch Patient Nr. 3 zeigte keine erkennbare Reaktion auf den veränderten Gesichtsausdruck.

Die medizinischen Sensoren registrierten die Öffnung eines internen Kom-Kanals, und kurz darauf erklang die Stimme einer organischen Entität. »Brücke an Janeway.«

Nichtpatient Nr. 1 – VEM 547, ›Janeway, Captain Kathryn M.‹ – hob die Hand zu ihrem Insignienkommunikator und schaltete das Gerät ein, indem sie kurzen Druck darauf ausübte. »Ich höre.«

»Zwei Kazon-Schiffe nähern sich der Raumstation, Captain.«

Janeway, Captain Kathryn M., schritt zum primären Ausgang, gefolgt von Nichtpatient Nr. 2 (VEM 870, ›Paris, Thomas E.‹), Nichtpatient Nr. 3 und Nichtpatient Nr. 4, vormals Patient Nr. 1 (provisorische VEM 1, ›Ocampa-Frau: Kes‹).

»Ändern Sie den Kurs«, wandte sich Janeway, Captain Kathryn M., an einen unbekannten Empfänger. »Ich bin unterwegs.« Die Nichtpatienten Nr. 1 bis 4 passierten die Tür der Krankenstation und verschwanden aus dem unmittelbaren Erfassungsbereich der Sensoren. Die Subroutine zur Identifizierung temporärer Lebensformen löschte die entsprechenden Bezeichnungen aus ihrem Verzeichnis.

Patient Nr. 3 beugte und streckte das rechte Bein, gab außerdem ein Geräusch von sich, das nicht unbedingt auf Schmerz hindeutete, eher auf Zufriedenheit. Die in den diagnostischen Datenbanken enthaltenen Informationen wiesen jedoch darauf hin, daß intensive physische Aktivität den Erfolg einer gerade beendeten Knochenregeneration beeinträchtigen oder gar ganz in Frage stellen konnte. Noch vor der Initialisierung einer Entscheidungskomponente stand der Patient auf, wandte sich an den Patienten Nr. 4 und schnippte mit den Fingern. »Wir müssen zu unserem Schiff.«

Die Subroutine des Patienteninterfaces löste einen Alarm der Stufe 3 aus, als Patient Nr. 4 die Behandlungsliege verließ. Auf der Skala für optimale humanoide Funktionalität war die Beurteilung des körperlichen Zustands von Patient Nr. 4 um sechs Punkte besser als die des Patienten Nr. 3. Die Subroutine für verbale Kommunikation nahm dies zum Anlaß, folgende Bemerkung an Patient Nr. 4 zu richten: »Sie brauchen Ruhe.«

Patient 4 verließ die Krankenstation in der Gesellschaft von Patient 3. Die Subroutine zur Identifizierung temporärer Lebensformen markierte ihre Dateien: Sie sollten gelöscht werden, sobald sich herausgestellt hatte, in welchem Zustand sie sich befanden. Da permanente ID-Kennzeichnungen fehlten, ließen sich die Personendaten nicht mit den Informationen korrelieren, die in den Datenbanken der *Voyager* gespeichert waren.

Während die sekundären Systeme damit fortfuhren, Daten zusammenzustellen, bewegte sich Patient Nr. 1 in die gleiche Richtung wie zuvor die Patienten Nr. 3 und 4.

Hinweis Nummer acht verkündete mit fünfzehn Dezibel: »Ich übernehme keine Verantwortung für die Konsequenzen …«

Die Subroutine für verbale Kommunikation unterbrach die Ausführung des Hinweises Nummer acht, als Patient Nr. 1 die Krankenstation verließ.

Patient Nr. 2 – VEM 566, ›Kim, Fähnrich Harry‹ – repräsentierte jetzt die einzige höhere Lebensform in der medizinischen Sektion. Das holographische Patienteninterface veränderte die Position und erschien siebenundzwanzig Zentimeter vor dem Fußende der vom Patienten Nr. 2 benutzten Liege. »Sind die Besatzungsmitglieder dieses Schiffes immer so schwierig?« erkundigte sich die Subroutine für verbale Kommunikation im Auftrag des Datenverwaltungssystems.

Patient Nr. 2 hob die Schultern zu einer bei Humanoiden gebräuchlichen Geste, die Ungewißheit zum Ausdruck brachte. »Keine Ahnung, Doktor. Es ist meine erste Mission.« Ohne weitere Interaktionen ging auch Patient Nr. 2, so wie die Patienten Nr. 1, 3 und 4 vor ihm.

Das holographische Interface verharrte in Reglosigkeit, als der externe Input versiegte. Die Subroutine für verbale Kommunikation erhöhte die Standardlautstärke um 118 Dezibel und fragte: »Denkt denn niemand daran, beim Verlassen der Krankenstation das Programm zu deaktivieren?«

Keiner der Patienten kehrte zurück, um diese Frage zu beantworten.

Janeway winkte Paris an ihre Seite, als sich die Tür der Krankenstation mit einem leisen Zischen hinter ihnen schloß. Die Brücke schien ihr viel zu weit entfernt, und sie bedauerte sehr, durch den langen Weg Zeit zu verlieren. Einmal mehr wünschte sie sich, daß der Einsatz des Transporters im Innern des Schiffes weniger riskant gewesen wäre.

»Es ist zu gefährlich, Sie jetzt zum Planeten zurückzuschicken«, sagte sie über die Schulter hinweg zu Neelix und Kes. Die Ocampa und ihr Begleiter mußten laufen, um mit ihr Schritt zu halten. Janeway ging auch dann nicht langsamer, als sich Tuvok und Kim beeilten, zu ihr aufzuschließen. »Ich schlage vor, Sie begeben sich in Ihr Quartier.«

Neelix bewies erstaunlich viel Vernunft, indem er sofort stehenblieb und nach Kes' Arm griff. Offenbar wußte er, wann es besser war, niemandem im Weg zu sein. »Warte nur, bis du siehst, wie diese Leute wohnen«, wandte er sich an die junge Frau, als die anderen in die Transportkapsel des Turbolifts traten.

Hoffentlich kann ich uns alle lange genug am Leben erhalten, um Kes Gelegenheit zu geben, den Komfort zu genießen, dachte Janeway und seufzte lautlos. Sie versuchte, sich ihre Nervosität nicht zu deutlich anmerken zu lassen, als der Lift sie zur Brücke trug, konzentrierte sich auf die Frage, was es nun zu unternehmen galt.

Als die Tür der Transportkapsel beiseite glitt, verlor Janeway keine Zeit. »Waffensysteme einsatzbereit«, wies sie Tuvok an, der bereits zu seiner Station eilte. »Alarmstufe Rot.«

Der Hauptschirm zeigte das Schiff des Maquis: Es glitt gerade unter dem ersten Kazon-Raumer durchs All. Weiter vorn schwebte die gewaltige Raumstation des Beschützers in der ewigen Nacht. *Nicht zu nahe!* warnte Janeway in Gedanken den Maquis-Commander. In unregelmäßigen Abständen gingen noch immer energetische Impulse von der Station aus und trafen den Planeten. Hinzu kamen die Waffen der Kazon: Niemand von ihnen kannte ihr offensives Potential; vielleicht genügte eine Salve, um die Schilde zu durchschlagen. Außerdem bezweifelte Janeway, daß sich Chakotays Schiff in einem besseren Zustand befand als die *Voyager*.

Sie nahm im Kommandosessel Platz und bemerkte aus den Augenwinkeln, daß Paris neben dem Befehlsstand verharrte. Ihr Blick galt dem zentralen Projektionsfeld und den fremden Schiffen, die nun den Kurs änderten und in einen Orbit um die Raumstation schwenkten.

Tuvok sah von den Kontrollen auf. »Die Kazon setzen sich mit uns in Verbindung, Captain.«

Janeway nickte, ohne sich zu dem Vulkanier umzudrehen. »Auf den Schirm.«

Zwar kam der Befehl von ihr, aber trotzdem überraschte es sie, als das Bild des Projektionsfelds plötzlich wechselte. Es zeigte nicht mehr den Weltraum, sondern das zerfurchte, staubige Gesicht Jabins. Sein Anblick schuf Ärger in ihr, noch bevor er den Mund zu einem schiefen Lächeln verzog.

»Sind Sie ebenfalls hier, um das seltsame Verhalten der Entität zu untersuchen, Captain?« fragte Jabin mit falscher Fröhlichkeit.

Janeway verspürte nicht den Wunsch, sich auf irgendwelche Spielchen einzulassen. »Uns geht es nur um die Heimkehr. Wir wollen uns in der Station umsehen und nach einer Möglichkeit suchen, dorthin zurückzukehren, woher wir kommen.«

Der Kazon lachte kehlig. »Ich fürchte, das kann ich nicht zulassen.«

»Wir haben keinen Streit mit Ihnen.«

»Wir haben Streit mit jedem, der uns herausfordert«, erwiderte Jabin. Diesmal machte er sich nicht einmal die Mühe, seinen Worten ein Lächeln hinzuzufügen.

Janeway widerstand der Versuchung, die Stimme zu heben. »Das ist doch absurd. Uns liegt nichts daran, Sie herauszufordern.« In Gedanken fügte sie hinzu: *Wir wollen nicht lange genug hierbleiben, um Anteil daran zu nehmen, was mit Ihnen geschieht.*

Jabin gab jemandem ein Zeichen, der sich nicht im

Erfassungsbereich des visuellen Sensors befand. »Wir werden nicht tatenlos zusehen, wie jemand mit Ihrer Technik die Station aufsucht.«

»Lassen Sie uns vernünftig darüber reden, Jabin, wie zwei zivilisierte ...«

Mit einem wütenden Knurren unterbrach er die Verbindung, und der Hauptschirm zeigte, wie der Kazon-Raumer das Feuer eröffnete.

»Ich schätze, Sie halten nicht viel von vernünftigen Diskussionen«, murmelte Janeway.

Destruktive Energie traf die Deflektoren, und energetische Druckwellen ließen die *Voyager* erzittern. Lautes Donnern hallte durchs Schiff.

Die Kazon meinen es ernst, dachte Janeway.

»Schilde weiterhin stabil«, meldete Tuvok.

Die Kommandantin nickte bestätigend, und ihre Hände schlossen sich fest um die Armlehnen des Kommandosessels. »Phaser abfeuern. Ausweichmanöver Delta vier.«

Sie erzielten einen Treffer am Heck des Schiffes und rollten anschließend nach Steuerbord ab, um den Strahlbündeln des Gegners auszuweichen. Janeway wünschte sich, mehr über die Leistungsfähigkeit der kleinen Kazon-Schiffe und das taktische Denken ihrer Besatzungen zu wissen. Deutete Jabins Rückzug auf Beschädigungen wichtiger Bordsysteme hin? Oder bereitete er einen neuen Angriff vor?

Die eine Phaserkanone des Maquis-Raumers feuerte und traf die Unterseite des zweiten Kazon-Schiffes. Janeway betätigte eine Taste des in die Armlehne integrierten Kontrollfelds. »Chakotay ...« Sie lächelte grimmig, als das zweite Kazon-Schiff einen Fehler beging: Es wendete und versuchte, den Gegner zum Kampf zu stellen. Der Indianer nutzte die gute Gelegenheit, sich ans Heck des Schiffes zu heften und weitere Treffer zu erzielen. »Tuvok und ich beamen uns in die Station«, sagte sie und bemühte sich nicht, die Bewunderung aus ihrer Stimme fernzuhalten. »Können Sie die Kazon eine Zeitlang beschäftigt halten?«

Chakotay klang nicht ganz so zuversichtlich, wie es Janeway erwartet hatte. »Ich denke schon.«

»Gut.« Sie überließ ihn dem Kampf und bedeutete Rollins, Tuvok abzulösen. »Mr. Paris, Sie haben das Kommando.«

Er zögerte nur eine Sekunde, als sei er nicht sicher, ob sie wirklich ihn meinte. Dann setzte er sich abrupt in Bewegung, um der Kommandantin keine Gelegenheit zu geben, ihre Meinung zu ändern. »Ja, Ma'am.«

Es ging noch nicht in dem Sinne hart auf hart, aber Janeway verzieh ihm die Anrede.

Tuvok wartete am Turbolift auf sie und betrat mit ihr die Transportkapsel. Sie beugte sich noch einmal aus der Tür. »Sorgen Sie dafür, daß die Transporterfokusse ständig ausgerichtet bleiben, Fähnrich!« rief sie Rollins zu. Er nickte. »Es muß jederzeit ein Nottransfer eingeleitet werden können.« *Weil wir sicher keine zweite Chance bekommen, wenn wir schnell verschwinden müssen.* Und wenn sie und Tuvok versagten ... Dann würde es ziemlich lange dauern, bis jemand von ihnen heimkehren konnte.

Janeway trat einen Schritt zurück und versuchte, nicht den Atem anzuhalten, als der Lift Tuvok und sie zum Transporterraum trug.

20

Die holographische Scheune in der Raumstation schien dunkler zu sein, weniger deutlich und real. Altertümliche Lampen hingen an dem kantigen Pfeiler in der Mitte des Gebäudes, aber trotzdem krochen verschwommene, tintenschwarze Schatten hin und her. Als Janeway den Blick auf den Pfeiler richtete, stellte sie fest: Nur die Art des Glanzes deutete auf Lampen hin. Die eigentlichen Objekte existierten überhaupt nicht, und es fehlten auch Haken.

Irgendwo in der Dunkelheit ertönten einzelne Banjoklänge.

Das Piepen von Tuvoks Tricorder schuf einen traurigen Kontrapunkt zur verhallenden Melodie. »Das Datenverarbeitungssystem befindet sich hinter dieser Wand, Captain.« Der Vulkanier deutete zum rückwärtigen Bereich der Scheune, ohne den Blick vom Anzeigefeld zu lösen.

»Sie wissen, worauf es nun ankommt.«

Tuvok sah auf und hob beide Brauen – bei einem anderen Humanoiden wäre darin Überraschung und vielleicht auch Verwirrung zum Ausdruck gekommen. Dann nickte er langsam und schien die Banjoklänge erst jetzt zu hören. Janeway deutete in die entsprechende Richtung und war sehr dankbar, daß Tuvok ihre Entscheidung kommentarlos akzeptierte. Stumm setzte er die Sondierung fort. *Er braucht mich nicht, um den Apparat zu finden, mit dem sich Verschiebungswellen erzeugen lassen,* dachte die Kommandantin. Er brauchte auch niemanden, der ihm bei der Auswertung der Ortungsdaten half. Der Beschützer hingegen ... Er schien jemanden oder etwas zu benötigen. Was Janeway betraf: Sie war noch nie imstande gewesen, einen Ort zu verlassen, ohne Antwort auf alle ihre Fragen gefunden zu haben. Sie bedauerte, keine Ocampa-Taschenlampe bei sich zu führen, als sie in die Schatten trat.

Sie spürte den Alten eher, als daß sie ihn sah. In einer Ecke saß er, inmitten von vagen Konturen, die Sättel und Heuballen andeuteten. Das auf dem Schoß ruhende Banjo schien abwechselnd Substanz zu gewinnen und zu verlieren. Mit einem melancholischen Lächeln sah der Mann auf. »Sie sind recht hartnäckig.«

Janeway wollte eine gewisse Distanz wahren und stützte sich an etwas ab, das wie zusammengepreßtes Heu aussah. »Wir brauchen Ihre Hilfe, um dorthin zurückzukehren, woher wir kommen«, sagte sie. Ihr Tonfall überraschte sie: Ihre Stimme klang so sanft wie die eines Arztes, der zu einem todkranken Patienten sprach.

Das Hologramm seufzte. »Leider muß ich Sie enttäuschen.« Die Gestalt verschmolz mit der Schwärze, um zwei oder drei Sekunden später erneut zu erscheinen, diesmal ohne das Banjo. »Ich habe kaum mehr genug Kraft, um mein Werk zu vollenden.«

Janeway glaubte zu wissen, was es mit dem ›Werk‹ auf sich hatte. »Sie versiegeln die Zugänge zur unterirdischen Welt.«

»Damit die Kazon nicht das Wasser stehlen. Aber in einigen Jahren, wenn die Energie der Ocampa zur Neige geht ...« Wieder seufzte der Alte, und Janeway verstand den Grund für die mangelnde Perfektion des Hologramms: Der Beschützer verlor allmählich die Kontrolle über seine eigenen Systeme. »Dann verlieren die geschlossenen Zugänge ihren Sinn. Dann müssen die Ocampa ihre Zuflucht im Planeten verlassen und die Oberfläche aufsuchen – wo sie nicht überleben können. Ohne mich sind sie hilflos. Ich habe versagt.« Er drehte den Kopf und sah die Besucherin an. Seine Augen waren so schwarz, daß Janeway zunächst glaubte, hinter dem Schädel der Projektion die Scheunenwand zu sehen. »Sie haben auf Ihre Verantwortung der Crew gegenüber hingewiesen. Nun, *ich* bin für die Ocampa verantwortlich.«

Es ergab alles einen Sinn, auf eine traurige Art und Weise. »Sie haben den Planeten irgendwie in eine Wüste verwandelt«, spekulierte Janeway. »Stimmt das?«

Das Hologramm blinzelte und gewann einige zusätzliche Details, als die Entität der Terranerin mehr Aufmerksamkeit schenkte. So etwas wie Überraschung huschte durchs projizierte Gesicht.

»Wir wissen, daß auf jener Welt eine Umweltkatastrophe stattfand, und zwar etwa zum Zeitpunkt Ihres Eintreffens«, erklärte Janeway. »Das ist die Schuld, die nie bezahlt werden kann, nicht wahr?«

»Wir sind Forscher aus einer anderen Galaxis.« Die Stimme klang jetzt seltsamer – und damit auch authentischer, fand Janeway. »Wir wußten nicht, daß sich unsere Technik so fatal auf die Atmosphäre auswirken würde. Zwei von uns wurden dazu bestimmt, hierzubleiben und die Ocampa zu schützen.«

Janeway dachte an Tuvok, der allein unterwegs war, um Daten zu gewinnen. Wenn er der zweiten Entität begegnete ... »Es gibt hier noch jemanden wie Sie?«

Der Alte schüttelte den Kopf und winkte mit einer langen, schmalen Hand ab. »Nicht mehr. Sie zog weiter, um sich interessantere Orte anzusehen. Sie verstand nie, warum die Ocampa Fürsorge brauchen ...« Der Blick des Hologramms wanderte in die Ferne, galt vermutlich dem Wüstenplaneten. »Sie verstand nie, wie schutzbedürftig sie sind ...«

»Warum haben Sie Raumschiffe hierhergeholt?« fragte Janeway. »Warum infizierten Sie Personen mit einer tödlichen Krankheit?«

Der Gesichtsausdruck des Alten veränderte sich, zeigte Kummer und Leid. »Ich wollte niemandem schaden. Die Betroffenen starben nicht an einer Krankheit – sie fanden den Tod, weil sie inkompatibel waren.«

Janeway runzelte die Stirn. »Inkompatibel?«

»Verstehen Sie nicht?« Das Hologramm wartete keine Antwort ab und beugte sich vor, wodurch die Umrisse kurz verschwammen. Der Heuballen unter ihm war inzwischen fast unsichtbar. »Ich habe in der Galaxis nach einem kompatiblen biomolekularen Muster gesucht. In einigen Individuen fand ich vielversprechende Zellstrukturen, aber ...«

Janeway riß ungläubig die Augen auf. »Sie wollten *sich fortpflanzen?*«

Von einem Augenblick zum anderen schrumpfte der Alte und sank in die Schatten zurück. Das Gesicht war jetzt kaum mehr als ein blasses Oval, das Leben und vielleicht auch Individualität andeutete. »Ich brauche jemanden, der mich ersetzt«, hauchte die Entität so leise, daß Janeway die Ohren spitzen mußte, um die einzelnen Worte zu verstehen. »Ich meine jemanden, der bereit ist, die große Verantwortung zu tragen und die Ocampa zu schützen. Nur ein Nachkomme wäre dazu imstande.«

Aber wieviel Zeit erforderte das Heranwachsen so langlebiger Wesen? Und wer hätte sich nach dem Tod des Alten um die junge Entität gekümmert?

»Haben Sie jemals daran gedacht, die Ocampa sich selbst zu überlassen?« fragte Janeway.

»Natürlich nicht«, erwiderte das Hologramm entsetzt. »Sie sind Kinder.«

Ebenso wie Ihre Nachkommen – wenn es welche gäbe. Janeway trat etwas näher, und daraufhin kehrte der

Blick des Alten aus der Ferne zurück. »Früher oder später werden Kinder erwachsen.«

Schmerz zeichnete sich in den noch verbliebenen Zügen ab. Janeway streckte ihre Hand aus, um den Arm des Alten zu berühren, aber die Finger glitten durchs Hologramm, ohne etwas Festes zu ertasten.

»Auch wir sind Forscher«, sagte sie. »Die meisten uns bekannten Völker haben ihre Probleme ohne die Hilfe eines Beschützers gelöst und überwunden. Die Herausforderungen des Lebens und Überlebens helfen ihnen dabei, sich weiterzuentwickeln.« Janeway wünschte sich erneut, die Entität berühren zu können. »Vielleicht kommen die ›Kinder‹ allein besser zurecht, als Sie glauben.«

»Sie sind unwissend«, seufzte das Wesen. »Unselbständige Zweibeiner ...«

»Befreien Sie die Ocampa von ihrer Ignoranz. Geben Sie ihnen das Wissen, das sie fürs Überleben brauchen.«

Das Hologramm schüttelte den Kopf und schrumpfte noch etwas mehr. »Würden Sie Ihre gefährlichste Technologie Kindern überlassen? Ich gäbe ihnen damit die Möglichkeit, sich selbst zu vernichten.«

»Eben haben Sie darauf hingewiesen, daß die Ocampa in einigen Jahren ohnehin zum Untergang verurteilt sind.« Es gefiel Janeway nicht, den von ihren Worten verursachten Schmerz zu sehen. Andererseits: Sie fühlte sich verpflichtet, das auszusprechen, was sie für die Wahrheit hielt. »Bei uns gibt es eine Redensart: Wenn man jemandem einen Fisch gibt, so hat er einen Tag lang zu essen. Wenn man ihn jedoch lehrt, selbst Fische zu fangen – dann braucht er keinen Hunger mehr zu fürchten.«

Sie beobachtete, wie der Alte darüber nachdachte, fühlte sich dabei an Tuvok erinnert, der einige Variablen dem Langzeitgedächtnis übergab. Was stellten der Vulkanier und diese Entität mit den Daten an, sobald sie alle Bytes an Informationen herausgepreßt hatten? Janeway wußte es nicht. Nur eins war ihr klar: Welche Datenverarbeitungsmethode auch immer man verwendete – guter Input sollte eigentlich zu gutem Output führen.

Der Insignienkommunikator piepte. »*Voyager* an Janeway.«

Sie fragte sich, was mit Rollins geschehen sein mochte – dann fiel ihr ein, daß Kim zurück war. »Ich höre.«

»Wir haben hier ein Problem.« Das Heulen der Sirenen untermalte Kims Stimme. »Die Kazon erhalten gerade Verstärkung!«

Nach den Sensoren zu urteilen war der eben eingetroffene Kazon-Kreuzer etwa achtzigmal so groß wie die kleinen Schiffe, mit denen sie es seit etwa zehn Minuten zu tun hatten. Die Balkendiagramme für energetisches Niveau und Triebwerkskapazität füllten den ganzen Anzeigebereich, aber Chakotay hielt sich nicht damit auf, die Sensoren zu rejustieren, um exakte Werte zu ermitteln. Es lief alles auf folgendes hinaus: Wenn der schwere Kreuzer klug genug war, zuerst die *Voyager* zu pulverisieren, bevor er sich unwichtigeren Dingen wie dem Maquis-Schiff zuwandte … In dem Fall glaubte Chakotay, daß ihm etwa vierzig Sekunden blieben, um sein Testament zu machen. Was völlig genügte. Als Mitglied des Maquis bekam man keine Gelegenheit, viele Reichtümer anzusammeln.

Er lächelte mit grimmiger Zufriedenheit, als Torres' Phaser eine lange schwarze Brandnarbe am Bug eines der kleineren Kazon-Schiffe hinterließ. Wenn ihnen Photonentorpedos zur Verfügung gestanden hätten, so wären sie vermutlich imstande gewesen, die kleinen Raumer zu erledigen. Eins mußte Chakotay zugeben: An den Schilden der Kazon gab es kaum etwas auszusetzen. *Aber ihre offensiven Waffensysteme taugen nicht annähernd soviel wie cardassianische Intervaller,* dachte er, als ein Plasmastrahl über den bugwärtigen Deflektor leckte, ohne ihn zu durchdringen. *Außerdem haben sie nicht mehr Finesse als Mistkäfer.* Zwei gute Kommandanten mit zwei einsatzfähigen Schiffen konnten den Kazon einen gehörigen Denkzettel verpassen, bevor sie auf ihre Seite der Galaxis zurückkehrten.

Durch das Auftauchen des Kreuzers sah nun alles anders aus. *Wenn hier jemand einen Denkzettel bekommt, so sind wir es.*

Es bestand auch weiterhin Kom-Kontakt mit der *Voyager* – aus den Lautsprechern drangen die Stimmen auf der Brücke des Starfleet-Schiffes. »Status des Maquis-Schiffes?« fragte Janeway.

»Noch immer voll einsatzbereit, Captain«, lautete die rasche Antwort.

Was sich allerdings schnell ändern könnte, dachte Chakotay. Eine heftige Erschütterung schleuderte ihn fast aus dem Sessel – Plasmastrahlen hatten den Heckschild getroffen. Er sah zu Torres, die den Kopf schüttelte. Ihre stumme Botschaft lautete: *Es ist nicht schlimmer als sonst auch. Außerdem müssen wir die Dinge ohnehin so nehmen, wie sie kommen.*

»Wir brauchen mehr Zeit«, wandte sich Janeway an ihre Crew. Der Bildschirm zeigte, wie der große Kreuzer erneut das Feuer auf die *Voyager* eröffnete. Das Starfleet-Schiff wurde so durchgeschüttelt wie ein Knochen im Maul eines Terriers. »Können Sie den Kazon noch etwas länger Widerstand leisten?«

»Wir versuchen es. Kim Ende.«

Torres hob den Kopf, als der junge Fähnrich die Verbindung zur Kommandantin unterbrach. Chakotay bemerkte ihren Gesichtsausdruck.

»Sie sind in Schwierigkeiten«, sagte er.

B'Elanna Torres blickte wieder auf ihre Kontrollen. »Weder die *Voyager* noch wir haben genug Feuerkraft, um den Riesen da draußen außer Gefecht zu setzen.«

Meine Güte, uns steht kaum genug Energie zur Verfügung, um mit den kleinen *Schiffen fertig zu werden,* dachte Chakotay. Tasten klickten unter seinen Fingern, und das Display zeigte neue Daten: Der Warpkern funktionierte einwandfrei, und die Abschirmung der Antimateriekammern blieb stabil. Wenigstens etwas. Es bedeutete, daß sie hoffen durften, von einem hübschen Feuerwerk ins Jenseits begleitet zu werden.

Er sah wieder zum großen Bildschirm und beobachtete den Versuch der *Voyager,* den Strahlblitzen des Angreifers zu entgehen. *Welchen Sinn hat es, eine Antimateriebombe zu fliegen, ohne sie irgendwann einmal zur Explosion zu bringen?* fragte sich Chakotay. Ein Lächeln umspielte seine Lippen, als er die Koordinaten des Kazon-Kreuzers ermittelte.

»Ich programmiere einen Kollisionskurs«, teilte er Torres mit. »Das automatische Navigationssystem funktioniert nicht – ich muß uns manuell steuern.« Er kam einem Einwand zuvor, indem er winkte. »Die Crew soll sich für den Transfer zur *Voyager* vorbereiten.«

Torres nickte und erteilte entsprechende Anweisungen.

Eigentlich gar nicht übel, überlegte Chakotay. Er rettete ein Starfleet-Schiff – und übernahm es gleichzeitig. Es gab nicht viele Maquisards, die so etwas von sich behaupten konnten.

Mit der einen Hand öffnete er einen Subraum-Kanal, und die andere initiierte ein Beschleunigungsmanöver mit voller Impulskraft.

»Paris!« rief er, um das Heulen des Triebwerks zu übertönen. »Meine Leute beamen sich zu Ihnen. Sagen Sie Ihrem Transporterchef, daß er den Transferfokus auf mich richten soll.« Eins der kleinen Kazon-Schiffe wich dem Maquis-Raumer hastig aus und feuerte, verfehlte jedoch das Ziel. »Ich knöpfe mir jetzt den großen Burschen vor.«

Er hörte das vertraute Summen von Transporterstrahlen, und eine gewisse Erleichterung ging mit der Erkenntnis einher, daß die Besatzung nun einen etwas sichereren Ort aufsuchte.

»Bestätigung«, antwortete Paris. Chakotay wußte nicht, ob sich dieses eine Wort auf seinen Hinweis oder die Ankunft der ersten Crewmitglieder an Bord der *Voyager* bezog. Einmal mehr glitt sein Blick zum großen Bildschirm. Das Starfleet-Schiff führte ein kurzes Warpmanöver durch, kehrte dann in den Normalraum zurück.

»Aber glauben Sie bloß nicht, daß wir deshalb quitt sind«, fügte Paris hinzu. »Ihr Leben gehört noch immer mir, *Poocuh*. Paris Ende.«

Chakotay biß die Zähne zusammen, und die Anspannung in ihm wuchs, als sich der große Kreuzer seinem Schiff zuwandte. Er empfand es irgendwie als unbefriedigend, jenen Klugscheißer vor dem Tod zu bewahren. *Vielleicht sollte ich ihm die eine oder andere Lektion erteilen, sobald ich an Bord der* Voyager *bin.* Und wenn der Starfleet-Transporterchef sein Handwerk nicht so gut verstand, wie es der Fall sein sollte... *Dann bleibt mir immer noch die Möglichkeit, Paris als Geist heimzusuchen und ihm das Leben zur Hölle zu machen.* Das erschien dem Maquis-Commander fast wünschenswert.

Er steuerte den kleinen Raumer an der *Voyager* vorbei und dem Kazon-Moloch entgegen, bedauerte dabei, sich dem Kreuzer nicht von ›hinten‹ nähern zu können, so wie es seinem ersten Vorstellungsbild entsprach. Die Deflektoren waren deaktiviert, um den Transfer der Crew zu ermöglichen, aber sie hätten ihm ohnehin nichts genützt. *Ich muß nahe genug heran. Nahe genug ... Sonst wirkt die Bombe nicht so, wie sie wirken soll.*

Ein Plasmastrahl zuckte dem Maquis-Schiff entgegen und traf den Bug mit solcher Wucht, daß es überall in der Außenhülle knirschte und knackte.

Chakotay stand auf und beugte sich zur Funktionsstation, um die Siegel der unteren Decks zu schließen – bevor es zu einem Leck kam, das ihn ins All riß.

Paris' Stimme ertönte im Heulen der Sirenen. »Ich hole Sie da raus, Chakotay ...«

»Noch nicht.« Er schaltete die Lebenserhaltungssysteme für alle anderen Sektionen des Schiffes aus, reduzierte die Impulskraft um ein Drittel und aktivierte die Bugschilde. Die nächste Plasma-Entladung ließ ein Pult im rückwärtigen Bereich der Brücke explodieren, richtete jedoch keine weiteren Schäden an.

»Ihr Schiff bricht gleich auseinander! Ich beame Sie an Bord ...«

»Warten Sie!« Wenn die *Voyager* den Transfer jetzt einleitete, würden die Kazon das Schiff einfach desintegrieren – mit dem einzigen Resultat, daß es ein Ziel weniger für sie gab.

Chakotay preßte die Lippen so fest zusammen, daß sie einen dünnen Strich bildeten. Er wußte inzwischen, wieviel Zeit die Kazon benötigten, um nach einem Einsatz der Bordgeschütze die Akkumulatoren wieder mit Gefechtsenergie zu laden. Er starrte zum teilweise gesplitterten Hauptschirm und wartete, bis er ein orangefarbenes Glühen in den Plasmaprojektoren sehen konnte. Daraufhin betätigte er die Navigationskontrollen und zwang das Schiff jäh nach ›unten‹.

Mehrere Strahlbündel gleißten über den kleinen Raumer hinweg.

Und nun ... Etwa sechs Sekunden dauerte es, bis die Waffensysteme des Kreuzers wieder einsatzbereit waren. Chakotay gab Vollschub, verlangte dem Triebwerk mehr Leistung ab, als es eigentlich erbringen konnte. Das Schiff sprang dem ungeschützten Bauch des Kreuzers entgegen. Näher. Und noch näher …

»Jetzt!« rief Chakotay.

Das Licht der Vernichtung flutete heran und verdrängte alles andere, das Donnern der Explosion ebenso wie würdelosen Schmerz. Ein anderer, paillettenartiger Glanz gesellte sich hinzu, hüllte ihn in eine Säule aus Wärme und trug ihn fort ins Nichts.

21

Ein Donnern wie von einem sommerlichen Gewitter hallte durch die holographische Welt im Innern der Raumstation, und Janeway fragte sich, was draußen im All geschah.

Der Alte hob den Kopf und sah über ihre Schulter. Sie drehte sich um und bemerkte Tuvok, der durch die Finsternis schritt. In der einen Hand hielt er den zusammengeklappten Tricorder.

»Ich weiß jetzt, wo sich die Systeme befinden, die uns eine Rückkehr zur Föderation erlauben«, berichtete er und ging neben Janeway in die Hocke. »Ihre Aktivierung nimmt jedoch mehrere Stunden in Anspruch.«

Mehrere Stunden... So viel Zeit ließen ihnen die Kazon sicher nicht.

Janeway wandte sich an die Entität. »Bitte helfen Sie uns.«

Das Wesen in der holographischen Gestalt eines alten Mannes blickte in die Ferne, und sein Gesicht schien sich immer mehr aufzulösen. »Ich wünschte, ich hätte die Möglichkeit dazu. Aber leider bleibt mir nur noch sehr wenig Zeit.« Die Lippen bewegten sich lautlos, und einige Sekunden lang reichte der Blick des Alten ins Leere. »Ich beherzige Ihren Rat«, sagte er plötzlich. »Ich habe damit begonnen, den Ocampa alle in meinen Datenbanken gespeicherten Informationen zu übermitteln.«

Das Hologramm blinzelte und rückte die Frau ihm gegenüber wieder in den Mittelpunkt seiner Aufmerksamkeit. »Außerdem habe ich die Selbstzerstörungssequenz eingeleitet.«

Janeways Puls raste plötzlich. »Wenn Sie die Station zerstören, können wir nicht in unseren Teil der Galaxis zurück.«

»Den Feinden der Ocampa darf nicht erlaubt werden, diese Anlage unter ihre Kontrolle zu bringen«, hauchte das Wesen. Janeway wußte nicht, ob sie die Worte hörte oder von den Lippen ablas. »In einigen Minuten existiert sie nicht mehr.«

Die Entität beugte sich vor, und als sie erneut ›sprach‹, schien ihre Stimme aus allen Richtungen gleichzeitig zu kommen. **Ihr müßt jetzt gehen.**

Zuerst dachte Janeway, daß ein Transfer erfolgte, daß der Beschützer sie einfach fortschickte und aus seiner Station verbannte. Sie hatte das Gefühl, von etwas gepackt, angehoben und dann auf einen Boden geworfen zu werden, der sich wie das Deck eines sterbenden Schiffes hob und senkte.

Dann manifestierte sich um sie herum wieder die Dunkelheit der Scheune, präsentierte eine Finsternis, die flackerte und an Stabilität verlor. Janeway stemmte sich auf die Ellenbogen und hielt nach Tuvok Ausschau. Von Rauchschwaden gefiltertes Licht glühte nun, und in diesem Schein beobachtete sie, wie sich der Vulkanier einige Meter entfernt erhob. Unmittelbar darauf begriff sie, daß sich ihre Umgebung geändert hatte: Dies war der schier endlose Saal, den Kim und Paris beim ersten Aufenthalt in der Raumstation entdeckt hatten. Was auch immer geschehen sein mochte: Die holographische Welt existierte nicht mehr.

Janeway überlegte, ob es sich bei der Veränderung um ein gutes oder schlechtes Zeichen handelte.

Sie rollte sich auf den Rücken und berührte ihren Insignienkommunikator. »Bericht, *Voyager*.«

»Ein Kazon-Schiff ist gerade mit der Station kollidiert, Captain.« Das Rauschen von Statik untermalte Paris' Stimme. Im Hintergrund ertönten die charakteristischen Geräusche des Kampfes. »Ist alles in Ordnung mit Ihnen?«

»Bestätigung.« Janeway griff nach Tuvoks ausgestreckter Hand und stand auf. »Halten Sie sich in Bereitschaft.«

Wo sich eben noch das Hologramm des alten Mannes befunden hatte, wallte nun ein großes *Etwas:* der Beschützer. **Das Selbstzerstörungsprogramm … ist beschädigt …** Die Wesenheit wich zurück, als sich Janeway näherte. **Die Kazon dürfen … diese Anlage …** Irgendwo im Innern der wolkenartigen Entität schien etwas zu zerbrechen. ***… nicht unter ihre … Kontrolle bringen …*** Ein langer, schwerer Seufzer erklang, und das Wesen schrumpfte, wurde kleiner und kleiner, bis das letzte Glimmen seiner physischen Existenz verblaßte.

Eine glitzernde Masse lag auf dem Boden und leuchtete noch einmal kurz, bevor sie sich in Dunkelheit verlor. Janeway wünschte sich, Gelegenheit für einen respektvollen Abschied von der Entität zu haben, für eine Art Bestattungsritual. Aber dazu fehlte die Zeit.

Tuvok trat an ihre Seite. »Soll ich jene Systeme aktivieren, die uns eine Rückkehr erlauben?« fragte er leise.

Janeway blickte auch weiterhin auf die traurigen Reste des Beschützers. »Und was wird aus den Ocampa, wenn wir fort sind?«

Die Körpersprache des Vulkaniers deutete auf Besorgnis hin. »Captain …« Er schob sich vor sie, um ihren Blick einzufangen. »Wenn wir Maßnahmen zum Schutz der Ocampa ergreifen, so verändern wir dadurch die Situation in diesem Sonnensystem.« Er zögerte kurz, bevor er betonte: »Mir scheint, hier gelten die Bestimmungen der Ersten Direktive.«

»Tatsächlich?« Wenn er ein Mensch gewesen wäre... Dann hätte Janeway vermutet, daß er auf das Nichteinmischungsprinzip zu sprechen kam, um ihre Entscheidung zu beeinflussen. Aber Tuvok war Vulkanier und gehörte zu den ehrenhaftesten Männern seines Volkes. Er sprach nur das aus, was er für die Wahrheit hielt.

»Wir haben nicht darum gebeten, am hiesigen Konflikt beteiligt zu werden«, erwiderte sie. »Und doch sind wir es jetzt.« Sie betrachtete die wie zerlaufen anmutende Masse auf dem Boden. »Ob es uns gefällt oder nicht.«

Jetzt gewissermaßen wegzulaufen... Damit wurde das Problem nicht gelöst. Ebensowenig konnte sich Janeway auf die Erste Direktive berufen, um vorzugeben, daß ihre Präsenz in diesem Sonnensystem nicht bereits zu schrecklichen Konsequenzen geführt hatte.

Ihr kummervolles Lächeln kam einer stummen Entschuldigung gleich. »Ich fürchte, Ihre Familie muß noch etwas länger auf Sie warten.«

Wenn der Vulkanier den Beschluß der Kommandantin für falsch hielt, so ließ er sich nichts davon anmerken. Er nickte nur und bückte sich, um das aufzuheben, was von der Entität übriggeblieben war. Über Jahrhunderte hinweg hatte sie sich allein ihrer Verantwortung den Ocampa gegenüber gewidmet...

Wir lassen sie nicht im Stich, versprach Janeway. *Wir bringen diese Sache so zu Ende, wie es den Wünschen des Beschützers entsprach.*

Sie klopfte auf ihren Insignienkommunikator, als Tuvok neben ihr stehenblieb. »Landegruppe an *Voyager*. Zwei Personen für den Transfer.«

Es befanden sich ziemlich viele Personen auf der Brücke, als Janeway und Tuvok eintrafen. Die Kommandantin schob sich an Torres und Chakotay vorbei, erntete dafür ein Knurren der Klingonin – offenbar mochte sie es nicht, von ihr berührt zu werden. Chakotay roch wie die Reste eines niedergebrannten Treibstofflagers. Ruß haftete an seiner Kleidung und im Haar, so dick wie Blütenstaub an einer Blume. Janeway fragte sich, was er gerade überstanden hatte.

Sie ging die Treppe hinunter zum Kommandosessel und warf einen kurzen Blick zum Hauptschirm: Energiestrahlen zerstoben an den schwächer werdenden Schilden. »Mr. Tuvok… Treffen Sie Vorbereitungen für den Einsatz einer Trikobalt-Kapsel.«

»Aye, Captain.«

Paris wandte sich erstaunt von den Navigationskontrollen ab, aber Janeway hatte keine Zeit für Erklärungen. »Setzen Sie sich mit den Kazon in Verbindung«, wies sie Kim an.

Der Fähnrich drückte sofort einige Tasten. »Kom-Kanal geöffnet.«

Das Bild auf dem Schirm wechselte: Die Darstellung der beschädigten Raumstation wich Jabins wettergegerbtem Gesicht. Das Oberhaupt der Kazon verlor keine Zeit mit Höflichkeitsfloskeln. »Damit Sie Bescheid wissen, Captain – ich habe weitere Schiffe angefordert.«

Eine sinnlose Drohung, die Janeway mit einem Lächeln zur Kenntnis nahm. »Ziehen Sie sich auf eine sichere Entfernung zurück. Wir zerstören nun die Station.«

Jabin riß die Augen auf. »Das können Sie nicht.«

»Doch, ich kann«, erwiderte Janeway. »Sie werden es gleich erleben.« Und zu Kim: »Schließen Sie den Kanal.«

Fast sofort erbebte die *Voyager,* als sie erneut getroffen wurde. Janeway hielt sich grimmig an den Armlehnen des Kommandosessels fest, als Kim unnötigerweise meldete: »Der Gegner nimmt uns erneut unter Beschuß, Captain. Die Schilde halten.«

Wenigstens darauf war Verlaß. »Bringen Sie uns

vierhundert Kilometer weit fort von der Station, Mr. Paris.«

»Ja, Ma'am.«

»Sind Sie *verrückt* geworden?« entfuhr es Torres. Sie beugte sich übers Geländer. »Nur die Station bietet uns Gelegenheit, in unseren Teil der Galaxis zurückzukehren.«

Die Zeit wird knapp. Darauf hatte der Beschützer mehrmals hingewiesen. Diese Warnung gewann mit jeder verstreichenden Sekunde mehr Bedeutung. »Jeder von uns hat daheim Familien und Personen, die ihm oder ihr am Herzen liegen«, sagte Janeway und achtete darauf, in einem ruhigen, vernünftigen Tonfall zu sprechen. »Das gilt auch für mich. Aber ich bin nicht bereit, die Zukunft der Ocampa zu opfern, um uns ... Probleme zu ersparen.« *Verdammt, sie haben es besser verdient. Wir alle haben es besser verdient.* »Wir müssen einen anderen Weg nach Hause finden.«

B'Elanna Torres lachte zornig. »Welchen anderen Weg nach Hause *gibt* es?«

Chakotay hielt die Klingonin fest, als sie vortreten und der Kommandantin den Blick zum Hauptschirm versperren wollte – Janeway dankte ihm stumm dafür.

»Wer ist sie, daß sie Entscheidungen für uns alle treffen darf?« fauchte Torres.

»Sie ist der Captain«, erwiderte Chakotay schlicht und zog B'Elanna zum Oberdeck, damit die Brückenoffiziere ungestört ihren Aufgaben nachgehen konnten.

Er muß ein guter Commander bei Starfleet gewesen sein, dachte Janeway. *Ein Verlust für die Föderation.*

Tuvok sah von der taktischen Station auf. »Die Trikobalt-Kapsel ist einsatzbereit.«

»Distanz vierhundert Kilometer«, berichtete Paris.

Damit blieb nur noch eins übrig: der entscheidende

Befehl, der das vorläufige Ende einer fatalen Ereigniskette darstellte. Janeway holte tief Luft und nickte knapp. »Feuer.«

Die *Voyager* erzitterte, als das energetische Katapult die Kapsel in Richtung Raumstation schleuderte. Es war eine kaum merkliche Erschütterung, nicht zu vergleichen mit jenen, die von den Entladungen destruktiver Energie an den Schilden verursacht wurden. Ein Diamant aus schimmernder Energie löste sich vom Bug der *Voyager* und flog an Trümmern vorbei der Station entgegen. Eins der Kazon-Schiffe brach den Angriff ab und verfolgte die Kapsel, vermutlich in der Absicht, das Unvermeidliche doch noch abzuwenden. Nun, es spielte keine Rolle, was die Kazon glaubten oder hofften. Als die Trikobalt-Kapsel zwischen den gewaltigen Streben und Pfeilern der Raumstation verschwand, fühlte Janeway, wie sich in ihr ein ganzes Universum der Anspannung auflöste. Gleichzeitig wuchs fast schmerzhafter Kummer in ihr. *Vorbei,* dachte sie und beobachtete, wie in der Station die Blume der Vernichtung erblühte. *Es ist vorbei, endgültig vorbei.* Für den Beschützer. Für die Ocampa. Für sie alle.

Es überraschte sie, wieviel Erleichterung die Erkenntnis brachte, die wichtigste Entscheidung bereits getroffen zu haben.

Eine Zeitlang sprach niemand. Irgendwo im rückwärtigen Bereich der Brücke ertönte leises Schluchzen. Janeway drehte nicht den Kopf, um festzustellen, von wem jene Geräusche stammten.

Ein akustisches Signal ging vom Kom-System aus, und Kim beugte sich zu den Kontrollen vor. »Die Kazon setzen sich mit uns in Verbindung.«

Offenbar wollte Jabin sie nicht einfach so in Ruhe lassen. »Auf den Schirm.«

Haß flackerte in den Augen des Kazon-Anführers. »Sie haben sich heute einen Feind geschaffen.«

Er unterbrach den Kom-Kontakt, ohne eine Antwort abzuwarten.

Janeway hätte ohnehin nicht gewußt, was sie darauf erwidern sollte.

Tuvok blickte von seiner Station auf. Nur er wirkte ruhig und gelassen, von allen Dingen unbetroffen. »Die Kazon ziehen sich zurück, Captain.«

Wahrscheinlich haben sie eingesehen, daß es jetzt keinen Sinn mehr hat, den Kampf fortzusetzen, dachte Janeway.

Der Hauptschirm zeigte eine Plasmawolke, die sich immer weiter ausdehnte. Ihr Glanz bedeutete das Ende einer langen Verantwortung – und auch der Hoffnung auf eine baldige Rückkehr in vertraute Regionen der Galaxis.

22

Paris betrat den Bereitschaftsraum des Captains und wußte nicht recht, was er erwarten sollte. Stand ihm nun eine moderne Art von Kielholen bevor? Oder vielleicht eine Standpauke?

Die Aufregung des Kampfes hatte ihn auf geradezu erschreckende Weise überwältigt. Beim Maquis war es ganz anders gewesen. Dort hatte ihn nie jene Art von Pflichtbewußtsein erfüllt, das ihn so handeln ließ wie einen Starfleet-Offizier – eine Anmaßung, wenn man die besonderen Umstände berücksichtigte. Seine größte Sünde bestand jedoch darin, daß er Janeway nicht mit einem deutlichen »He, ich bin ein Verbrecher« an seinen Status erinnerte, als sie ihn zu vergessen schien. Der Grund: Es fühlte sich so gut an, wieder Teil einer Crew zu sein, sich nützlich zu machen.

Janeway wandte sich vom Panoramafenster ab, als sie hörte, wie die Tür hinter Paris mit einem leisen Zischen zuglitt. Er bemerkte eine gewisse Überraschung in ihren Zügen, als hätte sie damit gerechnet, daß er später kam. Mit einigen geschmeidigen Schritten trat sie zum Tisch und schaltete den dortigen Monitor aus, ohne einen Blick darauf zu werfen. Paris gewann einen vagen Eindruck von dem Bild: das lächelnde Gesicht eines Mannes, ein großer Hund, der zum Umarmen einlud.

»Sie wollten mich sprechen, Captain«, sagte er, um das Schweigen zu beenden.

Sie nickte und faltete die Hände. »Sie haben ein Problem, Mr. Paris.«

Solche Worte hatte er schon lange nicht mehr von einer Frau gehört.

»Ich habe Chakotay und die anderen Maquisards eingeladen, Teil der Besatzung dieses Schiffes zu werden«, fuhr Janeway fort. »Angesichts unserer besonderen Situation erscheint mir das durchaus vernünftig.«

Paris mußte sich sehr beherrschen, um nicht wie ein Irrer zu kichern. »Weisen Sie mir einen Leibwächter zu, Captain?« Nach allem, was sie gemeinsam überstanden hatten... Er hielt es für unfair, im Schlaf ermordet zu werden.

Janeway lächelte hintergründig. »Offenbar haben Sie bereits einen.«

»Tatsächlich?«

»Mr. Chakotay meinte, sein Leben gehöre Ihnen oder etwas in der Art.« Die Kommandantin schüttelte verwirrt den Kopf. Für sie ergaben die Worte kaum einen Sinn, im Gegensatz zu Paris, der genau verstand, was sie bedeuteten. Er erlaubte sich ein Schmunzeln. »Er will Ihre Sicherheit gewährleisten.«

»Ich glaube, die Sache gefällt mir«, entgegnete Paris.

Janeway neigte nachdenklich den Kopf zur Seite. »Seien Sie da nicht so sicher. Von jetzt an ist Chakotay auch mein Erster Offizier. Die Crew hat seinen Befehlen ebenso zu gehorchen wie meinen.« Sie sah Paris tief in die Augen. »Das gilt auch für den Lieutenant an den Navigationskontrollen.«

Zuerst wollte Paris fragen, was das alles mit ihm zu tun hatte, doch in seinem Hals bildete sich ein Kloß, bevor er entsprechende Worte formulieren konnte.

»Meinen Sie ... mich?« brachte er schließlich hervor.

»In einem offiziellen Logbucheintrag habe ich Thomas Eugene Paris den Rang eines Lieutenants verliehen.« Janeway beugte sich über den Tisch vor und streckte die Hand aus. »Herzlichen Glückwunsch.«

Paris griff mit beiden Händen zu und fühlte eine Dankbarkeit, die er nicht zurückhalten wollte. »Zum erstenmal in meinem Leben … weiß ich nicht, was ich sagen soll.«

Er wollte es nicht komisch klingen lassen, aber Janeway lächelte, als sie um den Tisch herumkam und ihn zur Tür führte. »Sie haben es verdient, Tom. Ich bedauere nur, daß Ihr Vater nichts davon erfahren wird.«

Paris glaubte, eine gewisse Niedergeschlagenheit in Janeways Stimme zu hören. »Er erfährt es«, sagte er mit einer Ehrlichkeit, die ihn selbst verblüffte. »Wenn wir zurück sind.« *Wenn ich hier als Lieutenant vor Ihnen stehe und Ihren Respekt genieße … Dann kann ich alles für möglich halten. Wirklich alles.*

Manchmal erstaunte es Janeway, daß ein kleines Lob genügte, um die Zuversicht eines jungen Menschen wiederherzustellen. Sie fragte sich, ob das für Eltern weniger offensichtlich war; vielleicht hatten sie zuwenig Distanz zum Leben ihrer Kinder, um sich eine objektive Perspektive zu bewahren. Kathryn Janeway wußte nur eins: Während der letzten Tage war aus dem unverantwortlichen Kind namens Tom Paris ein junger Erwachsener geworden, auf den jeder Vater stolz sein konnte. Sie hatte zunächst befürchtet, daß er dem neuen in ihn gesetzten Vertrauen nicht gerecht wurde, aber das Gegenteil geschah: Er leistete mehr als erwartet, zeigte Bereitschaft und Potential, zu einem wirklichen Mann zu werden. Janeway fragte sich neugierig, wie der reife Paris sein mochte.

»Oh, Captain …« Neelix' Stimme wehte durch die halb geöffnete Tür, kündigte ihn selbst und Kes an. »Wir wollten gerade zu Ihnen.«

Janeway stand wieder auf und lächelte, als sich die beiden Besucher so im Bereitschaftsraum umsahen, als sei er voller Wunder. Vielleicht stimmte das sogar;

dieser Art von sauberer, übersichtlicher Technik begegneten sie vermutlich zum erstenmal.

»Wir haben die Tanks an Bord Ihres Schiffes mit Wasser gefüllt«, teilte Janeway Neelix mit. »Sie können also jederzeit aufbrechen.« Zumindest diesen Gefallen waren sie ihm schuldig gewesen. Immerhin hatten er und Kes dabei geholfen, Kim und Torres in Sicherheit zu bringen.

Neelix nickte nervös und hielt Kes' Hand. »Nun, wissen Sie ... Genau darüber wollten wir mit Ihnen reden.« Er atmete tief durch. »Wir möchten Sie begleiten.«

Janeway blinzelte. *Und ich dachte, daß er keine Überraschungen mehr für mich in petto hat*. »Tut mir leid. Die *Voyager* ist kein Passagierschiff ...«

»Natürlich nicht!« warf Kes ein. »Und wir wären auch gar keine Passagiere ...«

»Wir möchten Gefährten sein«, erklärte Neelix. »Mitglieder der Besatzung.«

»Besatzungsmitglieder?« entfuhr es Janeway. Vielleicht hätte sie besser schweigen sollen, denn Neelix schien dieses eine Wort für eine Ermutigung zu halten.

»Wir können uns nützlich machen«, behauptete er und lächelte fröhlich. »Brauchen Sie einen Führer? Hier bin ich. Brauchen Sie Ausrüstungsmaterialien? Ich weiß, wo Sie welche bekommen. Ich habe Freunde bei Völkern, von deren Existenz Sie überhaupt nichts wissen. Brauchen Sie einen Koch? Sie wissen erst, was gutes Essen ist, wenn Sie mein *Angla'bosque* probiert haben.«

Janeway wußte nicht, ob die Replikatoren mit einem so exotischen Gericht programmiert werden konnten.

»Ich sehe meine Aufgabe darin, Ihre Bedürfnisse zu erkennen, bevor sie Ihnen bewußt werden.« Ein schelmischer Glanz zeigte sich in Neelix' Augen. »Ihr erstes habe ich bereits erkannt: Sie benötigen mich.«

Er war gut, das mußte man ihm lassen.

»Und wohin auch immer ich gehe...« Neelix schlang die Arme um Kes. »Sie kommt mit.«

»Weil ich es so will«, betonte Kes, um Janeway darauf hinzuweisen, daß es auch ihre Entscheidung war. »Ich bin Forscherin, Captain. Auf meiner Welt bedeutete Forschung, den Weg zur Oberfläche zu beschreiten, und das kam einer Herausforderung des Beschützers gleich. Trotzdem entschloß ich mich dazu. Mein Vater lehrte mich folgendes: Für einen Ocampa kann es nichts Besseres geben, als alle Dinge kennenzulernen, die das Leben bereithält.« Noch einmal sah sie sich im Bereitschaftsraum um, den Janeway für so vertraut und unromantisch hielt, und das Staunen in ihrem Gesicht war fast herzzerreißend. »Wenn ich daran denke, wohin uns dieses Schiff bringen könnte... Ich weiß, daß ich meine Heimatwelt nie wiedersehen werde, wenn ich an Ihrer Reise teilnehme, aber ich möchte trotzdem mitkommen.«

Janeway musterte die junge Frau voller Anteilnahme. Wie konnte sie ihr Anliegen zurückweisen? Kes hatte instinktiv die innere Essenz von Starfleet verstanden.

Sie nickte und wußte plötzlich: Es war richtig, Neelix und Kes in ihre Crew aufzunehmen.

Neelix seufzte, drückte die Ocampa noch etwas fester an sich und richtete einen glücklichen Blick auf Janeway. »Ist sie nicht *wundervoll?*«

Ja, dachte die Kommandantin. *Wir sind es alle.*

Es hielten sich noch immer zu viele Personen im Kontrollraum auf, aber jetzt weckte ihre Präsenz keine klaustrophobischen Empfindungen mehr. Die meisten an den Kampf gegen die Kazon erinnernden Trümmer waren inzwischen beseitigt worden, und die Hälfte der Konsolen funktionierte wieder. Die anderen mußten erst noch repariert werden. Janeway fragte sich, wo sie Ersatzteile auftreiben sollten. *Eins von vielen*

Problemen, die möglichst schnell gelöst werden müssen, mahnte eine innere Stimme.

In welche Lage habe ich uns gebracht?

Chakotay wartete an der Station des Ersten Offiziers und trug seine Starfleet-Uniform so, als hätte er sie nie abgelegt. B'Elanna Torres stand an der technischen Konsole und schien sich in ihrer schwarzen und goldgelben Uniform nicht ganz so wohl zu fühlen wie der Indianer in seiner. Janeway hatte Wert darauf gelegt, sofort auf die Einheit der Besatzung hinzuweisen. Wenn es einigen Maquisards schwerfiel, sich an Starfleet-Kleidung zu gewöhnen ... *Wir alle müssen uns den neuen Gegebenheiten anpassen.*

Janeway trat zum Kommandosessel, fühlte erwartungsvolle Blicke und nickte. Auf dem Hauptschirm drehte sich langsam Kes' Heimatwelt: eine gelbbraune Kugel, trocken und öde.

»Wir sind allein in einem unbekannten Teil der Galaxis.« Sie hielt es für das beste, mit den bereits bekannten Dingen zu beginnen, die keinen Schock mehr verursachen konnten. »Wir haben einige Freunde gewonnen.« Sie nickte in Richtung von Neelix und Kes, die am Turbolift standen. »Aber auch Feinde.« Die Schäden überall an Bord wiesen deutlich darauf hin. »Wir wissen nicht, welche Gefahren uns hier drohen. Eins steht fest: Wir müssen zusammenarbeiten, wenn wir überleben wollen. Deshalb sind Commander Chakotay und ich der Ansicht, daß wir *eine* Crew bilden sollen. Eine Starfleet-Crew.«

Aus den Augenwinkeln sah Janeway, wie Torres voller Abscheu an ihrer Uniform zupfte. Sie gab vor, nichts davon zu bemerken. Später hatte sie immer noch Zeit genug, die Falten im Gebaren bestimmter Besatzungsmitglieder auszubügeln.

»Wir sind das einzige Starfleet-Schiff im Delta-Quadranten und werden unserem Auftrag gerecht, indem wir neue Welten entdecken und das All erforschen.«

Sie schritt zum vorderen Teil der Brücke – von dort aus konnte sie alle Personen im Kontrollraum sehen, ohne daß es notwendig wurde, den Kopf zu drehen. Durfte sie wirklich hoffen, daß aus so unterschiedlichen Leuten eine in sich geschlossene Gruppe wurde? Und wenn sich die Differenzen nicht überwinden ließen? *Irgendwie müssen wir uns zusammenraufen,* dachte Janeway. *Schließlich deutet alles darauf hin, daß wir viel Zeit zusammen verbringen werden.*

Sie verdrängte diese Überlegungen und konzentrierte sich auf die unmittelbare Situation. »Unser wichtigstes Ziel ist klar. Selbst mit maximaler Warpgeschwindigkeit würde es fünfundsiebzig Jahre dauern, um die Föderation zu erreichen.« Sie schüttelte den Kopf, als sie die kummervollen Gesichter sah. »Aber ich bin sicher, es gibt eine andere Möglichkeit. Irgendwo dort draußen befindet sich eine zweite Entität wie der Beschützer, und sie ist imstande, uns viel schneller nach Hause zu bringen. Wir beginnen mit einer Suche nach ihr. Und wir halten nach Wurmlöchern, Raum-Zeit-Verschiebungen und neuer Technologie Ausschau. Früher oder später finden wir einen Weg«, betonte Janeway und ließ die letzten Worte besonders fest klingen.

Sie wandte sich um, stützte ihre Hände auf die Rückenlehne von Paris' Sessel und blickte über ihn hinweg zum Hauptschirm. Das Projektionsfeld zeigte den Weltraum, seine unendlichen Weiten. »Mr. Paris, nehmen Sie Kurs auf…« Sie zögerte kurz, bevor sie mit einem Maximum an Zuversicht hinzufügte: »… die Heimat.«

Mit ziemlicher Sicherheit stand ihnen eine sehr lange Reise bevor. Aber sie würden es schaffen, wenn Hoffnung, Entschlossenheit und Mut sie nicht im Stich ließen. Sie brauchten in erster Linie Zeit.

STAR TREK™

in der Reihe
HEYNE SCIENCE FICTION & FANTASY

STAR TREK: CLASSIC SERIE

Vonda N. McIntyre, Star Trek II: Der Zorn des Khan · 06/3971
Vonda N. McIntyre, Der Entropie-Effekt · 06/3988
Robert E. Vardeman, Das Klingonen-Gambit · 06/4035
Lee Correy, Hort des Lebens · 06/4083
Vonda N. McIntyre, Star Trek III: Auf der Suche nach Mr. Spock · 06/4181
S. M. Murdock, Das Netz der Romulaner · 06/4209
Sonni Cooper, Schwarzes Feuer · 06/4270
Robert E. Vardeman, Meuterei auf der Enterprise · 06/4285
Howard Weinstein, Die Macht der Krone · 06/4342
Sondra Marshak & Myrna Culbreath, Das Prometheus-Projekt · 06/4379
Sondra Marshak & Myrna Culbreath, Tödliches Dreieck · 06/4411
A. C. Crispin, Sohn der Vergangenheit · 06/4431
Diane Duane, Der verwundete Himmel · 06/4458
David Dvorkin, Die Trellisane-Konfrontation · 06/4474
Vonda N. McIntyre, Star Trek IV: Zurück in die Gegenwart · 06/4486
Greg Bear, Corona · 06/4499
John M. Ford, Der letzte Schachzug · 06/4528
Diane Duane, Der Feind – mein Verbündeter · 06/4535
Melinda Snodgrass, Die Tränen der Sänger · 06/4551
Jean Lorrah, Mord an der Vulkan Akademie · 06/4568
Janet Kagan, Uhuras Lied · 06/4605
Laurence Yep, Herr der Schatten · 06/4627
Barbara Hambly, Ishmael · 06/4662
J. M. Dillard, Star Trek V: Am Rande des Universums · 06/4682
Della van Hise, Zeit zu töten · 06/4698
Margaret Wander Bonanno, Geiseln für den Frieden · 06/4724
Majliss Larson, Das Faustpfand der Klingonen · 06/4741
J. M. Dillard, Bewußtseinsschatten · 06/4762
Brad Ferguson, Krise auf Centaurus · 06/4776
Diane Carey, Das Schlachtschiff · 06/4804
J. M. Dillard, Dämonen · 06/4819
Diane Duane, Spocks Welt · 06/4830
Diane Carey, Der Verräter · 06/4848
Gene DeWeese, Zwischen den Fronten · 06/4862
J. M. Dillard, Die verlorenen Jahre · 06/4869

STAR TREK™

Howard Weinstein, Akkalla · 06/4879
Carmen Carter, McCoys Träume · 06/4898
Diane Duane & Peter Norwood, Die Romulaner · 06/4907
John M. Ford, Was kostet dieser Planet? · 06/4922
J. M. Dillard, Blutdurst · 06/4929
Gene Roddenberry, Star Trek (I): Der Film · 06/4942
J. M. Dillard, Star Trek VI: Das unentdeckte Land · 06/4943
David Dvorkin, Die Zeitfalle · 06/4996
Barbara Paul, Das Drei-Minuten-Universum · 06/5005
Judith & Garfield Reeves-Stevens, Das Zentralgehirn · 06/5015
Gene DeWeese, Nexus · 06/5019
D. C. Fontana, Vulkans Ruhm · 06/5043
Judith & Garfield Reeves-Stevens, Die erste Direktive · 06/5051
Michael Jan Friedman, Das Doppelgänger-Komplott · 06/5067
Judy Klass, Der Boacozwischenfall · 06/5086
Julia Ecklar, Kobayashi Maru · 06/5103
Peter Norwood, Angriff auf Dekkanar · 06/5147
Carolyn Clowes, Das Pandora-Prinzip · 06/5167
Diana Duane, Die Befehle des Doktors · 06/5247
V. E. Mitchell, Der unsichtbare Gegner · 06/5248
Dana Kramer-Rolls, Der Prüfstein ihrer Vergangenheit · 06/5273
Michael Jan Friedman, Schatten auf der Sonne · 06/5179
Barbara Hambly, Der Kampf ums nackte Überleben · 06/5334
Brad Ferguson, Eine Flagge voller Sterne · 06/5349
Gene DeWeese, Die Kolonie der Abtrünnigen · 06/5375
Michael Jan Friedman, Späte Rache · 06/5412
Peter David, Der Riß im Kontinuum · 06/5464
Michael Jan Friedman, Gesichter aus Feuer · 06/5465
Peter David/Michael Jan Friedman/Robert Greenberger, Die Enterbten · 06/5466
L. A. Graf, Die Eisfalle · 06/5467

STAR TREK: THE NEXT GENERATION
David Gerrold, Mission Farpoint · 06/4589
Gene DeWeese, Die Friedenswächter · 06/4646
Carmen Carter, Die Kinder von Hamlin · 06/4685
Jean Lorrah, Überlebende · 06/4705
Peter David, Planet der Waffen · 06/4733
Diane Carey, Gespensterschiff · 06/4757
Howard Weinstein, Macht Hunger · 06/4771

STAR TREK™

John Vornholt, Masken · 06/4787
David & Daniel Dvorkin, Die Ehre des Captain · 06/4793
Michael Jan Friedman, Ein Ruf in die Dunkelheit · 06/4814
Peter David, Eine Hölle namens Paradies · 06/4837
Jean Lorrah, Metamorphose · 06/4856
Keith Sharee, Gullivers Flüchtlinge · 06/4889
Carmen Carter u. a., Planet des Untergangs · 06/4899
A. C. Crispin, Die Augen der Betrachter · 06/4914
Howard Weinstein, Im Exil · 06/4937
Michael Jan Friedman, Das verschwundene Juwel · 06/4958
John Vornholt, Kontamination · 06/4986
Mel Gilden, Baldwins Entdeckungen · 06/5024
Peter David, Vendetta · 06/5057
Peter David, Eine Lektion in Liebe · 06/5077
Howard Weinstein, Die Macht der Former · 06/5096
Michael Jan Friedman, Wieder vereint · 06/5142
T. L. Mancour, Spartacus · 06/5158
Bill McCay/Eloise Flood, Ketten der Gewalt · 06/5242
V. E. Mitchell, Die Jarada · 06/5279
John Vornholt, Kriegstrommeln · 06/5312
Laurell K. Hamilton, Nacht über Oriana · 06/5342
David Bischoff, Die Epidemie · 06/5356
Diane Carey, Abstieg · 06/5416
Michael Jan Friedman, Relikte · 06/5419
Michael Jan Friedman, Die Verurteilung · 06/5444
Simon Hawke, Die Beute der Romulaner · 06/5413
Rebecca Neason, Der Kronprinz · 06/5414 (in Vorb.)

STAR TREK: DIE ANFÄNGE
Vonda N. McIntyre, Die erste Mission · 06/4619
Margaret Wander Bonanno, Fremde vom Himmel · 06/4669
Diane Carey, Die letzte Grenze · 06/4714

STAR TREK: DEEP SPACE NINE
J. M. Dillard, Botschafter · 06/5115
Peter David, Die Belagerung · 06/5129
K. W. Jeter, Die Station der Cardassianer · 06/5130
Sandy Schofield, Das große Spiel · 06/5187
Lois Tilton, Verrat · 06/5323
Diane Carey, Die Suche · 06/5432

STAR TREK™

Esther Friesner, Kriegskind · 06/5430
Melissa Scott, Der Pirat · 06/5434 (in Vorb.)
Nathan Archer, Walhalla · 06/5512 (in Vorb.)

STAR TREK: STARFLEET KADETTEN
John Vornholt, Generationen · 06/6501
Peter David, Worfs erstes Abenteuer · 06/6502
Peter David, Mission auf Dantar · 06/6503
Peter David, Überleben · 06/6504
Brad Strickland, Das Sternengespenst · 06/6505
Brad Strickland, In den Wüsten von Bajor · 06/6506
John Peel, Freiheitskämpfer · 06/6507
Mel Gilden & Ted Pedersen, Das Schoßtierchen · 06/6508
John Vornholt, Erobert die Flagge! · 06/6509
V. E. Mitchell, Die Atlantis Station · 06/6510
Michael Jan Friedman, Die verschwundene Besatzung · 06/6511
Michael Jan Friedman, Das Echsenvolk · 06/6512

STAR TREK: VOYAGER
L. A. Graf, Der Beschützer · 06/5401
Peter David, Die Flucht · 06/5402
Nathan Archer, Ragnarök · 06/5403
Susan Wright, Verletzungen · 06/5404 (in Vorb.)
John Betancourt, Der Arbuk-Zwischenfall · 06/5405 (in Vorb.)

DAS STAR TREK-UNIVERSUM, 2 Bde.,
überarbeitete und aktualisierte Neuausgabe!
von *Ralph Sander* · 06/5150

DAS STAR TREK-UNIVERSUM, Ergänzungsband
von *Ralph Sander* · 06/5151

William Shatner/Chris Kreski, Star Trek Erinnerungen · 06/5188
William Shatner/Chris Kreski, Star Trek Erinnerungen: Die Filme · 06/5450

Phil Farrand, Cap'n Beckmessers Führer durch
STAR TREK – DIE NÄCHSTE GENERATION · 06/5199
Phil Farrand, Cap'n Beckmessers Führer durch
STAR TREK – DIE CLASSIC SERIE · 06/5451

Diese Liste ist eine Bibliographie erschienener Titel
KEIN VERZEICHNIS LIEFERBARER BÜCHER!